시적 표현의 확장과 전이

백석 · 이용악 · 오장환 시를 중심으로

상아연구논저총서 2

시적 표현의 확장과 전이

― 백석 · 이용악 · 오장환 시를 중심으로 ―

이경아 지음

국학자료원

책을 내면서

이 책은 저자가 2006년부터 쓰고 발표한 논문을 묶은 것이다. 1권은 박사학위논문이다. 이는 박목월 시와 조지훈 시의 관계에 대하여, 그 시적 공통점과 차이점을 중심으로 천착한 것으로 I 장에서는 선행 연구사를 검토하였고, II장에서는 각 시인의 성장환경과 사회생활 및 종교를 살펴봄으로써 목월 시와 지훈 시의 배경으로 자리잡은 공통점과 차이점을 파악하였으며, III장에서는 이들 시의 소재와 형태 및 표현의 면면을 분석함으로써 목월과 지훈의 시세계가 지닌 공통점과 차이점을 면밀히 고찰하였다. 그리고 IV장에서는 앞의 논의를 토대로 하여 목월 시와 지훈 시가 지닌 역사적 · 문학사적 · 시사적 의의와 현대적 가치를 재정립함으로써 목월 시와 지훈 시의 의미와 위상을 재조명하는 데 주력한 연구물이다. 결과적으로, 목월 시와 지훈 시는 '채움과 비움의 문학'을 내포하며, '생성과 소멸의 미학'을 담고 있음을 발견했다.

2권은 백석 · 이용악 · 오장환 시에 나타난 어휘와 이미지를 연구한 논문 모음이다. 이 시인들의 작품은 대부분 1930년대 후반기의 사회적 · 문화적 · 사상적 측면을 내포하고 있으며, 나아가 작가 개인의 일상사와 사유를 내포하고 있다. 이러한 특성은 모든 인간이 자신이 경험한 사회역사적 정황을 떠나서는 존재할 수 없기 때문이다. 시는 언어를 매개로 한 예술이자 어떤 모양으로든 한 시대를 풍미한 시인이 지닌 상상력의 소산이다. 그리고 한 사람의 글과 말은 장소와 시간이 바뀐다고 하더라도 어떤 모양으로든지 상호텍스트성을 이루게 마련이다. 이에 따라 시인의 작품은 그 작품 간에 상호텍스트성(mutual text, intertextuality)을 이루며 유비적(類比的)으로 작용하게 마련이다. 아울러 동시대의 작품들은 그것이 서로 다른 시인의 시라 하더라도 상호텍스트성을 이룰 수 있다. 궁극적으로 '시는 체험의 승화'이기 때문이다.

3권은 성격이 약간 다르다. 한국문학이 아니라 신학, 즉 성경을 텍스트로 삼았기 때문이다. 여기에는 기독교인인 저자가 신학을 처음부터 다시 공부하여 박사과정을 마치기까지 연구하여 제출한 연구논문 3편을 담았다. 오래전, 개인적인 사정으로 박사학위 청구논문 제출은 포기했으나 성경의 어휘와 이미지의 확장성에 관한 관심은 아직도 그칠 줄 모른다. 이 책의 내용은 단 하나의 문장, "이 마음을 품으라"로 대변된다. 이 마음은 그리스도의 '마음'이자 하나님의 영인 성령의 작용으로 생기는 '마음'이다. 나아가서 이 마음은 그리스도인의 '마음'이요 그리스도인의 생활에 근간이 된다.

생각해보면 여기 묶은 글은 이미 책으로 나왔어야 했다. 그러나 여러 가지로 부족함을 알고 있는 터여서 선뜻 책을 낼 용기가 나지 않았다. 발표한 지 꽤 오랜 시간이 흘렀다. 당시에도 대상 텍스트를 보다 총체적·통전적 관점에서 조망하지 못하였다는 점과 보다 많은 작품에 대한 논의를 하지 못했다는 점에서 미흡함을 느끼고 있었는데, 지금은 얼마나 큰 한계를 지니고 있을까. 그때나 지금이나, 좋은 연구자는 끊임없는 훈련으로 터득하게 되는 융합적 사고와 폭넓은 사유가 필수적이라 생각하기 때문이다. 비슷한 시기에 써서 발표한 글들은 그 대상이 동시대의 작품이거나 지은이가 같을 경우에 한해 비슷한 설명과 표현이 있을 것이다. 그럼에도, 수정하지 않고 당시 학술지에 게재된 그대로를 담았다. 그저 질정을 바랄 뿐이다.

끝으로, 주변에 좋은 사람들, 특히 좋은 선생님들을 만나게 해주신 하나님께 감사드린다. 한국어문학, 사학, 철학 그리고 신학 등 학문적인 부분 및 연구자로서 지녀야 할 태도와 품격에 대하여 좋은 가르침을 주시고 본을 보여주신 여러 선생님께 마음과 머리를 숙여 깊이 감사드린다. 출판에 선뜻 나서주시고, 저자의 편의를 고려해가며 적극적으로 힘써주신 국학자료원 대표님과 편집부에도 심심한 사의를 표한다. 항상 말없이 기도하며 응원을 아끼지 않는 어머니와 동생들 내외, 아들 내외, 그리고 늘 내가 우선이고 나만 챙겨주다시피 하는 든든한 남편에게 이 지면을 빌어 깊은 감사를 표하고 싶다.

차례

제1부

백석 시 연구

백석 시 연구

Ⅰ. 서론

1. 연구 목적

사람이 존재한다는 것은 그의 존재를 가능하게 한 부모와 환경이 전제되어야 하고, 그 부모가 살았던 시대와 환경 및 그 이전의 시대가 전제되어야 한다. 그리고 시는 시인이 경험했던 역사와 사람, 그리고 사물이 존재하고 그 존재들이 복합적으로 작용하면서 버무려진 정서가 응집되거나 확산된, 순간의 결과물이다. 이때 의탁하는 매개물이 이미지면 은유요 모더니즘적 산물이 되고, 서정적 진실을 토로한 서사적 서술성이 짙은 내용이 중심이 되면 전통 혹은 민족성을 중시한 리얼리즘적 작품이 된다. 여기서 전통 혹은 민족성이라는 말은 독창적인 창조력, 정서적 응집력, 특정 집단의 잠정적인 깊이를 볼 수 있는 노래, 문화, 민간신앙 등으로 구별되고 특히 어떤 억압 가운데 놓이거나 이산의 아픔을

당하는 등 고통에 마주선 경우 더욱 돌올해지는 개념이라 하겠다.

백석 시에는 장소를 둘러싸고 있는 기억을 더듬어 유년으로 회귀한 시들이 많다. 시에 드러나는 가족과 고향, 그리고 민간 신앙과 방언, 풍속 등을 살펴보면, 시 속의 가족은 백석이 살던 당대 가족뿐만 아니라 아버지의 아버지, 할아버지의 할아버지에게로 확산되는 공동체적 가족이며 고향은 백석의 고향인 평안북도 정주에 그치는 것이 아니다. 한동안 머물렀던 마을이요 죽은 아이를 가슴에 묻은 여인네의 마음이요, 광의적으로는 잃어버린 나라이기도 하며 어머니의 자궁처럼 안식할 수 있는 이상적인 농촌의 땅이요 대지, 곧 미래의 땅이다. 방언도 풍속도 모두 저편에서 유실되어가는 기억이요 백석에게 구체적인 정체성을 부여했던 일상의 한 부분이다. 작품 안에 과거와 현재, 미래가 공존한다.

백석 시에 대한 연구논문은 무려 2백여 편에 이른다. 뒤늦게 해금되어 연구된 시인으로, 짧은 연구 기간에 비해 많은 연구가 진행되어 왔다. 그럼에도 백석의 기행체험에 주목하여 연구한 논문은 거의 없는 실정이다.

본 연구는 백석의 기행시를 대상으로 하였다. 백석의 기행 궤적을 주목하여 시적 화자의 '존재 공간'을 탐색하고, 또한 그 공간의 확장이나 다름없는 기행의 '여로'를 추적하여 한 편의 시, 또는 한 시인이 쓴 작품들 안에서 발견할 수 있는 여러 가지 특징에 천착한 글이다. 즉, 지금까지의 백석 시 연구가 그의 시 전체를 대상으로 하여 그 표현 방식이나 해설에 역점을 두어 연구되었거나 다른 시인과의 비교를 통해 시도되었다면, 본 연구는 백석 '기행'체험의 시적 전개양상에 초점을 맞추어 시적 화자의 '존재 공간'과 '시선'을 중심으로 백석 기행시를 연구하는

데 주력하였다.

여기서 기행이란 '여행'과 '유랑' 그리고 '표랑(漂浪)'을 포함한 개념이다. 이 가운데 '여행'은 어떤 일이나 유람을 위해 다른 고장을 다니는 것을 말하며, '유랑'은 일정한 거처가 없이 떠돌아다니는 것을 일컫는다. 그리고 '표랑(漂浪)'은 정한 곳 없이 이리저리 떠돌아다니는 것은 '유랑'과 비슷하다고 할 수 있거니와, 그 주체가 뚜렷한 목적이 없이, 떠도는 물결과도 흡사하게 이리저리 밀려다니며 겉도는 처지를 함의한다는 점이 일반적인 유랑과는 구별된다고 하겠다.

2. 연구사 검토

해방 이후 분단되면서 백석은 재북 시인 명단에 올랐다. 이로 인하여 해방 후 그의 문학 활동 및 성과는 차단되었다.

앞에서 언급했듯이, 백석 시에 대한 연구논문은 무려 2백여 편에 이른다. 뒤늦게 해금되어 연구된 시인으로, 짧은 연구 기간에 비해 활발한 연구가 진행되어 왔다. 그에 대한 평가는 『사슴』의 출판에서부터 시작된다. 김기림은 『사슴』에 나타난 백석의 작품들이 토속적 세계를 다루고는 있지만 "외관에 철저한 향토취미에도 불구하고 주착없는 일련의 향토주의와는 명료하게 구별되는 모더니티를 품고 있다"[1]고 백석

---

1) 김기림, 「『사슴』을 안고」, ≪조선일보≫(1936. 1. 29). "시집 『사슴』의 세계는 그 기억 속에 쭈그리고 있는 동화나 전설의 나라다. 그리고 그 속에서 실로 소리없는 향토의 얼골이 표정한다. 그러컨만은 우리는 거기서 아모러한 회상적인 감상주의에도 부어오른 복고주의도 만나지 안어서 이 우혜없이 유쾌하다. 백석은 우리를 충분히 애상적이게 맨들 수 있는 세계를 주무르면서도 그것 속에 빠져서 어쩔 줄 모르는 것이 얼마나 추태라는 것을 가장 절실하게 깨다른 시인이다. 차라리 거의 철

시에 나타나는 감정의 절제를 높이 평가하였다. 김기림의 이런 언급은 이후 백석의 시를 향토성 혹은 전통적 세계와 이미지즘의 기법으로 나누어 고찰하는 관점을 제시하게 된다. 이에 대해 오장환은 백석 시에 자기감정이나 의견이 표출되지 않는 점을 지적하며 "모씨와 모씨 등은 이 시집 속에 글구글구가 얼마나 아담하게 살려져 있으며 신기하다는 데에 극력 칭찬하나 그것은 단순히 나열에 그치는 때가 많고 단조와 싫증을 면키 어렵다"고 지적하고 "갖은 사투리와 옛이야기, 연중행사(年中行事)의 묵은 기억 능을 그것도 질서도 없이 그저 곡간에 볏섬 쌓듯이 그저 구겨넣은데 지나지 않는다"2)고 혹평한 바 있다.

박용철은 백석의 시어가 '보옥류(寶玉類)의 돌'이 아닌 '서슬이 선 돌'이라면서 수정되지 않은 평안도 방언의 효과를 높이 평가하고 서술적 문장을 사용한 태도를 지적하면서 『사슴』이 '표묘(縹渺)한 정조(情調)의 배경색(背景色)'을 띠고 있다3)고 피력하였다. 1936년 당시 이렇게 상반된 평가를 받던 백석의 시는 1960년대 이후 백철, 유종호, 김현, 김윤식, 김종철 등에 의해 다시 본격적으로 거론되기 시작하였는데, 백석 시를 통해 "눌박한 민속담을 듣고 소박한 시골 풍경화를 보고 구수한 흙냄새를 맡을 수 있다"면서 백석 시가 민속으로 시작하여 민속으로

석의 냉담에 필적하는 불발한 정신을 가지고 대상과 마조선다. 그 점에 『사슴』은 외관의 철저한 향토취미에도 불구하고 주착업는 일연의 향토주의와는 명료하게 구별되는 '모더니티'를 품고 잇는 것이다."
그 외 백석 시를 긍정적으로 평가한 논자로 박귀송, 박아지, 안석영, 임화, 윤곤강 등이 있다.

2) 오장환, 「白石論」, ≪풍림(風林)≫(1937. 4), 18~19면; 최두석, 『오장환전집 2』(창작과비평사, 1989), 14~17면.
3) 박용철, 「백석 시집 『사슴』평」, ≪조광≫(1936. 4); 『박용철전집』(시문학사, 1939), 124면; 김용직, 『한국현대시인연구 (상)』(서울대학교 출판부, 2002), 641~642면.

끝이 난다고 평하고 민속을 통해 새로운 경지를 개척했다[4]고 평한 백철의 연구, 이미 우리에게 널리 알려지고 절창으로 평가되고 있는 백석의 시 「남신의주 유동 박시봉방(南新義州 柳洞 朴時逢方)」을 "낙백(落魄)한 영혼이 펼쳐 보이는 비관론의 절창으로 한국 최상의 시의 하나"[5]라고 격찬을 아끼지 않은 유종호의 평가, 그리고 샤머니즘이 지배하는 산골 마을을 형상화하여 독자를 민담의 세계로 끌어들이며 한국인의 원초적 상상력을 자극한다[6]고 평한 김현·김윤식의 연구와 "30년대 한국시의 두드러진 문학적 징후의 하나는 대부분의 시인들이 극심한 고향 상실감에 젖어있다는 것"이라고 말하고 상실한 고향을 형상화하면서 인간공동체를 생동감 있게 드러내고 있다[7]고 평한 김종철의 연구 등은 백석 시 연구가 한발 앞으로 진보했음을 반영하는 결과물이라 해도 과언이 아니다.

백석 시 연구는 1980년대에 이르러 보다 종합적으로 논의되기 시작하였는데, 리얼리즘적 관점에서의 연구와 모더니즘적 관점에서의 연구로 대분된다. 이 가운데 리얼리즘적 관점에서 접근한 연구[8]는 다시

---

4) 백철, 『조선신문학사조사―현대편』(백양당, 1949), 249면; 『신문학사조사』(신구문화사, 1967), 540~541면.

5) 유종호, 「한국 페시미즘―운명론의 계보」, ≪현대문학≫(1961. 9); 『비순수의 선언』(민음사, 1996), 114~115면, 191면.

6) 김윤식·김현, 『한국문학사』(민음사, 1996), 218~220면.

7) 김종철, 『시와 역사적 상상력』(문학과지성사, 1978), 11면, 66~67면.

8) 해당하는 논문들은,
　고형진, 「백석 시 연구」(고려대 대학원 석사학위논문, 1983).
　김명인, 「매몰된 문학의 제자리 찾기」, ≪창작과비평≫(창작과비평사, 1988 봄호).
　김은자, 「백석시 연구―고향상실과 비극적 삶의 인식」, 『한림대논문집 8』(한림대학교 출판부,1990).
　김종철, 『시와 역사적 상상력』(문학과지성사, 1978).
　김재홍, 「민족적 삶의 원형성과 운명애의 진실미」, 『한국문학』(1989 10월호),

문체 연구와 내용 연구, 그리고 비교 연구로 구분되는데 주로 서술방법과 현실 수용양상을 다루었으며, 모더니즘적 관점에서 접근한 연구는 주로 고향의식과 소외 의식, 모티프나 이미지 등을 중시하며 언어미학과 의식세계를 다룬 논문이 많다. 우선 정한숙은 1930년대와 1940년대 전반기를 한국 현대시가 자리매김을 한 기간으로 보았는데 백석의 시는 정지용이 보여준 향수어린 시편들을 이어받아 향촌의 생활습관과 풍물, 민간 신앙에 방언을 치밀하게 살려 북방의 마을을 그대로 묘파했다고 분석9)하였다.

처음으로 백석 시를 학위논문의 전체 대상으로 선택한 고형진은 그의 논문에서 백석의 전기적 생애를 고찰하고 시어와 형태적 특성을 분석하면서 시의 서사지향적 특징을 중요하게 다루었으며, 비록 외형적으로는 현실과의 치열한 대결의식을 발견할 수 없지만 개인의 삶을 독특하게 형상화하여 내재적인 의미를 확보하고 있다10)고 논한 바 있다.

백석의 시는 1988년 7월 19일 해금(解禁)을 전후하여 본격적인 연구가 진행되었다. 분단 이후 최초의 백석 시집은 이동순의 『백석시전집(白石詩全集)』으로 1987년 11월에 창작과 비평사에서 출판되었다. 이동순은 이 책의 지면을 빌어 민족문학이란 민족의 주체적 자아가 살아

364~391면; 『백석』(새미, 1996), 191~202면.

김학동, 「백석 연구」, 『백석전집』(새문사, 1990).

윤지관, 「순수시의 정치적 무의식」, 『외국문학』(1988 겨울호).

이동순, 「민족시인 백석의 주체적 시정신」, 『백석시전집』(창작과비평사, 1987).

이숭원, 「백석 시의 전개와 그 정신사적 의미」, 『시문학』(시문학사, 1988).

등의 1980년대 연구 논문들이 있다고 볼 수 있다.

9) 정한숙, 『해방문단사』(고려대학교 출판부, 1980), 66~67면; 『현대한국문학사』(고려대학교 출판부, 1982), 189~198면.

10) 고형진, 「백석 시 연구」(고려대 대학원 석사학위논문, 1983).

있거나 그것을 억압하는 세력에 능동적으로 길항하면서 주체적 자아를 살리기 위해 다각적으로 애쓰는 문학이라 규정[11]하고, 백석 시는 외세에 대한 언어로써의 길항으로, 민족어의 뿌리조차 말살하려고 했던 일제에 대항한 시적 대응방법의 일환이었으며, 그것은 백석 시에 등장하는 모국어·방언을 볼 때 알 수 있다고 하면서 백석을 민족시인이라 칭하였다.

최두석은 백석이 모더니즘의 세례는 받았으나 고향을 재현하는 경우, 서술시 혹은 이야기시의 방식을 채택한다고 보고 백석의 시를 모더니즘의 주체적 수용[12]으로 평가하였다. 이은봉의 논문은 1930년대 후기시의 현실인식 양상을 중점적으로 살펴본 논문으로, 백석의 시를 이용악·오장환의 시와 비교하면서 '객관적인 현실반영'을 환경과 인물을 통해 실현하였다[13]고 논하였다.

김윤식은 '유랑아 백석' 시의 뼈대는 허무라고 지적하고 그것을 극복하기 위하여 이야기시를 채택하여 시를 창작하는 방법으로 삼았다고 주장[14]하고 있다. 그의 주장은 백석 시의 시적 화자는 현실의 고독과

---

11) 이동순 편, 『백석시전집(白石詩全集)』(창작과비평사, 1987), 165~178면. 이 책은 해금 1년 전인 1987년에 출간되었으며, 분단 후 최초로 백석의 시들을 다루고 있다는 점에서 주목할 만한 가치가 있다. 백석 시전집은 이외에도 김학동의 『백석전집』(새문사, 1990)과 송준의 『백석시전집』(학영사, 1995), 김재용의 『백석전집』(실천문학사, 1997)이 있으며 이 가운데 김재용의 책은 차후 누락된 시와 뒤늦게 발견된 시가 보완되어 『증보판 백석전집』으로 재출간되었다.

본고의 텍스트는 『증보판 백석전집』(실천문학사, 2003)임을 밝힌다.

12) 최두석, 「백석의 시세계와 창작방법」, 『우리 시대의 문학』(1987); 『한국 근대 리얼리즘 작가 연구』(문학과지성사, 1988), 96~113면; 『백석』(새미, 1996), 140~154면.

13) 이은봉, 「1930년대 후기시의 현실인식 연구」(숭실대 대학원 박사학위논문, 1992), 242~259면, 301~313면.

14) 김윤식, 『한국 현대시론 비판』(일지사, 1993), 150면.

허무를 견디기 위해 주변의 사람 또는 사물들과 끊임없이 이야기를 나누는데, 말을 건네는 대상이라는 점에서 그 대상은 고향의 풍물이나 타향의 풍물이나 별다른 차이가 없다는 측면에서 비롯되었다.

김용직은 백석의 시세계를 '토속과 모더니즘'의 종합으로 보고 소재적인 측면보다는 언어 표현의 측면에서 영미계 모더니즘의 영향을 받은 독특한 시인이라고 파악15)하고 있다. 이숭원은 백석의 시가 세련된 도시감각을 의식적으로 배제하고 북방 향촌의 언어를 되살리면서 식민지 근대와 반대 방향에 섰다고 평하고 이를 '눌변의 미학'이라 규정16)했다. 그는 이 '눌변의 미학'은 곧 김유정의 소설과 미당의 『질마재 신화』에 나오는 '풍자와 해학'과 동일한 것이라고 주장하고 실제로 이 작품들을 연결시켜 설명하면서 자신의 주장을 피력하였다.

김재홍은 백석 시가 전체적인 면에서 지나치게 과거적인 상상력 내지 수동적 정서에 편중돼 있는 것이 큰 약점이라 지적한 반면, 뼈아픈 자아성찰과 통렬한 참회의 과정 속에서 문학의 진정성을 획득하게 되어 수수한 아름다움이 돋보이게 된 것이 백석 시가 지닌 힘이라고 하였다.17)

김재용은 백석의 시에 두드러지게 나타나는 것은 음식물과 민간 신앙, 풍속 등과 관련된 민속성과 기행시적 지향이라고 하였는데, 여기서 민속성은 향토주의보다는 근대성의 문제와 관련지어 읽어야 한다고 주장18)하고, 기행시적 지향은 탈중앙집권적 정서로 보았다. 이외에도

---

15) 김용직, 『한국 현대시사 연구』(한국문연, 1996); 「토속성과 모더니티」, 『한국현대 시인연구 (상)』(서울대학교 출판부, 2002), 641~656면.
16) 이숭원, 「풍속의 시화와 눌변의 미학」, 『백석』(새미, 1996).
17) 김재홍, 「민족적 삶의 원형성과 運命愛의 眞實美, 白石」, 『한국문학』(1989 10월 호), 364~391면; 『백석』(새미, 1996), 191~202면.

고향의식을 중점적으로 연구한 학위논문과 민속성과 방언사용을 중점
적으로 연구한 논문, 시적 자아와 언술 내용을 다룬 논문, 일제시대의
저항의식과 현실 수용양상 등을 다룬 논문들이 있으며, 백석 시에 나타
나는 여러 가지 면모를 아우르며 총체적으로 접근[19]한 김영익과 박주
택의 논문, 그리고 백석 시의 생태학적 상상력을 고찰[20]한 이문재의 논
문이 있다.

3. 연구 방법 및 범위

본 연구는 백석이 국내 및 국외의 기행 중에 사회적 · 역사적 상황의
영향을 받았음을 전제한다. 사람은 남녀노소 귀천을 불문하고 자신이
살았던 사회적 환경을 떠나 존재할 수 없으며 그 사회는 지난 역사를
바탕으로 하여 이루어진 것이기 때문이다. 따라서 사람은 시대와 문화
적 요소를 비롯하여 다양한 환경의 영향을 받게 마련이다. 시가 시인이
지닌 상상력의 소산임을 생각할 때, 작품 역시 이러한 영향관계 안에서
포착된다는 점과 그러한 상황 및 환경에 의해 상호 작용하는 유기물이
라는 사실은 결코 간과할 수 없다. 백석 시 역시 각 개별 작품 안에서 과
거와 현재가, 가족과 고향이, 민족의 현실이, 리얼리즘과 모더니즘이
유기적으로 연관되어 총체적으로 작용한다. 이것은 백석 시의 표면에
서 일어나는, 역사와 현실, 사람과 사물의 존재를 포함한 모든 것들의

---

18) 김재용, 「근대인의 고향상실과 유토피아의 염원」, 『증보판 백석전집』(실천문학사,
   2003).
19) 김영익, 「白石 詩文學 硏究」(충남대 대학원 박사학위논문, 1998); 박주택, 「백석 시
   연구」(경희대 대학원 박사학위논문, 1999).
20) 이문재, 「백석 시의 생태학적 상상력 고찰」(경희대 대학원 석사학위논문, 2004).

끊임없는 운동을 의미한다.

본 연구는 이러한 내면적 운동성을 중시한다. 시란 작가 의식의 소산이요 시인의 정신적 작용의 결과물이기 때문이다. 시인이 의식하고 있든 그렇지 못하든 간에, 시는, 시인의 선험적 경험을 포함한 모든 경험과 무의식을 지닌 채 나타난다. 이때의 경험은 독서와 인간관계를 포함하여 모든 사회적 상황을 망라한다. 자기 선조들이 살았던 시대를 생각하고 다음 세대가 살 공간을 생각하며 자신의 실존적 정체성을 생각한다.

일찍이 유협(劉勰)은 『문심조룡(文心雕龍)』을 통하여 "시란 인간의 사상과 감정을 나타낸 것"[21]이라 했다. 인간의 사상과 감정은 문화와 사회를 바탕으로 자리매김한다. 문화란 '상징적 의미 세계'로, 의미 있는 행위와 체험을 지시하는 지평이고 집단과 그 구성원의 정체성을 표시해주는 '의미 저장고'이다. 이러한 문화는 '상징적 현재화의 능력' 즉, 거리와 조망의 능력을 지닌 '기억(記憶)'에 존재의 기반을 두고 있다. 기억이 없는 문화란 존재할 수 없으며 기억은 상징적 의미 세계를 구성하고 전승을 가능하게 함으로써 집단이나 개인의 정체성 구성에 필수적인 기능을 한다. 기억은 이론이 아니라 사실에 근거하고 있다. 따라서 기억에 관한 개인 모티프는 이론의 형태로 나타나지 않고 살아있는 공동체 생활의 사실로 드러나게 된다. 이러한 기억과 문학적 상상력이 서로 교차하는 곳이 문학텍스트이다.[22]

---

21) "在心爲志, 發言爲詩" (유협(劉勰), 최동호 역편, 『문심조룡(文心雕龍)』(민음사, 2005), 91~102면.)
   『문심조룡』 6장 명시(明時)편은 문체론을 다룬 장으로 시 창작의 세 가지 문체를 논하고 있다. 유협이 논한 세 가지 문체는 첫째가 시 형태의 풍격(風格)적 특징이고, 둘째는 시인의 성정과 재능이며, 셋째는 시작(詩作) 태도이다.
22) Jan Assmann, 「글과 기억」, 『문화적 기억』(글과 기억, 문학적 소통의 고고학에 대

문학텍스트는 하나의 '기억 공간'이다. 동시에 사회적인 의사소통 행위와 전혀 무관할 수는 없다. 전·후 사회적 상황에 직접 혹은 간접적으로 영향을 받게 마련이다. 이것이 바로 문학텍스트가 지닌 다의성이다. 문학텍스트는 문화라는 전체적인 기억 공간과 다른 텍스트들 사이에 놓인 외부적 기억 공간에 들어가는 동시에 자신의 내부 공간에 다른 텍스트들의 이미지를 가져와 자기 자신의 기억 건축물을 구성한다. 이 기억 건축물이 작품, 곧 시(詩)이다.

본 논문은 백석 시를 '기행(紀行)'체험의 시적 전개양상을 중심으로 연구한 글이다. 따라서 기행시를 대상으로 한다. 기행에는 반드시 그 출발 장소와 도착 지점이 있게 마련이다. 기행인(紀行人)은 길을 떠나기 전에 자신이 머물렀던 주위를 둘러본 후 길을 떠나게 된다. 그러므로 본 연구는 우선 기행의 원점이 되는 가족과 고향이 그의 시에 어떻게 나타나고 있는지를 살펴보고자 한다. 또한 그의 기행체험이 시에 어떻게 나타나고 있는지, 시적 화자의 '존재 공간'과 '시선'을 따라가면서 분석하려고 한다. 참다운 '기행'체험은 자아확대와 함께 삶의 진보를 가져오게 마련이다. 따라서 이 작업은 백석이 '기행'체험을 통하여 자아의 깊이와 넓이가 확대되며 삶이 진보되는 양상을 짚어보는 과정이나 다름없다. 다시 말하면, 필자는 역사·전기적 문학연구방법으로 백석 기행시를 연구하되, 문학사회학적 관점에서 그의 기행시를 조명할 요량이다.

본고의 인용시는 김재용의 『증보판 백석전집』(실천문학사, 2003)을 텍스트로 삼았다. 끝으로 본 연구에서는 백석의 '재북 작품' 및 산문(「마포(麻浦)」 외 6편)을 논의 대상에서 제외하였음을 밝힌다.

한 논문 모음집), 22면; 최문규·고규진 외, 『기억과 망각』(책세상, 2003), 312~315면에서 재인용.

II. 원점으로서의 고향과 시적 여로

1. 근원으로서의 가족

백석[23]은 1935년부터 본격적으로 활동하였지만 그의 활약은 집중기와 공백기가 확연하다. 그의 시편들은 식민지 사회라는 시대의 창살을 초월하여 자신의 유년을 회상하는 시들이 대부분이다. 이렇게 과거와 현재를 드나드는 통로는 '기억'이다. 이 때의 기억은 백석 시의 핵심적인 역할을 하고 있는데, 대개 장소와 음식물을 둘러싸고 있는 역사성을 내포[24]하고 있으며, '시간'과 '자아' 즉 '역사'와 '삶'이라는 두 가지가 상호 작용하며 사회적 변화와 개인적 의식의 흐름을 반영한다. 이러한 시들은 백석이 당시 사회적으로 벌어지고 있는 인간공동체의 해체와 전통적 가치의 파괴, 그리고 민족적 정서의 상실이 초래하는, 개인의 정체성 혼돈과 미래의 불확실성에 대한 위기의식에 대응한 시적 대응물의 일환이라는 점에서 그 가치가 높이 평가되어 왔다.

백석의 시에 나타나는 이러한 유년 시절에 대한 원초적 상상력이나 기억은 시인이 무의식적으로 지니고 있는 상상력의 재현으로, 과거 유년의 안정된 시간을 재조명하며 재경험되는 시간과 현실적 갈등이 교차하는 지점에서 생기는 일종의 화해를 누리기 위해 지어진 것으로도 추정할 수 있거니와 사라져가는 소중한 것들을 비끄러매놓아야 하는

---

23) 백석(본명: 백기행(白夔行))은 1912년 7월 1일 평안북도 정주군 갈산면 익성동 1013호에서 부친인 수원(水原) 백씨(白氏) 백시박(白時璞, 자(字)는 용삼(龍三), 후에 백영옥(白榮鈺)으로 개명)과 모친 이봉우(李鳳宇)의 장남으로 태어났다. 아버지 백시박은 한국사진계의 초창기적 인물로 조선일보의 사진반장을 지냈으나, 퇴임 후에는 귀향하여 정주에서 하숙을 쳤다.

24) Gaston Bachelard, 곽광수 옮김, 『공간의 시학』(동문선, 2003), 66~68면.

시대적 당위성에 의한 백석의 정신적 산물이기도 하다. 백석의 경우 이러한 시들은 주로 '이야기시'[25]로 나타난다. 시가 담고 있는 이야기는 그 시를 지은 그의 '역사적 삶'의 내용을 내포하고 있으며 그가 지닌 상상력의 소산이기도 하다. 이 '이야기'는 시를 읽는 독자로 하여금 상상력에 구체성을 부여해주는 요인으로 기능하여 차후 독자에게도 영향을 미치게 되는데, 이러한 작품으로는 「여우난골족(族)」·「넘언집 범같은 노큰마니」·「동뇨부(童尿賦)」·「오리 망아지 토끼」 등을 들 수 있다. 이러한 작품에서는 대개 기억을 따라 어떤 장소에 이미 가 있는 '나'를 발견하게 된다.

명절날 나는 엄매 아배 따라 우리집 개는 나를 따라 진할머니 진
할아버지가 있는 큰집으로 가면
―「여우난골족(族)」(1935) 부분

그 장소는 집이다. 가족과 친척이 명절을 쇠기 위해 모인 큰집이다. '나'는 벌써 큰집에 들어가 있다. 거기, 먼저 와 있는 "신리(新里)고무 고무의 딸 이녀(李女) 작은 이녀"와 "토산(土山) 고무 고무의 딸 승녀(承女) 아들 승(承)동이"와 "말 끝에 설게 눈물을 짤 때가 많은 큰골 고무 고무의 딸 홍녀(洪女) 아들 홍(洪)동이 작은 홍(洪)동이", "삼춘 삼춘엄매 사춘누이 사춘동생들"이 벌써 "할머니 할아버지가 있는 안간에들 모여" 있다. 이 시에는 시인의 가족이 드러날 뿐만 아니라 시적 화자가

---

25) 박은미는 '이야기시'를 회상체, 실화체, 서간체 등으로 구분하고 있으며 백석의 이야기시는 회상체, 오장환의 이야기시는 실화체, 박세영의 이야기시는 서간체로 구분하고 있다. (박은미, 「1930년대 시에 나타난 가족 모티프 연구」(건국대 대학원 박사학위논문, 2003), 178~199면.)

먼저 와 있는 가족들을 보면서 평소에 그 가족구성원에 대하여 들은 말을 떠올리거나 자신이 봤던 그들의 습관 등을 꼼꼼하게 기억하는 것을 발견하게 된다.

시적 화자를 따라 방으로 들어가면, "방안에서는 새옷의 내음새가 나고/또 인절미 송구떡 콩가루차떡의 내음새도 나"는데 한쪽에는 끼니 때 먹고 남은 "두부와 콩나물 뽂운 잔디와 고사리와 도야지비계"가 모두 식어가고 있다. 이렇게 도착한 큰집에서 시적 화자는 "외양간섶 밭마당에 달린 배나무동산에서 쥐잡이를 하고 숨굴막질을 하고 꼬리잡이를 하고 가마 타고 시집가는 놀음 말 타고 장가가는 놀음을 하고 이렇게 밤이 어둡도록" 재미있게 논다. "밤이 깊어가는 집안엔" 명절을 쇠기 위해 모인 친척들이 명절음식을 하면서 오순도순 밀린 이야기를 한다. 어른은 어른들끼리 "아르간에서들 웃고 이야기하고 아이들은 아이들끼리 웃간 한 방을 잡고" 놀다가 밤이 깊어지며 하나 둘 잠자리에 들어섰건만, 그래도 이야기는 그칠 줄 모른다. 시적 화자 '나'는 그런 분위기에 젖어 늦게 잠이 든다. 그리고 이튿날이 되면, 누군가 먼저 일어나 "무이징게국을 끓이는 맛있는 내음새가 올라오도록" 늦잠을 잔다.

이런 부류의 시는 시인이 과거로 회귀함으로써 추억이 깃든 그 장소를 한 바퀴 돌아 나오는 것에서 그치지 않는다. 글을 읽고 있는 독자에게, 얼마 전에 있었던 일을 이야기하는 친구의 말을 듣고 있는 것과 같은 묘한 느낌을 가져다준다. 마치, "내가 어딜 갔는데 말이야 그곳에 누구누구가 있었거든. 그런데 거기서 이러이러한 일이 있었어" 라고 말하는 이야기를 듣고 있는 듯하다.

위의 시에서 집은 그 집에 사는 사람, 곧 가족을 포함한다. 백석은 집이라는 주거 공간을 중심으로 공동체적 삶의 원형인 가족을 형상화[26] 한다. 그의 시에 출현하는 가족은 자신이 태어난 곳을 대변하며 원초적 경험의 시적 공간이자 기행의 출발 지점이자, 기행을 마치고 돌아가야 하는 회귀의 장소이다.

> 집에는 언제나 센개 같은 게사니가 벅작궁 고아내고 말 같은 개들이 떠들썩 짖어대고 그리고 소거름 내음새 구수한 속에 엇송아지 히물쩍 너들씨는데
>
> —「넘언집 범 같은 노큰마니」(1939) 부분

그 장소는 사람만 사는 곳이 아니다. 사람이 보호하는 존재들이 바로 그러한 분위기 속에서 함께 살고 있다. 예컨대, 그의 "노큰마니" 댁에는 거위와 개, 그리고 송아지가 함께 산다. 그 집은 "황토 마루 수무낡에 얼럭궁 덜럭궁 색동헌겊 뜯개조박 뵈짜배기 걸"려 있고 "오쟁이 끼애리 달리고 소삼은 엄신 같은 딥세기도 열린" 길이 틀림없는 서낭당고개를 넘어가면 보이는 큰 집이다. 그곳에는 친척들이 모두 무서워하는 "노큰마니"가 살고 있는데, 그 할머니는 백석을 오산학교에 들어가도록 주선한 "엄매가 서울서 시집을 온 것"과 백석이 "당조카의 맏손자로 난 것을 대견하니 알뜰하니 기꺼히 여기"며 "제물배도 가지채 쪄주고" "그 애끼는 게사니알도 두 손에 쥐어주"는 등 시적 화자를 각별히 사랑하는 할머니이며, 수원 백씨인 아버지 집안에서 가장 어른인 '큰할머니'이다.

---

26) Gaston Bachelard, 정영란 옮김, 『대지 그리고 휴식의 몽상』(문학동네, 2002), 113~131면.

그러면 그의 시에서 아버지는 어떻게 나타나고 있는지 살펴보기로
하자.

> 장날 아츰에 앞 행길로 엄지 따러 지나가는 망아지를 내라고 나
> 는 조르면
> 아배는 행길을 향해서 크다란 소리로
> ―매지야 오나라
> ―매지야 오나라
>
> ―「오리 망아지 토끼」(1936) 부분

「오리 망아지 토끼」의 시적 화자 '나'는 아버지와 장에 간다. 아버지
혼자 가지 않고 어린 '나'를 데리고 간 것인데, 장을 구경하다보니 "엄
지(어미말)" 따라 망아지가 지나간다. 물정 모르는 '나'는 문득 망아지
가 갖고 싶어진다. 내가 말하면 아버지는 뭐든 해 주니까 '나'는 아버지
에게 망아지를 갖게 해달라고 조른다. 그러면 아버지는 안 된다는 말
대신에 커다란 목소리로 "매지(망아지)야 오나라/매지야 오나라" 하며
철없는 아이처럼 익살스럽게 망아지를 부르곤 한다. 이 시를 보면, 시
적 화자 '나'의 아버지는 속정이 깊은 사람임을 알 수 있다. 토끼를 잡으
려고 아들과 함께 산을 오르고, 가질 수 없는 망아지를 불러주는 아버
지이다. 그러나 시인의 아버지는 오리를 잡으러 갔을 때처럼 그렇게 오
래도록 오지 않는다. 아버지는 오지 않는다. 올 수 없다. 아버지의 물건
을 던져버리고 싶어도 버릴 개울도 없고 물건도 없다. 사무치는 아버
지, 보고 싶은 아버지, 아버지를 생각하자 '나'는 "서글퍼서 서글퍼서
울상을" 하고 기억을 더듬어 그림을 그린다. 그림 속엔 개울도 있고 올

가미를 놓던 아버지의 손에 닳고 닳은 아버지의 젖은 물건들도 있고, 망아지를 부르던 아버지의 목소리도 토끼굴을 막고 섰던 아버지의 늠름한 모습도 있다.

이 시는 사무치는 그리움의 대상을 오리 망아지 토끼와 연결시키며 마치 셔터를 누르는 순간에 멈춘 시간처럼, 시제를 현재로 설정하였다. 또한 시적 화자는 유년의 '나'이다. 그리하여 각 연마다 오리와, 망아지와, 토끼와 함께 했던 아버지와 '나'의 한때가 동영상처럼 전개된다. 그 영상에서 행위가 부각되면서(實演, mimesis) 그림 속의 시간이 재창조되고 있음을 발견하게 된다. 그런데 그의 시를 면밀히 읽다보면 이런 유형의 시들이 연이 바뀔 때마다 그 장소를 달리 설정하고 있다는 점과 어떤 사건을 부각시키면서 사람에 대한 기억을 형상화하고 있다는 점을 발견할 수 있다. 기억27)에 의존하는 시들은 이렇게 자신의 경험 또는 고향에서 보고 들은 이야기를 자신의 기억 속에 있는 여러 가지 이미지와 버무려가며 어린시절을 회상하는 유형이다. 기억이란 어떤 장소와 사물을 둘러싼 역사적인 것이므로 이러한 시들은 모두 과거를 회상하는 형태로 나타난다.

백석은 화목한 가족의 농촌공동체적 생활을 바탕으로 성장하여 가족에 대한 기억이 각별하다. 그리고 그 기억은 가족구성원에 국한되어 있는 것이 아니다. 명절이면 모여 함께 음식을 장만하는 많은 친척을 포함하고 나아가 그 동네에 사는 모든 사람에게로 뻗어 나아가고 있다.

---

27) "기억은 시각이나 청각과 마찬가지로 원격감각(distance sense)이며 이는 후각, 미각, 촉각과 같은 근접감각(proximity sense)과 구별된다." (유종호, 『다시 읽는 한국 시인』(문학동네, 2002), 249면.)

2. 원점으로서의 고향

백석은 사람을 좋아한다. 더 나아가 그의 시 「수라(修羅)」를 통해 확인할 수 있듯이 '거미'를 비롯한 동·식물을 면밀히 관찰[28]할 만큼 생명체에 대한 정이 각별하다. 백석이 벌레를 무서워하는 등, 결벽증 증세를 보였던 청소년기를 보낸 곳은 오산학교이다. 오산학교는 기독교계의 학교임에도 학창시절의 백석은 불교에 심취하였는데 그 직접적인 계기나 배경에 관해서는 알려진 바가 없다. 다만 앞에서 논했던 「넘언집 범 같은 노큰마니」를 보면, 백석을 오산학교에 들어가도록 주선한 "엄매가 서울서 시집을 온 것"과 백석이 "당조카의 맏손자로 난 것을 대견하니 알뜰하니 기꺼히 여기는" 노큰마니가 살던 아버지의 동네가 한국적 정취가 가득한 토속적인 동네였음을 알 수 있다. 또한 백석은 그의 시 「마을은 맨천 구신이 돼서」를 통해서 그가 살았던 집과 마을을 회상하고 있는데, 시에 의하면 그 집은 "방안에는 성주님"이 "토방에는 디운구신"이 "부엌에는 부뜨막에 조앙님"이 살고, "고방" "시렁에 데석님" "굴통에는 굴대장군" "뒤울 안" "곱새녕 아래 털능구신"이 사는 곳이다. "대문간에는 근력 세인 수문장"이 지키고 있고 바깥으로 나와 밭마당귀 연자간 앞을 지나면 "연자간에는 또 연자당구신"이 있을 뿐만

---

28) 이러한 모습은 2002년 새로 발굴된 「해빈수첩(海濱手帖)」의 「개」와 「사마구」에서도 나타나고 있다. "사람들이 사물을 관찰하고 어떤 현상을 주목하게 될 때 대체로 관찰하고 싶었던 것을 주목하게 된다" (유종호, 『사회역사적 상상력』(민음사, 1995), 143~146면.)

최원식은 2003년, 「해빈수첩(海濱手帖) 해제─새로 찾은 백석의 산문시」를 통해 이 글의 작품성을 높이 평가하고 산문보다 산문시로 보는 것이 적절하게 판단됨을 시사한 바 있다. (최원식, 『민족문학사연구』(민족문학사학회, 2003), 354~355면; 김재용, 앞의 책, 477~480면.)

아니라, 하다못해 시적 화자의 "발뒤축에는" "달걀구신"이 묻어있어 그가 가는 곳마다 따라다니는, 무서운 귀신 마을이다. 즉 그의 고향은 이렇게 그가 다다르는 곳마다 귀신이 사는 동네였음을 기억한다. 백석의 고향은 이렇듯 한국적 정취가 가득한 토속적인 마을이었다.

일찍이 김준오는 그의 책 『시론』을 통하여 "기억이란 경험의 완성이라고 할 수 있다"고 말한 바 있다. 이런 측면에서 기억을 형상화한 시는 어떤 순간을 포착하여 마침표처럼 찍어놓은 스냅사진과 같다고 할 수 있겠다. 백석 시에는 또한 역사적 삶을 형상화한 장시 계열의 작품들이 많다. 이런 작품들 역시 '기억'에 의존하고 있는데, 기억은 사회적 관습과 제도의 억압으로 인한 고통을 통해 개인의 내부에서 되살아나는 내면적인 성격을 갖는다.[29] 따라서 '기억'의 내용은 과거이지만 과거 그 자체는 아니며 재구성된 과거로서 현재성을 지니고 있는데, 이 때 사회적 상황은 '기억'에 개입하게 된다. 이로 인해 백석은 자신의 시에, 사회적 상황에 의해 이미 붕괴되어 가는 토속적 세계와 유년의 추억들을 기억이라는 방식에 의존하여 한 컷 한 컷 담아놓고 있음을 알게 된다.

먼 옛날 고향에서 보냈던 유년시절의 한때를 마치 얼마 전의 일처럼 이야기하는 백석의 시는 이렇게 어떤 장소로 귀환함으로써 가능해진다. 그리고 이 장소는 그저 하나의 공간으로 끝나는 빈 곳이 아니라 사람들이 웅성거리는 곳이다. 그러나 그의 시들이 항상 북적거리는 사람들로 가득 찬 장소를 형상화하고 있지는 않다. 예컨대 가즈랑집은 사람들로 북적거리는 곳이 아니다.

---

29) 최문규·고규진 외, 앞의 책, 333~339면.

언제나 병을 앓을 때면
신장님 단련이라고 하는 가즈랑집 할머니
구신의 딸이라고 생각하면 슬퍼졌다

—「가즈랑집」(1936) 부분

"가즈랑 고개 밑"에 위치한 그곳은 "예순이 넘은 아들 없는 가즈랑집 할머니"가 살고 있는 집이며 "언제나 병을 앓을 때면/신장님 단련이라고 하는", "중같이 정"한 "귀신의 딸"이 사는 곳이다. 시적 화자는 그 할머니를 몹시 따른다. 그래서 그 할머니를 좋아하는 '나'는 할머니가 귀신의 딸이라고 생각하면 슬프다. 이 시는 이렇게 인적이 드문, 모두들 "구신의 딸이라고 생각하"고 무서워하여 함부로 접근하지 못하는 이 "가즈랑집 할머니"도 좋아하고 따를 만큼 사람을 향해 열려있는 시적 화자의 성정을 드러내고 있다. 그런데 세상을 향하여 이렇게 열려있는 시적 화자의 성정은 사람에게 국한되어 있는 것이 아니다. 모두 무서워 가까이 하지 않는 "가즈랑집 할머니"만 생각하는 것이 아니라 할머니에게 들은 이야기를 기억하고 할머니가 나물을 하던 모습과 그 때 먹던 음식을 그리워한다.

낡은 질동이에는 갈 줄 모르는 늙은 집난이같이 송구떡이 오래도록 남어 있었다

오지항아리에는 삼춘이 밥보다 좋아하는 찹쌀탁주가 있어서 삼춘의 임내를 내어가며 나와 사춘은 시큼털털한 술을 잘도 채어 먹었다

제삿날이면 귀머거리 할아버지 가에서 왕밤을 밝고 싸리꼬치에
두부 산적을 꿰었다

손자아이들이 파리떼같이 모이면 곰의 발 같은 손을 언제나 내어
둘렀다

구석의 나무말쿠지에 할어버지가 삼는 소신 같은 짚신이 둑둑이
걸리어도 있었다
　　　　　　　　　　　　　　　　　　　—「고방」(1936) 부분

　시적 화자의 이러한 그리움은 언제나 "송구떡"이 남아 있었던 "낡은
질동이"와 "삼춘이 밥보다 좋아하는 찹쌀탁주가 있"던 "오지항아리"도
기억하고 형상화시킬 만큼 절절하다. 「고방」에서 시인은 한낱 사물조차
예사로 보지 않고 따스하고 부드러운 시선으로 보아 마음에 담아놓고 있
다. 고향 고방에 있던 물건, 즉 "낡은 질동이"와 "오지항아리", 그리고
"할아버지가 삼는 소신 같은 짚신이 둑둑이 걸리어" 있는 고방, 고방 "구
석의 나무말쿠지" 등은 독불장군처럼 저 혼자 존재하는 것이 아니다. 그
것들은 시인이 잘 아는 어떤 사람과 연결되어 있으며 그 사람의 취향이
나 하던 일과도 관련되어 있다. 백석은 자신의 시에 이렇게 혼자 독립적
으로 존재하는 어떤 것을 형상화하는 것이 아니라, 과거를 현재 안에서
재구성하면서 거기 존재하는 사람과 사물의 내력을 중시한다. 따라서 백
석 시의 표면에서 그 내력이 서로 교차하면서 과거와 현재를 넘나들고
있는데, 여기서 그의 '역사적 삶'과 '시적 상상력'을 발견할 수 있다.
　이러한 시인의 상상력은 다시 민족 고유의 풍속을 시화한 작품으로
나타난다. 작품으로는 「여우난골」·「오금덩이라는 곳」·「목구(木具)」

등을 들 수 있으며 주로 설화나 구전되어오는 소문을 배경으로 하고 있거나, 고향의 지명이나 풍속 그리고 고향에서 먹던 음식물 등에 바탕을 두고 있는 고향탐구로 나타난다. 이러한 시들은 대개 어린 시절에 어머니나 할머니, 또는 친척이나 이웃에게서 들은 전설이나 소문을 떠올리거나 그들의 행동을 기억한 시적 화자 '나'가 등장한다. 시적 화자는 기억의 현장에서 벌어지는 행위를 통해 공동체를 의식하기도 하고, 두렵고 무서운 이야기를 전하면서도 그 속에 그 이야기를 들려주거나 혹은 듣고 있는 화기애애한 분위기를 그려내고 있다. 이러한 시들의 특징은 물질적 상징이 어떤 매개물로 등장하여 현장감 있는 서술로 확장·작용하는 것이라 할 수 있겠다.

> 내일같이 명절날인 밤은 부엌에 쩨듯하니 불이 밝고 솥뚜껑이 놀으며 구수한 내음새 곰국이 무르끓고 방안에서는 일가집 할머니가 와서 마을의 소문을 펴며 조개송편에 달송편에 쥔두기송편에 떡을 빚는 곁에서 나는 밤소 팥소 설탕 든 콩가루소를 먹으며 설탕 든 콩가루소가 가장 맛있다고 생각한다
> 나는 얼마나 반죽을 주무르며 흰가루손이 되여 떡을 빚고 싶은지 모른다
>
> ―「고야(古夜)」(1936) 부분

이 시의 떡 빚는 장소도 물론 시인의 '고향'이다. 고향은 특정한 민간신앙이나 민속으로 대변되는데 거기에는 토속적인 음식물과 방언, 그리고 그것들에 대한 같은 기억을 가진 사람을 포함한다. 음식물과 방언은 전통이자 문화이며 고향을 구별하는 기준이 되거니와 이전의 세대와 다음 세대간을 잇는 교량 역할을 함으로써 시간과 공간을 뛰어넘는

다. 또한 고향은 개인이 탄생한 곳이라는 점에서 생명의 근원이기도 하며 최초의 경험을 담고 있는 세계이기도 하다. 아울러 고향은 상상력과 기억의 보고이기도 하고, 미래의 목표를 설정하게 되는 지점이자 새로운 가능성을 향한 외부로의 출발점이요, 언제나 그리운 향수의 대상이며 귀환의 지점[30]이다.

산(山)터 원두막은 비었으나 불빛이 외롭다
헌깊심지에 아즈까리 기름의 쪼는 소리가 들리는 듯하다

잠자리 조을든 무너진 성(城)터
반딧불이 난다 파란 혼(魂)들 같다
어데서 말 있는 듯이 크다란 산(山)새 한 마리 어두운 골짜기로 난다

헐리다 남은 성문(城門)이
하늘빛같이 휜하다
날이 밝으면 또 메기수염의 늙은이가 청배를 팔러 올 것이다
　　　　　　　　　　　　　　　　　—「정주성(定州城)」(1935) 전문

　정주성은 정주를 대표하는 상징물이다. 또한 정주는 시인 백석의 모태와도 같은 고향이다. 그런데 그 정주성은 이미 폐허가 되었다. "무너진 성터"와 "헐리다 남은 성문"에 낮에는 잠자리가 졸고 밤에는 반딧불이가 파란 빛을 내며 나는 고즈넉한 공간이다. "파란 혼"들이 임재한 공간에서 그 빛나는 '혼'들의 말을 듣기라도 한 듯 "크다란 산새 한 마리"가 나는 곳, 그곳은 "날이 밝으면" 청배를 파는 늙은이가 언제나 그렇듯

30) Gaston Bachelard, 곽광수 옮김, 『공간의 시학』(동문선, 2003), 165~190면.

이 하루를 풀어놓는 곳이기도 하다. 그러한 곳에 불빛이 외롭다. 얼마나 외롭고 적막한지 아주까리기름이 헝겊에 젖어들어 쪼는 소리가 들릴 것처럼 고요하기 이를 데 없다.

이 시에서 백석은 정주성의 밤을 감각적 이미지를 중심으로 묘사하되 1연에서는 "불빛"을 "기름의 쪼는 소리"로, 2연의 "반딧불"을 "파란 혼"과 "말"로, 3연의 "흰"한 "성문"을 다시 밝아올 "날(日)"로 연결시키는 언어의 직조력을 발휘한다. 철저하게 감정을 절제하면서 정주성의 밤 풍경을 날카롭게 포착하여 적정하게 묘사하고 있다. 이렇게 어떤 풍경이나 풍속 또는 전설을 여타의 감정 노출이 없이 선명하게 형상화하는 것은 백석 시에 나타나는 모더니즘적 특성이라고 할 수 있으며, 소리이미지[31]가 지닌 그 독특한 호소력은 그의 시가 이미 획득하고 있는 서사적 진정성에 기인한다고 하겠다. 백석의 이러한 시적 면모는 그의 시 「여승(女僧)」에서도 잘 드러나고 있다. 그러나 백석이 차용한 소리이미지가 이렇게 정적 이미지의 확산으로만 나타나지는 않는다. 「동뇨

---

31) 시에서 차용되는 소리이미지는 일찍이 당송팔대가(唐宋八大家)의 한 사람으로 꼽히고 있는 구양수(歐陽修)가 가을의 소리를 그린 「추성부(秋聲賦)」에서 잘 그려진 바 있다. 참고로 소리이미지의 차용양상을 잘 나타내고 있는 「추성부(秋聲賦)」의 내용은 다음과 같다.
구양자가 밤에 글을 읽고 있다가 서남쪽으로부터 들리는 어떤 소리에 섬뜩해졌다. 그는 그 소리를 "처음에는 쏴아 휘익 빗소리 바람소리 같더니 홀연 내달려 솟구치고 몰아 닥쳐 마치 한밤에 놀란 파도 같고 비바람이 갑자기 몰아치는 듯"한 소리인가 하면, "쨍그렁 쨍 쇠붙이가 온통 울려대는 듯"한 소리였다고 말하고는, 동자에게 확인하고 오라고 한다. 그러나 밖에서 돌아온 동자는 "별과 달이 밝고 깨끗하며 은하수가 하늘에 걸렸습니다. 사방에 사람 소리는 없고 나무 사이에서 소리가 납니다."라고 보고한다. 그 말을 들은 구양자는 그 소리가 가을의 소리였다고 단언하고 가을의 모습을 설명한 뒤, 가을에서 시작하여 겨울, 봄, 여름의 순으로 계절의 변화를 이야기한다. (오수형 편역, 『당송팔대가(唐宋八大家)의 산문 세계』(서울대학교 출판부, 2000), 265~269면.)

부(童尿賦)」에서는 전혀 색다르게 나타나고 있음을 볼 수 있다.

　　봄철날 한종일내 노곤하니 벌불 장난을 한 날 밤이면 으레히 싸
개동당을 지나는데 잘망하니 누어 싸는 오줌이 넙적다리를 흐르는
따근따근한 맛 자리에 펑하니 괴이는 척척한 맛

　　첫 여름 이른 저녁을 해치우고 인간들이 모두 터앞에 나와서 물
외포기에 당콩포기에 오줌을 주는 때 터앞에 발마당에 샛길에 떠도
는 오줌의 매캐한 재릿한 내음새

　　긴긴 겨울밤 인간들이 모두 한잠이 들은 재밤중에 나 혼자 일어
나서 머리맡 쥐발 같은 새끼 요강에 한없이 누는 잘 매럽던 오줌의
사르릉 쪼로록 하는 소리

　　　　　　　　　　　　　　　　　　　　—「동뇨부(童尿賦)」(1939) 부분

　　이 시는 「연자간」과 마찬가지로 모든 이미지들을 차용하여 총체적
으로 사용하면서 오줌에 얽힌 유년의 경험을 환기시킨 작품이다. 백석
은 여기서 1연의 촉각적 이미지, 2연의 후각적 이미지, 3연의 청각적
이미지를 통해 그 순간의 분위기와 함께 봄, 여름, 겨울로 이어지는 계
절의 변화로 시적 분위기를 확장시키고 있는데, '잘망하니', '따끈따끈
한 맛', '펑하니', '척척한 맛'이라든가 '매캐한', '재릿한 내음새' 그리고
'사르릉 쪼로록' 등 그 분위기에 맞는 시어를 적확하게 사용함으로써
과거의 기억을 실감나게 형상화하고 있다.
　　백석의 시적 전개양상은 이렇게 여러 가지 이미지를 동시에 구사함
으로써 단순히 한 폭의 풍경화를 그리는 단계를 초극하여 감각적으로
보여주고 있음을 발견할 수 있게 한다. 그것은 그가 태어난 고향과 정

든 사람을 향하는 그리움이요, 그의 시를 관통하고 있는 인간적인 삶의 정취요 정서이다. 그럼에도 사회적 상황으로 인하여 이제는 갈 수도 없고 만날 수도 없는, 찾아볼 수도 없는 땅이요 사람이요 풍속이요, 사라져가는 풍물들이다. 또한, 그것들이 지니고 있는 역사이며, 거기 내재되어 있는 따스함이다.

> 흙담벽에 볕이 따사하니
> 아이들은 물코를 흘리며 무감자를 먹었나
> —「초동일(初冬日)」(1936) 부분

"흙담벽"의 역사와 같이 오랜 내력을 지닌 그 따스함의 근원에는, 양지바른 곳에 모여 무감자를 먹는 가난하고 궁핍한 아이들처럼 함께 지냈던 사람들이 있고 또 같이 먹었던 음식이 있다. 그렇게 삽상한 초겨울 어느 날 양지바른 곳을 찾아 함께 음식을 먹으며 시간을 보냈던 그리운 이들이 있는 곳, 그곳은 시인의 고향에 다름아니다. 시인은 그 겨울 어느 날을 "흙담벽"과 "물코를 흘리며 무감자를 먹"는 아이들과 같은 소박한 시어를 차용하여 서사성을 확보하고 모더니즘 경향의 창작 기법을 적용하여 시를 지음으로써, 맑디맑은 초겨울 어느 시골마을의 풍경을 찍어놓은 사진과도 같은 명징한 분위기를 연출한다.

백석은 또한 시의 제목을 정하는 데에도 세심한 주의를 기울인 것으로 보인다. 그리하여 이 시의 제목을 초겨울이라 하지 않고 "초동일"이라 하여 우리말에서 맛볼 수 있는 묘한 느낌을 확산시키고 있다. 따라서 이 시는 겨울의 차갑고 추운 계절적인 감각과 아울러 어딘지 모르게 따스한 정이 우러나는 듯한 시적 성취를 이루고 있다.

짝새가 발뿌리에서 날은 논드렁에서 아이들은 개구리의 뒷다리
를 구어먹었다

개구멍을 쑤시다 물쿤하고 배암을 잡은 늪의 피 같은 물이끼에
햇볕이 따그웠다

돌다리에 앉어 날버들치를 먹고 몸을 말리는 아이들은 물총새가
되었다

—「하답(夏畓)」(1936) 전문

백석의 시는 이렇게 여러 가지 감각이미지를 차용하여 눈앞의 풍경
을 그려낸 듯한 간명한 시가 많다. 그는 한 편의 시에 두 가지 이상의 독
특한 이미지를 차용하여 사용함으로써 서정적 자아의 주관적 정서를
지나치게 드러내지 않는다. 그리고 지극히 차분하고 조용하게 이야기
하는 방식을 취하고 있어 마치 어느 정도의 거리를 유지하면서 앞의 정
경을 사실적으로 그려 놓은 듯한 시적 분위기를 연출한다. 이렇게 간명
한 시의 전개양상을 살펴보면, 우선 시적 화자가 드러나지 않는다. 그
리고 먼저 눈앞의 정경이나 벌어지는 일을 이야기하고, 그 일이 벌어지
는 시간의 모습, 즉 자연에 대한 감각과 자신의 느낌을 서술한 뒤 이를
시적으로 승화시키는 단계로 나아간다.

시인에게 포착된 한여름 논가의 풍경 역시 제목을 한자의 복합어로
간단하게 지음으로써 그 내용과 버금가는 효과를 내고 있는 이 시는 아
이들의 발밑에서 날아오르는 "짝새"로 시작하여 "물총새"가 된 아이들
로 끝나고 있는데, 여기서 주목할 것은 논두렁에서 무엇인가 잡아먹고
날아오르는 조류와 "날버들치"를 잡아먹고 몸을 말리는 아이들을 동일

시하고 있는 점이다. 이는 곧 「모닥불」[32]에서 보여준 바와 같이 시인의 자연친화적 사고 또는 모든 것이 군단화되어 가는 합일지향적 성격이 내포되어 있음과 함께 생명에 대한 각별한 애정을 발견하게 되는 시적 전개에 다름아니다.

백석 시는 이렇게 자신이 말하려는 것을 마치 그림을 그리듯이, 한 장 한 장 형상화한 것으로, 독자는 그의 시의 단면을 통해 그가 그려놓은 '지나간 시간의 한 때'로 들어가게 된다. 그리하여 시 속에 담긴 이야기를 듣고 그가 살았던 사회적 정황을 알게 되며, 그의 고향과 정든 사람들을 이해하고 또 백석을 이해하게 된다.

3. 시적 여로

사전적 의미로 기행은 "여행을 하는 동안 보고 듣고 느끼고 겪은 점을 적는 것"을 말하며, 기행문은 기행을 바탕으로 한 체험·견문·감상 등을 중심으로 하여 일기·서간·수필 등의 형식으로 표현된다. 이러한 글들은 그 기행체험을 객관적으로 묘사할 수도 있겠지만 대개 일인칭 고백체의 성격을 띠며, 형식에 구애받지 않는다. 여행은 일상적인 삶에서 훌쩍 떠난다는 사실만으로 기분 전환의 기회가 되거니와 아름다운 자연

---

32) 새끼오리도 헌신짝도 소똥도 갓신창도 개니빠디도 너울쪽도 짚검불도 가락잎도 머리카락도 헌겊 조각도 막대꼬치도 기왓장도 닭의 깃도 개터럭도 타는 모닥불// 재당도 초시도 문장(門長) 늙은이도 더부살이 아이도 새사위도 갓사둔도 나그네도 주인도 할아버지도 손자도 붓장사도 땜쟁이도 큰개도 강아지도 모두 모닥불을 쪼인다//모닥불은 어려서 우리 할아버지가 어미아비 없는 서러운 아이로 불상하니도 몽둥발이가 된 슬픈 역사가 있다(백석, 「모닥불」(1936) 전문.)

과 미지의 세계를 접하며 거기서 오는 즐거움을 맛보는 계기가 되기도 한다. 기행문은 여행에서 얻은 이러한 느낌이나 자신이 본 장관(壯觀)을 적어 보관하거나 다른 이들과 나누려는 작가의 의도에서 기록된다.

기행문에서 가장 중요한 요소는 작가 나름의 독특한 느낌이나 표현이라고 하겠다. 기행문은 그 대상이 새로운 사물이든 사람이든, 혹은 잘 알려진 장소의 풍광이든 간에 작가의 개성적인 느낌과 감상을 담고 있다. 그래서 작가의 안목은 주목할 만 하다. 안목이 곧 작가 사상의 뿌리요 의식의 흐름이라 할 수 있기 때문이다. 기행문은 크게 두 가지로 나눌 수 있다. 하나는 견문기적 기행문의 성격으로 특별한 업무나 연구 목적에 구애받지 않고 자유롭게 느끼고 살핀 것을 표현하는 글이고, 다른 하나는 특정한 목적의 답사기록문적 성격으로 학술 조사 또는 시찰 따위를 위해 정해진 장소를 탐방하거나 답사한 기록이다. 그런데 시는 어떠한 목적이나 계산된 의도를 가지고 창작되는 것이 아니다. 그러므로 기행시는 전자에 해당한다.

기행시는 그 기록 시점으로 볼 때, 주거지를 떠나 기행 중인 경우와 기행을 끝내고 돌아와 그 체험을 기술하는 경우, 이렇게 두 가지로 대별할 수 있겠다. 여기서 주목할 것은 기행시라는 작가의식의 소산물이다. 기행시는 시적 화자가 기행 중인 자신의 존재 공간을 관찰하고 쓴 작품이든, 기행과정에 있는 자기 자신의 내적 또는 외적 상태를 자각하고 쓴 글이든 간에, 기행 중에 보고 듣고 느끼고 경험하면서 체득하거나 정돈된 모든 경험의 복합적인 결과물이다. 경험의 복합적인 결과물이라 함은 기행시가 시인의 삶을 규정하는 전후좌우의 복잡·다양한 관계망의 얽힘 안에서 생성된 시적 자아의 변화와 각성이라 아니할 수 없기 때문이다.

기행시에는 드러나는 몇 가지 요소가 있다. 첫째, 기행시란 어디론가 떠날 때 이루어지는 문학작품으로, 기행인은 그 서두에 자신의 출발을 둘러싼 느낌과 생각을 서술하게 된다. 그 느낌이란 대개 즐겁고 만족스러웠던 기억에 의존한다. 이때의 기억은 어떤 사물이나 장소를 둘러싸고 있는 시간에 대한 회고로 나타난다. 둘째, 기행시에는 기행의 여로(旅路)가 드러나게 마련이다. 그런 연유로 기행시편을 읽다보면 작가가 어디서 출발하여 어느 곳에 도착했는지 기행의 도정을 따라갈 수 있다. 셋째, 어떤 지역이나 장소의 특색이 나타난다. 그 고장이 가진 독특한 자연 환경이나 풍토, 생활, 산업, 문화, 역사, 지리적 여건 등과 함께 방언까지도 드러나게 되는데, 백석의 기행시가 그 대표적인 예라 하겠다.

특히 백석 기행시는 자신의 '기행'체험을 바탕으로 했으면서도 마치 그 자리에서 벌어지는 일을 서술하거나 그리고 있는 듯한 현실성을 지니고 있으며, 사전 지식이 없는 상태에서 시의 제목을 가리고 보면, 산문과도 흡사한 장시가 많다는 점이 특징이다.

백석은 오산소학교와 오산학교33)를 졸업하였는데 오산학교 시절 선배 시인인 김소월을 몹시 선망했다고 전해진다. 이후 1930년 ≪조선일보≫ 신년현상문예에 단편소설 「그 母와 아들」이 당선된 그는, 조선일보 장학생으로 동경의 아오야마(靑山)학원에서 영문학을 전공하였다. 귀국 후 조선일보사에 입사하여 본격적인 서울 생활을 시작한 백석은 1934년, 조선일보 출판부에 근무하면서 계열사인 ≪여성≫지의 편집을 맡아 일하였다.

---

33) '오산학교'는 1929년 '오산고보'로 명칭이 바뀌었다.

1935년 7월에 6회에 걸쳐 ≪조선일보≫에 연재된 단편소설「마을의 遺話」를 비롯하여 여러 편의 산문을 발표하던 백석은 8월 31일자 ≪조선일보≫ 지면에 시「정주성(定州城)」을 발표하면서 시인으로도 등단한다. 이후 그는 시작(詩作)에 정진하지만, 가끔 수필도 발표하다가 1940년 이후에는 평문도 쓰고 외국 작품을 번역하는 등 다양한 문학 활동을 하였다. 1935년「정주성」을 시작으로 1948년 발표된「남신의주 유동 박시봉방(南新義州 柳洞 朴時逢方)」에 이르기까지 백석은 10년이 조금 넘는 기간 동안 시인으로 활동하였는데, 그가 1936년 1월에 100부34) 한정판으로 출판한 시집『사슴』은 이미 널리 알려져 있다.

백석이 등단하기 전까지 한국 시단은 대개 세 개 유파에 의해 주도되고 있었다. 그 하나는 이상, 김기림이 주도한 주지주의계 모더니즘35) 경향의 시이고, 또 하나는 임화, 박팔양, 박세영, 오장환, 안용만 등이 활약한 리얼리즘 경향의 시로 카프가 발전된 형태라 할 수 있으며, 나머지 하나는 서정주, 오장환으로 대표되는 실험적 혹은 비주지주의적 시라 할 수 있다.36) 이중 카프 계열의 시는 경직된 이데올로기의 일방적인 적용으로 시의 서정적 진실을 왜곡·상실하고, 후에는 카프 행동원칙에 따라 선동선전의 기능을 담당하게 되면서 더욱 위축·무력화되다가 해체되고 말았다.

---

34) 백석의 시집『사슴』은 한정판으로 출판되었는데, 이동순의『백석시전집(白石詩全集)』(창작과비평사, 1987)과 김자야의『내 사랑 백석』(문학동네, 1995)에는 가가 200부 한정판으로, 김재용의『백석전집』과『증보판 백석전집』에는 100부 한정판으로 밝히고 있다.
35) 모더니즘은 주체를 대상화한다는 점에서 일차적으로 낭만주의에 맥이 닿아 있다. 주관을 대상화하여 내면의 들을 수 없는 것을 듣게 하거나 지각케 하는 것이다. (오세영,『20세기 한국시인론』(도서출판 월인, 2005), 195면, 316면, 423면.)
36) 김용직,『한국현대시인연구 (상)』(서울대학교 출판부, 2002), 641~643면.

한국시가 근대에서 현대로 넘어가는 1930년대는 유달리 많은 시인이 배출되었다. 이들은 대부분 시문학파인데 주도했던 시인은 박용철, 정지용, 김영랑, 신석정, 이하윤 등을 들 수 있다. 이들은 반이데올로기 경향의 순수 서정을 추구하였으며 작품을 구성하는 도구인 '언어'에 각별한 애정을 쏟았다는 데 그 특징37)이 있다고 하겠다. 박용철은 1930년 3월『시문학』창간호를 빌어 "한 민족의 언어가 발달의 어느 정도에 이르면 구어(口語)로서의 존재에 만족하지 아니하고 문학의 형태를 요구한다. 그리고 그 문학의 성립은 그 민족의 언어를 완성시키는 것"이라고 말함으로써 언어에 대한 깊은 관심을 표명한 바 있다. 당시『시문학』에는 김영랑, 정지용, 이하윤, 박용철 등의 작품이 실렸는데 그 작품적 경향은 모두 거창한 주제가 배제되고, 소화해내기 쉬운 내용과 소재가 정서적으로 자양화된, 감성적이고 긍정적인 시들이 비교적 많았다. 시문학파들이 어느 정도 자리를 잡아가자 이 시인들의 의식 안에서는 다시 전통을 지향하는 의식과 함께 외국문학의 실험적 정신이 길항38)한다.

백석이『사슴』을 발간하던 1936년, 우리 시단은 이미 이미지즘과 모더니즘의 영향을 받은 후였으며, 정지용의『정지용 시집』이 발간되었고,『3·4 문학』이 간행된 후였다. 이러한 때에 백석은 우리 고유의 전

---

37) 김윤식·김우종 외,『한국현대문학사』(현대문학사, 2002), 199~223면.
38) 이러한 길항작용은 당시 일제에 의한 문학·예술 작품에 대한 검열이 강화되면서 더욱 심해졌을 것으로 추정된다. 작가는 끊임없이 현실과 조우해야 하는 개인적 삶을 살고 있으며, 흐르는 역사의 한가운데서 창작을 하고 있기 때문이다. 이러한 측면에서 볼 때, 일제의 검열은 당시 시인들에게 더욱 창조적인 사유를 하지 않으면 안 되도록 상상력을 자극하는 요인이 되었으리라 추정된다. 상상력은 사회적 상황에 영향을 받는다.

통적인 것과 서구의 근대적인 특성을 혼합·압축한 시를 발표한 것인데 이는 한국적인 소재로 서구 모더니즘 경향의 시를 창작함으로써 가능한 일이었다. 정지용의 계보를 이어 백석에 이르기까지 한국 문단의 모더니즘 수용은 이미지즘적 시적 변용으로 부각되는데, 이미지즘의 특징[39]은 시각적 감각적 이미지를 구사하는 것, 관념적이고 추상적인 진술을 피하고 자기표출을 억제한 자유시를 추구하는 것, 자유롭게 제재를 선택하는 것, 순간적이고 즉물적인 인상을 옮기는 것 등이다. 즉, 일상적 언어를 쓰되 반드시 정확한 언어를 써야하고 조금이라도 정확하지 않거나 단순히 상식적으로 통용되는 언어는 사용하지 않는 것이며, 새로운 감정의 표현으로서 새로운 리듬을 창조하고 옛것을 답습하지 않으며, 제재의 선택이 자유롭고 한 이미지를 표현하되 막연하고 일반적인 것을 다루는 것이 아니라 개별적인 것들을 정확히 표현하고, 진실하고 분명하며 모든 것에 대한 집중이 시의 근본이라고 믿는 것 등이 그 특징이다.

　백석은 1936년 시집 출간 당시 조선일보에 근무하던 도시인으로 이미 일본 유학 기간 중에 이국의 정취를 맛보고 배운 근대인이다. 따라서 백석이 자신의 시에 이미지즘을 적용한 것은 당연한 귀결이라 하겠다. 사회적 경험은 언제나 '어떤 면'에서의 최상의 경지가 기준으로 적용되게 마련이다. 여기서 '어떤 면'에서의 기준이라 함은 좋고 나쁨과 옳고 그름의 구별이 아닌 수평적 차원의 '차이'를 지니고 있는데, 시인이 그 '차이'의 어느 정도를 수용하고 자신의 작품 속에 반영할 것인가는 시인이 고민해야 할 문제로 남는다. 백석의 시는 이런 면에서 토속

---

39) 이창배,『20세기 영미시의 형성』(민음사, 1979), 108면; 김영익, 앞의 논문, 30~31면.

성과 이미지즘의 결합이라는 시적 성취를 이룬다. 그는 자신이 포착한 현실과 풍경을 즉물적으로 묘사하되, 그 내용과 정서를 보다 풍요롭고 효과적으로 전달하기에 적확한 한국적 소재를 선택하여 사용함으로써 한 편의 시 안에 리얼리즘 경향과 모더니즘 경향이 공존하는 장을 마련하고 있다. 역사적 풍물과 이미지의 집중과 나열은 백석 시가 지닌 특징 가운데 하나라고 할 수 있는데, 이는 정지용이 자연에 심취한 경향이 있었던 것과 김기림이 도시적이고 감각적인 시어를 사용하였던 것 등과 관련하여 볼 때, 백석의 시는 가장 보편적이고 구체적인 사회적 현실을 반영하는 리얼리즘 경향과 빨리 그린 그림처럼 즉물적이고 인상적인 모더니즘 경향이 고루 섞여40)있다는 점에서 그 탁월함을 인정할 수밖에 없다. 이는 서구의 이미지즘 속에 한국적 삶의 내용을 가득 채워 단연 돋보이는 시적 성취를 이루고 있기 때문이다.

백석 시에서는 모더니즘 경향의 시를 두 가지로 분류할 수 있다. 하나는 그의 시 「정주성」과 「여승」으로 대표되는데, 이 시들은 당시의 사회적 상황을 대변하는 작품으로 문화성과 역사성을 띤 부류이고, 또 하나는 「청시」, 「산비」 등의 시를 들 수 있는데, 이러한 작품들은 여타의 감정 노출이 없으며, 간명하게 표현할 수 없는 묘한 정서적 분위기를 자아내는 공통점을 지닌다. 이러한 백석의 시 가운데 기행시를 연구한다는 것은, 그가 발표한 시의 광범한 작품적 실체를 통해 시적 화자의 '존재 공간'을 탐색하고, 그 공간 확장으로서의 '여로'를 추적해 나아

---

40) 최원식은 이러한 양상을 '회통'이라는 언어를 사용하여 설명하고 있다. 회통은 불경의 어려운 교리를 쉽게 해석하여 이해시킨다는 뜻으로 요즘의 '열린 불교'에서 주로 사용되는 말이나, 이 책에서의 '회통'은 동·서의 문화와 문예사조를 아우르는 문학사회학적 개념으로 사용한 것으로 읽혀진다. (최원식, 『문학의 귀환』(창작과 비평사, 2001), 42~59면.)

가야 한다. 그의 기행시는 연작시 23편을 포함하여 50여 편에 이르며, 이는 그가 남겨놓은 시가 재북 작품을 제외하고 총 95편[41]이라는 점을 고려할 때 상당한 비중을 차지하는 분량이다.

그는 길을 나선다. 그 길은 고향을 상실하고 나라를 잃어버린 자의 '쓸쓸한 길'이다. 그리하여 그의 시적 여로는 먼저 고향에서 조금 떨어진 '외방(外方)'으로 나아가게 된다. 1936년 1월 출간된 시집 『사슴』에 수록된 그의 시 「쓸쓸한 길」·「주막」·「삼방」·「성외」·「추일산조」 등을 통해 그의 쓸쓸한 '외방' 체험과 낯선 장소에 대한 탐색의 도정을 엿볼 수 있다.

그의 국내 유랑체험이 시적으로 반영된 기행시는 ≪조광≫ 1권 2호 (1935년 12월)에 「통영(統營)」을 발표하면서 본격화된다. 「통영」·「광원」·「연자간」·「탕약」·「삼방」 그리고 조선일보사에 근무할 당시 경상도 해안 지방을 여행하고 쓴 연작 기행시 「남행시초(南行詩抄)」 4편[42]을 1936년 3월 5일에서 8일에 걸쳐 ≪조선일보≫ 지면에 게재하였다.

1936년 4월, 조선일보사를 그만둔 백석은 함경남도 함흥 영생여고보의 영어교사로 옮겨가게 된다. 부임한 이듬해 관북지역 즉, 함경남도 함주를 배경으로 쓴 연작 기행시 「함주시초(咸州詩抄)」 5편[43]을 1937년 ≪조광≫ 3권 10호에 발표하였는데, 이 시들은 대부분 기행체험을

---

41) 현재 백석이 우리에게 남겨놓은 시는 이 95편에 「집게네 네 형제」를 포함한 동화시 12편, 그리고 재북 시 「공무여인숙」을 포함한 13편 등으로 알려져 있다. 이렇게 볼 때 백석의 시는 총 121편이다.

42) 「창원도(昌原道)」·「통영(統營)」·「고성가도(固城街道)」·「삼천포(三千浦)」로 '남행시초' 연작 기행시.

43) 「북관(北關)」·「노루」·「고사(古寺)」·「선우사(膳友辭)」·「산곡(山谷)」 등 5편.

통해 경험한 풍물 묘사와 어릴 적 체험을 소재로 하지만, 그 풍물 묘사는 단순한 묘사를 넘어서고 어릴 적 체험은 복고적 취향이 아니다.

또한 1938년, 함경도 산에 관한 연작 기행시 「산중음(山中吟)」 4편44)을 1938년 ≪조광≫ 4권 3호에 발표하고, 「석양」·「고향」·「절망」을 ≪삼천리문학≫(1938. 4)에 게재하는 한편, 평안도 바다를 배경으로 한 연작 기행시 「물닭의 소리」 6편45)을 1938년 ≪조광≫ 4권 10호를 통해 발표한 바 있다. 이듬해에는 「함남 도안(咸南道安)」(≪문장≫, 1939. 10)을 발표하고, 이어 1939년의 기행체험을 바탕으로 평안남북도와 황해도 북부지역인 관서지방을 배경으로 한 연작 기행시 「서행시초(西行詩抄)」 4편46)을 1939년 11월 8일자 ≪조선일보≫에 게재하였다. 이렇게 백석은 자신의 기행체험을 시에 반영하며 자신이 거주하는 '존재 공간'에 대한 탐색과 관찰을 거쳐 일제강점기 현실인식과 자기성찰 과정을 이들 기행시편에 노정시키고 있다.

이에 앞서 1936년, 백석은 일본을 배경으로 한 두 편의 시를 발표한 바 있다. 이는 일본의 이즈(伊豆) 반도에 가서 쓴 작품으로 알려진 「시기(市崎)의 바다」와 「이두국주가도(伊豆國湊街道)」로, 한 편은 1월에 출간한 시집 『사슴』에 실리고, 또 한 편은 『시와 소설』(1936. 3)에 게재한 바 있다. 이 두 편의 시는 1930년 ≪조선일보≫ 신년현상문예에 단편소설 「그 母와 아들」이 당선되면서 조선일보 장학생으로 뽑혀, 동

---

44) 「산숙(山宿)」·「향악(饗樂)」·「야반(夜半)」·「백화(白樺)」 등 4편. '산중음'이라는 부제가 있다.
45) 「삼호(三湖)」·「물계리(物界里)」·「대산동(大山洞)」·「남향(南鄕)」·「야우소회(夜雨小懷)」·「꼴두기」 등 '물닭의 소리'라는 부제가 있는 연작 기행시. 6편이다.
46) 「구장로(球場路)」·「북신(北新)」·「팔원(八院)」·「월림(月林)장」 등 연작 기행시 4편을 말한다.

경의 아오야마(青山)학원에서 영문학을 전공하던 시절의 일본유학경험을 바탕으로 한 시(詩)이거니와, 일본 체험을 배경으로 한 시는 2편밖에 찾아볼 수 없는 점은 의구심을 불러일으킨다.

1939년, 백석은 일본인 상급자가 창씨개명을 강요하자 이를 거부하고, 재입사하여 다니던 조선일보 자매회사 월간 ≪여성≫의 편집직을 그만둔 후, 생계유지를 위해 측량보조원, 측량서기, 소작인 등의 직업을 전전하며 생활하였다. 그 무렵 그는, 만주 신경(新京, 現 長春)의 만주국 국무원 경제부에 근무하면서 토마스 하디의 소설『테스』를 번역하였으며, 1939년 9월, 중국을 배경으로 하여 만주 유이민의 현실을 시적으로 수용한 9편의 기행시 가운데 최초의 시「안동(安東)」(≪조선일보≫, 1939. 9)을 발표하였다.

이듬해인 1940년, 백석은 「북방(北方)에서―정현웅(鄭玄雄)에게」(≪문장≫, 1940. 7), 「허준(許俊)」(≪문장≫, 1940. 11) 등을 발표하는데, 이들 기행시에는 당시 이국 생활의 고통과 고독, 허무함과 국외 유이민 현실의 절박함이 절절하게 나타난다. 이러한 현실적 고립과 무능에 대한 시적 대응으로 백석은 「귀농(歸農)」(≪조광≫, 1941. 4)을 단행하고, 국외 유이민으로서 경험한 이국 생활에서 느끼는 절망적인 상황을 직시하며 민족적 정서를 회복한다. 「흰 바람벽이 있어」와 「촌에서 온 아이」(≪문장≫, 1941. 4)를 발표하는 한편, 사회역사적 상상력47)의 소산인 「조당(澡塘)에서」와 「두보(杜甫)나 이백(李白)같이」(≪인문평론≫, 1941. 4)를 발표하기에 이른다. 이는 민족이 당면한 현실을 인식하고 민족적 삶을 지향하기 위한 전통의 제시이며 공동체적 삶을 지향

---

47) 유종호,『사회역사적 상상력』(민음사, 1995), 95~120면.

하려는 노력의 일환이었다고 판단된다.

1942년, 백석은 만주의 안동에서 세관업무에 종사하면서 바이코프의 「밀림유정」 등을 번역하다가 1946년, 고당 조만식의 요청으로 평양으로 나와 조선민주당의 일을 맡게 되었다. 그 후 1947년 12월, 백석 시 「적막강산」이 그의 벗 허준에 의해 ≪신천지≫에 발표되었고, 이어서 1948년에는 「마을은 맨천 구신이 돼서」(≪신세대≫, 1948. 5)와 「칠월백중」(≪문장≫, 1948. 10)이 동일인에 의해 발표되었다. 그리고 그 해 10월, 백석은 「남신의주 유동 박시봉방(南新義州 柳洞 朴時逢方)」(≪학풍≫, 1948. 10)[48]을 발표하기에 이른다. 당시 그는 1945년 8·15 광복과 함께 신의주에 머물다가 귀향하여 과수원 일을 돌보며 살고 있었는데,[49] 이로 인하여 백석은 분단 후 재북 시인의 명단에 올랐고 차후 그의 문학 활동 및 성과는 차단되었다.

---

48) ≪학풍≫ 창간호(1948. 10)에 발표된 이 시는 편집 후기에 백석의 시집을 발간할 예정이라는 말이 기록되어 있다. 이 시는 시 「적막강산」 외 몇 편과 함께 그의 절친한 친구이자 당시 소설가로 활동하였던 허준이 보관하고 있었던 것으로 추정된다. 잡지 ≪학풍≫은 1950년 6월, 13호로 종간되었으며, 발행인은 민병도, 편집인은 조풍연이 맡았었다.

49) 백석은 북한에서 1959년까지 작품활동을 하다가 '붉은 편지 사건'에 관련되어 생산현장에 내려간 후 활동하지 않은 것으로 알려져 있다. 송준에 의하면 그는 1962년 이후 한설야(韓雪野)계와의 대립으로 인해 이원우, 민병균, 김조규, 조벽암 등과 함께 몰락의 길을 걷다가 1963년 함경도 오지의 협동농장에서 노동 중 사망한 것으로 알려진 바와는 달리, 1995년까지 압록강 인근의 양강도 삼수군에서 농사일을 하며 문학도를 양성하며 살다가 1995년 1월 83세의 나이로 타계하였다고 한다. (≪동아일보≫, 2001. 5. 1)

여기서 '붉은 편지 사건'이란, 북한에서 '천리마 운동'이 한창이던 1959년, 당성이 약하다고 지목받은 작가들을 지방의 생산 현장으로 내려 보낸 사건을 말한다.

Ⅲ. 국내 유랑체험의 시적 반영

1. '이방' 체험과 탐색

1930년대에 들어 식민통치가 공고화(鞏固化)되면서 일본은 그 체제를 더욱 강화하여, 소위 '내선일체(內鮮一體)'란 표어를 내걸고 '민족문화말살정책'(1937)을 감행하기 시작하였다. 이는 1935년 '신사참배'에서 이어지는 것으로, 1938년 '조선어 과목 폐지', 그리고 1940년 '창씨개명'과 아울러 ≪동아일보≫·≪조선일보≫, 양대 신문과 당시 조선어로 발간되던 권위 있는 잡지 ≪인문평론≫, ≪문장≫을 폐간시키기에 이른다. 또한 일제는 만주사변(1931. 9. 18.) 이후 조선에 대한 약탈의 강도를 한층 더 높이게 되는데, 이로 인해 우리 민족의 고향은 훼손되고 농민을 비롯한 국내 유랑민이 급속도로 증가하게 되었다.

이러한 때, 정서의 근원이 되는 공간이자 훼손되고 있는 고향을 벗어난 백석은, 고향에서 조금 떨어진 '외방(外方)'을 체험하면서 막연하나마 현실을 인식하게 된 것으로 추정된다. 이는 현실에 대한 인식이 시인의 의식에 작용하면서 파생된 것으로 보이는 쓸쓸함과 고향 상실에 대한 허무와 절망이 그의 시에 드러나고 있기 때문이다.

거적장사 하나 산(山)뒷 옆비탈을 오른다
아— 따르는 사람도 없이 쓸쓸한 쓸쓸한 길이다
산(山)가마귀만 울며 날고
도적갠가 개 하나 어정어정 따러간다
이스라치전이 드나 머루전이 드나
수리취 땅버들의 하이얀 복이 서러웁다

뚜물같이 흐린 날 동풍(東風)이 설렌다

ー「쓸쓸한 길」(1936) 전문

시적 화자는 그저 구경꾼으로서 자신이 지나치는 풍경을 보고 있다.
그 풍경은 가족과 고향을 등지고 그동안의 모든 관계들로부터 떨어져
나와 혼자 걷는 "따르는 사람도 없이 쓸쓸한 길"이다. 가족과 고향을 그
리며 따뜻하고 즐거웠던 과거를 표현했던 것에 비해 훨씬 동떨어진 느
낌을 준다. 뿐만 아니라 시적 화자를 유년의 '나'가 아니리 성인으로 차
용하여, 현실의 소외 의식과 각박한 세상살이를 묻어나게 하고 있다.
또한 이 시는 "거적장사 하나 산(山)뒷 옆비탈을 오른다/아ー 따르는 사
람도 없이 쓸쓸한 쓸쓸한 길이다"라는 리얼리즘적 서술에서 시작하여,
"수리취 땅버들의 하이얀 복이 서러웁다/뚜물같이 흐린 날 동풍(東風)
이 설렌"는 모더니즘적 결말로 끝을 맺고 있는데, 여기서 주목할 것
이 두 가지 있다. 첫째, "수리취 땅버들"의 "하이얀 복"이 서럽다고 토
로한 부분이고 둘째, "뚜물같이 흐린 날"의 직유적 표현이다. 백석은 흰
색을 서럽고 슬픈 색으로 의식하고 있는 듯하다. 이는 곧 한의 정서로,
땅에 기반을 둔 "수리취 땅버들"과 자연스럽게 연결되면서 소복이 표
상하는 바와 마찬가지로 잃어버린 사람이나 한이 서린 것, 즉 일제하
조선의 땅과 민족을 표상한다고 하겠다. 둘째 시적 화자가 "쓸쓸한 길"
을 걷고 있는 그 날은 잔뜩 "흐린" 날인데, 시인은 그 날을 "뚜물"이라
는 불투명한 객관적 상관물과 연결시키면서 앞이 잘 보이지 않는, 즉,
자신의 불확실한 미래를 상징하는 시적 장치로 사용하였다.

호박잎에 싸오는 붕어곰은 언제나 맛있었다

부엌에는 빨갛게 질들은 팔(八)모알상이 그 상 위엔 새파란 싸리를 그린 눈알만한 잔(盞)이 뵈였다

아들아이는 범이라고 장고기를 잘 잡는 앞니가 뻐드러진 나와 동갑이었다

울파주 밖에는 장군들을 따러와서 엄지의 젖을 빠는 망아지도 있었다

—「주막(酒幕)」(1935) 전문

이 시는 이야기시적 특징인 열거법과 전통 문화에 바탕을 둔 방언 지향의 만연체를 적정하게 조정하여 매우 깔끔하게 절제된 서정적 자아를 보인다. 때문에 서정적이기는 하나 서경(敍景)에 가까운 느낌을 줌으로 읽는 이로 하여금 그림을 그릴 수 있게 유도하고 있다. 특히 주막에서 사용하는 팔각상이 길이 들어 빨갛게 변색된 위에 "새파란 싸리" 그림이 새겨진 "눈알만한 잔"에 시의 생생함이 집약되면서 그 잔이 있었던 주방 부엌의 모습이 그려지는데, 시는 여기서 끝나는 것이 아니라 자신과 동갑내기였던 그 집 아들 "범이"의 생김새와 특징을 기억하며 다시 엄지 젖을 먹고 있는 망아지에게로까지 나아간다. 상 위에 놓이는 음식으로 시적 화자의 입에 맞았던 "호박잎에 싸오는 붕어곰"에서 그 음식을 만들었을 주막의 부엌으로, 부엌에 놓여 있던 상으로, 그리고 그곳에서 음식을 만들어 날랐을 사람의 아들에게로, 또 망아지에게로 점점 거리가 멀어지면서 전개되는 양상을 보인다. 이로 인해 시인 백석이 얼마나 꼼꼼하게 주변을 관찰하고 자신이 있는 공간을 탐색하였는지 알 수 있다.

신살구를 잘도 먹드니 눈오는 아침
나어린 아내는 첫아들을 낳었다

인가(人家) 멀은 산(山)중에
까치는 배나무에서 즞는다

컴컴한 부엌에서는 늙은 홀아비의 시아부지가 미역국을 끓인다
그 마을의 외따른 집에서도 산국을 끓인다

—「적경(寂境)」(1936) 전문

　아내의 입덧 기간을 "신살구를 잘도 먹드니"로 대치하고 있는 이 시에서 시적 화자는 첫아들이 태어났음을 암시한다. 아들의 생일 아침에 눈이 내리는데, 어두컴컴한 부엌에서 산국을 끓이는 홀시아버지가 있다. 거기 어디 같은 "마을의 외따른 집에서" 시적 화자도 미역국을 끓인다. 1연의 내리는 "눈"과 2연, 배나무에서 즞는 "까치"는 반갑고 기쁜 마음을 대변한다. 이는 미역국이 상징하는 바, 새로운 생명의 탄생을 기뻐하는 것이지만, 그곳은 여느 사람들과 떨어져 있다. 그래서 출산의 기쁨을 함께 할 수 있는 절친한 사람들을 쉽게 만날 수 없는 곳이다. 따라서 3연의 "늙은 홀아비의 시아부지"와 "외따른 집"이라는 시어는 서로 대응하며 고즈넉하고 동떨어진 느낌을 확산시키며 절제된 슬픔을 표출하고 있다. 그 슬픔은 기쁨 가운데 슬며시 스며드는 것으로 고향의 상실과 더불어 정을 나눌 이웃의 결핍에서 오는 것이기에 애잔하다. 이러한 정조는 「미명계」를 통해서 다시 엿볼 수 있다.

　자즌닭이 울어서 술국을 끓이는 듯한 추탕(鰍湯)집의 부엌은 뜨

수할 것같이 불이 뿌연히 밝다

초롱이 히근하니 물지게꾼이 우물로 가며
별 사이에 바라보는 그믐달은 눈물이 어리었다

행길에는 선장 대여가는 장꾼들의 종이등(燈)에 나귀 눈이 빛났다
어데서 서러웁게 목탁(木鐸)을 뚜드리는 집이 있다
　　　　　　　　　　　　　　　　　　―「미명계(未明界)」(1936) 전문

　조용하게 삶의 비애가 번지는 시각까지 시적 화자는 잠들지 못하고
있다. 닭이 자꾸 울어 일찍 일어난 추어탕 집에서는 이른 술국을 준비
하고, 그 부엌에서 스며 나오는 불빛은 기온이 한껏 내려간 새벽에 보
니 그저 따스하게만 느껴진다. 아직 해가 솟지 않아 대지도 고요하게
잠든 듯한데 물지게꾼 또한 일찍부터 우물로 가며 하늘을 본다. 그 모
습을 본 시적 화자도 하늘을 본다. 눈물이 어린 듯 달그림자가 졌다. 한
길에는 장이 설 시간에 맞춰 그 장소에 도착하려는 장꾼들이 "종이등"
을 들고 가는데 그 "종이등"이 나귀의 눈에 반사되면서 빛이 났다. 이는
시적 화자가 얼마만큼은 가까운 거리에 있었음을 알 수 있는데, 그 때
멀리 어디서 목탁을 두드리는 소리가 들린다. 그 소리는 절이 아닌 집
에서 들려오고 시간은 아직 밝기 전의 세계라는 점을 고려할 때 필시
그 소리는 누군가 죽은 사람을 애도하거나 사무치는 기원을 드리는 소
리로 풀이할 수 있겠다.
　모두 잠들어 있을 새벽, 일찍부터 살이를 준비하는 생업의 움직임으
로 시작하여 서럽게 들리는 목탁소리로 끝나는 이 시는 크게 두 개의
축이 있다. 하나는 일상적인 삶이요, 또 하나는 죽음 또는 마음대로 되

지 않는 것에 대한 사무치는 기원이라 할 수 있는데, 여기서 삶은 하루의 생활을 준비하는 구체적인 모습으로 그려지며 죽음 또는 사무치는 기원은 어디 먼 곳에서 들려오는 소리로 대변되고 있다. 시적 화자의 주관적 개입이 철저하게 배제된 이러한 시적 전개는 암울한 민족의 현실을 생각할 때 한편으로는 생활을 위해 먹고 사는 구체적인 문제를 생각해야 하고, 다른 한편으로는 제 나라 제 땅에서 상실하고야 만 주권이며 고향이고 해체되어가는 가족을 직시하면서도 아무것도 할 수 없는 현재적 상황에 대한 무능을 비유하는 것이라고도 여겨진다.

　　　　갈부던 같은 약수(藥水)터의 산(山)거리엔 나무그릇과 다래나무
　　　지팽이가 많다

　　　　산(山) 너머 십오리(十五里)서 나무뒝치 차고 싸리신 신고 산(山)
　　　비에 촉촉이 젖어서 약(藥)물을 받으려 오는 두멧아이들도 있다

　　　　아랫마을에서는 애기무당이 작두를 타며 굿을 하는 때가 많다
　　　　　　　　　　　　　　　　　　　　　　　─「삼방(三房)」(1936) 전문

　　1935년 11월 ≪조광≫ 1권 1호를 통해 처음 발표되었을 때 「산지(山地)」는 승냥이가 울고 부엉이가 무겁게 나는 여름 한낮, 아픈 아버지를 위해 약물을 받으러 오는 아이가 있었다. 아랫마을의 산은 애기무당이 작두를 타며 굿을 하는 때가 많은 곳이다. 이 시는 주로 마을의 풍경을 제시하면서 약물을 먹고 앓는 배를 치료했던 민간요법과 액땜을 하기 위해 굿을 한다는 무속 사회의 단면과 그 산의 변화하는 풍경과 더불어 자신의 짐작을 나열하고, 특히 1연에 여인숙이 많다고 진술하고 있었

던 반면, 그의 시집『사슴』에서는 대폭 축소 개작되었음을 발견하게 된다. 제목을 「산지(山地)」에서 「삼방(三房)」으로 바꾸어 '여인숙'을 빼고 '나무그릇'이라는 어휘를 영입하면서 시의 전개를 전체적으로 수정하여 수록하였는데, 이는 그 산에서 "약물"과 "굿"을 보면서 자신의 고향에서 자주 대할 수 있었던 전통 무속의 토속적인 모습을 발견한 체험의 진술에 다름아니다. 고향을 벗어난 곳에서 고향과 동일한 무속을 발견한 시적 화자는 고향에 대한 진한 향수를 느끼고 있었으리라 추정됨에도 이 시는 시인의 '역사적 삶'과는 객관적 거리를 유지한 채 '—많다, —있다, —많다'라는 세 가지 서술만으로 설화적 세계를 묘사한다. 그 묘사는 차분하고 독특한 직유적 표현이다. 예컨대, 이 시에서는 특히 둘째 행의 수사가 전부 뒤에 나오는 "두멧아이들"을 설명하기 위해 열거되어 있음을 볼 수 있다. 시적 화자가 이렇게 나지막한 어조로 서술한 짧은 내용은 아이들이 그곳에 오는 모습과 목적을 내포하고 있어, 독자는 이 간명한 시를 통해 우리 민족의 토속적인 세계와 전통적 가치를 높이 사고 있는 백석의 사유를 읽을 수 있게 된다.

> 어두어오는 성문(城門) 밖의 거리
> 도야지를 몰고 가는 사람이 있다
>
> 엿방 앞에 엿궤가 없다
>
> 양철통을 쩔렁거리며 달구지는 거리 끝에서 강원도(江原道)로 간
> 다는 길로 든다

술집 문창에 그느슥한 그림자는 머리를 얹혔다

—「성외(城外)」(1936) 전문

「성외」에서 성문 밖의 시적 화자는 현재 자신이 있는 곳 주변을 관찰한다. 그의 시선은 그 거리에 있는 사람, 돼지, 엿방, 양철통, 달구지에서 벌어지는 모든 움직임과 상태를 탐색한다. 재미있는 것은 "엿방 앞에 엿궤가 없다"는 서술이다. 이는 그곳에 당연하게 있어야 할 물건인 "엿궤"가 없다는 시적 화자의 인식과 다름없다. 그는 낯선 거리를 다니는 중에도 마땅히 있어야 할 것, 서로 어울려있어야 제격인 사물들을 기억하고 그것들이 한데 있고 없음을 판독한다. 그렇게 풍경을 읽는 시인은 저녁나절 그림자가 길게 늘어져 술집 문창에 닿은 모습을 "그느슥한 그림자는 머리를 얹혔다"고 표현한다. 이렇게 객관성을 유지하며 주변을 스케치하는 듯한 시적 전개는 「추일산조(秋日山朝)」에서도 금세 발견할 수 있다.

아츰볕에 섶구슬이 한가로이 익는 골짝에서 꿩은 울어 산(山)울림과 장난을 한다

산(山)마루를 탄 사람들은 새꾼들인가
파아란 한울에 떨어질 것같이
웃음소리가 더러 산(山) 밑까지 들린다

순례(巡禮)중이 산(山)을 올라간다
어젯밤은 이 산(山)절에 재(齋)가 들었다

—「추일산조(秋日山朝)」(1936) 부분

자신이 서 있는 곳에 시적 공간을 확보하고 자신의 눈에 보이는 것을 눈길을 따라가며 그대로 옮기고 있는 듯한 이러한 시들은 감정 표출을 극도로 절제하면서 소리이미지를 비롯한 감각이미지를 혼용함으로써 시적 정취를 극대화하고 있다. 가을 어느 날, 산에서 아침을 맞으며 그 산의 정취와 고즈넉함과 하루 전에 있었던 일까지 응축하여 담아내고 있는 이 시는 마치 찍어놓은 사진을 보며 지난날을 읽고 있는 듯한 시적 효과를 거두고 있는데, 산 속에 울려 퍼지는 메아리를 "꿩이 산울림과 장난을 한다"는 이야기로 시작하고 있는 1행에서부터 그의 모더니즘 경향과 더불어 자연친화적 사상을 발견하게 된다. 그러한 경향은 민족 문화의 하나인 "재(齋)"를 소홀히 다루지 않고 그 산의 내력에 포함시킴으로 시의 서사화를 이루어낸다.

이러한 백석의 시들은, 1927년 카프(KAPF)의 '제1차 방향전환' 이후의 시들이 지나치게 관념적이고 계급적 편향을 드러냄으로써 서정성을 잃고 말았던 당시 문학적 정황에 반해 상당한 서정적·서사적 진정성을 획득하고 있다. 여기서 '서정'과 '서사'라 함은 주관적 정서의 평면적 표출이 아닌, 사물의 근원과 개인적 삶의 구체성에 영향을 주고 있는 수직·수평적인 사회적 관계의 근원에 대한 통찰이며 '다양한 감각적 경험'이다. 그것은 또한 인유, 은유, 환유 등의 다양한 작업을 거쳐 당대 사회적·문화적 현실을 객관적으로 묘사하거나 변형하여 담아내게 마련인데 이러한 연유에서 백석의 시적 상상력은 리얼리즘적 상상력을 포함한다. 이는 바흐찐(Mikhail Bakhtin)이 말한바 "대지와 육체에 뿌리박고 있는 것으로 세계의 이러한 물질적·육체적 근원으로부터 떨어져서 고립적으로 자기 자신 속에 폐쇄시키는 여하한 움직임과도 대립하여, 대지와 육체로부터 해방된 독립적인 의의를 가졌다고 참칭하는 온갖 입장을 부정"하는 민중적 상상력[50]을 말하며 "개인적인 것과 사회적인 것을 자기 속에 올바르게 통일한 예술적 현상"으로서 창조된 '전형'에 다름아닙니다. 백석 시의 민중성은 후에 청록파 시인들과 윤동주를 비롯하여 해방 후의 신경림, 박용래, 이시영, 김명인, 송수권, 최두석, 박태일, 안도현, 심호택, 허의행 등에게 영향을 주고, 이들은 각자 살았던 사회적 상황과 상호 작용하며 그 맑고 고결한 시정신과 간결한 시 형식을 이어받게 된다. 이는 윤동주의 「유언」과 「밤」이 그 문체와 형태, 율격, 이미지의 구사 등이 백석 시 「청시」와 「연자간」과 흡사하다는 점과, 신경림의 「장마」나 「그날」의 장면 묘사와 분위기가 백석의 「적경」·「미명계」·「쓸쓸한 길」과 흥미로운 대조를 보이고 있다는 점[51]에서 찾아볼 수 있으며, 백석의 「적경」은 박용래의 「삼동」과 비슷하고 이시영의 「밤길」과 대비를 이루는 등 이후의 시인들의 작품을 통해서도 많은 유사성과 대조성을 발견할 수 있다. 이는 백석 시가 다산을 비롯한 선배 문인들에게 받은 영향을 반영하고 있는 것과 같이 후대를 사는 각 시인들에게 미친 백석 시의 영향력이자, 확장되고 전이된, 시적 상상력의 발현이라 할 수 있겠다.

---

50) "올바른 뜻에서의 작가적 상상력은 객관적 현실의 전체성을 그 발전적 경향에 있어서 정확·예민하게 포착하는 능력을 가리키는 것이며, 객관적인 사회적·역사적 현실로부터 벗어나 우연과 자의와 주관 속으로 해방되는 것일 수 없다. (…) 그것은 현실과의 상호관계 속에서 기능하며, 구체적 현실을 매개로 해서, 오직 현실을 매개로 해서만 활동한다. 따라서 상상력은 현실초월적인 것이 아니라 탁월한 의미에서 현실규정적 내지 존재구속적인 것이다." (윤영천, 『서정적 진실과 시의 힘』(창작과비평사, 2002). 37~76면에서 재인용.)

51) 이동순, 「문학사의 영향론을 통해서 본 백석의 시」, 『인문연구』(영남대 인문과학연구소, 1996), 87~99면.

2. 유랑과 '관찰'의 시선

시적 화자는 이제 통영에 있다. 통영은 경상남도 남해안 끝의 항구도시로 백석의 절친한 친구 허준의 고향이기도 하다.

백석의 기행시에는 '통영(統營)'이라는 제목의 시가 세 편이나 있다. 뿐만 아니라 연작 기행시 『남행시초(南行詩抄)』에 등장하는 '창원도(昌原道)'나 '삼천포(三千浦)' 그리고 '고성가도(固城街道)'는 통영 가는 도중에 있는 곳이거나 그 근방의 지역이다. 이러한 정황을 고려할 때 백석은, 같은 제목의 시를 세 편이나 창작·발표할 정도로 통영을 중요하게 생각하였음을 알 수 있다. 이는 1936년 2월 21일 ≪조선일보≫에 발표된 백석의 산문 「편지」[52]를 통해 구체적으로 드러나는 바, "남쪽 바닷가 어떤 낡은 항구" 통영이 그가 지극히 사랑했던 "처녀"[53] 박경련의 고향이었기 때문이다.

아래의 시가 그 중 처음으로 발표된 시이다.

옛날엔 통제사(統制使)가 있었다는 낡은 항구(港口)의 처녀들에
겐 옛날이 가지 않은 천희(千姬)라는 이름이 많다
미역오리같이 말라서 굴껍지처럼 말없이 사랑하다 죽는다는
이 천희(千姬)의 하나를 나는 어느 오랜 객주집의 생선 가시가 있
는 마루방에서 만났다

---

52) 백석, 「편지」, ≪조선일보≫(조선일보사, 1936. 2. 21); 김재용, 앞의 책, 153~155면.
53) 많은 연구자들이 이 여인의 이름을 '박경련'이라고 밝힌 바 있다. 통영은 허준의 고향이자 '박경련'의 고향으로 백석은 20대에 이 여인을 사랑한 것으로 알려졌다. 백석은 '박경련'에게 친구인 허준을 앞세워 청혼을 하였으나 집안의 반대로 뜻을 이루지 못했다고 한다. ≪조선일보≫에 게재된 「통영(統營)—남행시초2」(1936. 3) 말미에는 '徐丙織氏에게'라는 글이 적혀 있는데, 서병직은 백석이 통영에 머무르는 동안 그를 대접했던, '박경련'의 외사촌이다.

저문 유월(六月)의 바닷가에선 조개도 울을 저녁 소라방등이 붉
으레한 마당에 김냄새 나는 비가 나렸다

―「통영(統營)」(1935) 전문

항구는 길의 끝이다. 마음을 둘 곳 없는 시적 화자는 바닷가에 서서
더 이상 이어지지 않는 길의 끝에 펼쳐져 있는 바다를 보며, 1593년 임
진왜란 당시 왜적에 대응하기 위해 경상도, 전라도, 충청도의 수군을
통제했던 삼도수군통제사를 생각한다. 통제사는 당시 전쟁을 위하여
만들어졌었고, 그 수장이 이순신이였다. 그토록 장구한 역사를 안고 있
는 통영도 시간의 흐름을 막을 수 없었는지, '통영'은 이미 낡았다.

그 낡은 항구에는 옛날과 조금도 변함없이 '천희(千姬)'라는 이름을
쓰는 처녀들이 많다. 통영이 그러하듯 이 '천희'라는 이름 역시 자기가
사랑하는 이를 사랑하다가 "미역오리같이 말라서 굴껍지처럼" 온갖 흉
상을 다 겪으면서도 그 마음을 변하지 않고 말없이 사랑한다는 유래를
갖고 있다. 시적 화자는 천희라는 이름이 지니고 있는 유래를 생각하다
가 천희라는 이름의 여인을 떠올린다. 그 여인은 자신이 "어느 오랜 객
주집 생선 가시가 있는 마루방"에서 만났던 여인이며 지금은 만날 수
없는, 그리움의 여인이다. 이 여인은 「야우소회(夜雨小懷)―물닭의 소
리5」에서도 백석이 한없이 그리워하는 여인으로 등장한다. 이 두 편의
시는 "비"가 오는 날 "밤"에 "바다"를 배경으로 한다는 점과 1935년 12
월과 1938년 10월에 《조광》에 발표되었다는 점에서 공통점이 있다.

백석에게 '통영'은 사랑하는 여인과도 같은 곳이다. "자다가도 일어
나" 가고 싶은 곳이다. 이는 백석이 두 번째로 발표한 같은 제목의 시「
통영」을 통해 확인할 수 있다.

자다가도 일어나 바다로 가고 싶은 곳이다

집집이 아이만한 피도 안 간 대구를 말리는 곳
황화장사 영감이 일본말을 잘도 하는 곳
처녀들은 모두 어장주(漁場主)한테 시집을 가고 싶어 한다는 곳

산(山) 너머로 가는 길 돌각담에 갸웃하는 처녀는 금(錦)이라든 이
같고
내가 들은 마산(馬山) 객주집의 어린 딸은 난(蘭)이라는 이 같고
　　　　　　　　　　　　　　　　　　—「통영(統營)」(1936) 부분

　시적 화자는 구마산 부두에서 통영으로 향하면서 멀리서 본 통영의
모습이 갓과 비슷하다는 것을 발견하고 이내 그 고장의 특산품인 갓을
생각한다. 지역 특산품은 그 고장 사람들의 노동력을 기반으로 만들어
지는 것이므로 이제 시적 화자는 통영의 생활 풍경과 환경, 관습 등을
탐색한다. 그리하여 "집집이 아이만한 피도 안 간 대구를 말리는 곳/황
화장사 영감이 일본말을 잘도 하는 곳/처녀들은 모두 어장주(漁場主)한
테 시집을 가고 싶어 한다는 곳"에서 시적 화자의 눈에 포착된 "길 돌각
담에 갸웃하는 처녀는" 언젠가 들은 바 있는 "금이라든 이"와 비슷하
고, "마산 객주집의 어린 딸은" 내가 아는 "난이라는 이" 같다. 여기서
'나'는 "난이라는 이"의 거처가 '명정골'임을 기억한다. 주목할 것은 시
적 화자가 그 '명절골'을 기억하는 데서 끝나는 것이 아니라 그곳을 찾
아가는 길을 되짚어가며 그가 각별히 사랑하는 "난(蘭)이라는 이"를
"내 사람"이라 칭하며, 사무치게 그리워한다는 점이다.

솔포기에 숨었다
토끼나 꿩은 놀래주고 싶은 산허리의 길은

엎데서 따스하니 손 녹히고 싶은 길이다

개 데리고 호이호이 회파람 불며
시름 놓고 가고 싶은 길이다

궤나리봇짐 벗고 땃불 놓고 앉어
담배 한대 피우고 싶은 길이다

승냥이 줄레줄레 달고 가며
덕신덕신 이야기하고 싶은 길이다

더꺼머리 총각은 정든 님 업고 오고 싶은 길이다
　　　　　　　　　　　　　　—「창원도(昌原道)—남행시초1」(1936) 전문

　　기행길의 정황을 드러내고 있는 이 시의 시적 화자는 그리 어려운 형
편은 아니다. 이는 길을 걷는 시적 화자가 먹고사는 문제보다는 토끼나
꿩을 놀래주고 싶은 생각을 하고 "궤나리 봇짐 벗고 땃불 놓고 앉어/담
배 한대 피우고 싶은" 욕망을 느끼는 점으로 보아 알 수 있다. 그런데
이러한 시적 화자의 정서는 당시 시대적 상황과는 뭔가 맞지 않는, 긍
정적인 공간인식이다. 시적 화자는 별다른 생각 없이 한가롭고 조용한
"산허리의 길"을 걸으며 자연스럽게 그 길을 따라 펼쳐지는 풍경에 대
한 인상을 덤덤하게 적고 있다. 그곳은 "줄레줄레" 따라오는 "승냥이"
와 "덕신덕신" 이야기하고 싶은 길이다. 강아지도 아니고, 모두 무서워

피하는 짐승인 "승냥이"가 쫓아와도 말을 주거니 받거니 대화라도 나누고 싶은 길이다. 얼마나 인적이 없고 고요하고 풀이 따스하게 우거진 길이면, "더꺼머리 총각"이 "정든 님 업고 오고 싶은 길"이라 한다. 아마도 햇볕이 따스했었을 이 길을 시인은 제목을 통해 창원으로 가는 길이라 밝히고 있다. '길'은 이미 누군가 지나간 역사를 지녔을 뿐만 아니라 이후에도 또 누군가 지나갈 운명을 타고났다는 데 나라, 곧 민족과 맥을 같이 한다.

> 통영(統營)장 낫대들었다
>
> 갓 한닢 쓰고 건시 한접 사고 홍공단 댕기 한감 끊고 술 한병 받어
> 들고
>
> 화륜선 만저보려 선창 갔다
>
> 오다 가수내 들어가는 주막 앞에
> 문둥이 품바타령 듣다가
>
> 열이레 달이 올라서
> 나룻배 타고 판데목 지나간다 간다
> ──「통영(統營)─남행시초2」(1936) 전문

'통영'이라는 제목으로 세 번째 발표한 「통영-남행시초2」는 통영장이 선 거리 풍경을 묘사하고 있다. 많은 사람들이 오랜만에 선 "장"을 구경하러 모였으면 북새통을 이룰 텐데 이 시의 느낌은 전혀 그렇지 않다. 시적 화자는 "화륜선 만저보려 선창 갔다"가 돌아오면서 주막 앞에

서 품바타령을 듣는 것으로 보아 무엇에 쫓기거나 궁핍한 행색은 아니다. 하지만 사람이 모이는 시장 풍경이면서, 시적 화자의 고향 풍습과는 차이를 보여 아직 체험하지 못한 것들도 많다. 이러한 "통영장"은 구경거리가 많다. 시적 화자가 자신의 생활 터전에서 생필품을 구하는 처지가 아니라 일정한 거처를 정하지 않고 다니러 온 구경꾼으로 존재하기 때문이다. 구경꾼의 시선에 포착된 통영장의 모습은 그저 한 폭의 그림과 같다. 하지만 어딘지 쓸쓸함이 느껴지고 나아가 무상함까지 전해진다. 그것은 이제 막 기울기 시작한 "열이레 달이 올"랐다는 표현과 "나룻배" 그리고 "판데목 지나간다 간다"에서 창출된 시적 공간 때문이다. 여기서 판데목54)은 통영시에 있는 운하에 붙여진 이름으로 역사적인 내력을 지닌 곳이다. 시적 화자는 그 임진왜란과 얽힌 진중한 내력을 가진 "판데목"을 가벼운 "나룻배"를 타고 지나가며 "지나간다 간다"고 반복 서술하고 있다. 이 시가 일제하에서 지어졌다는 것을 고려할 때, "지나간다 간다"에서 느껴지는 덧없음에는 당시의 상황이 복합적으로 작용한 힘이 실려 있음을 알 수 있다. 따라서 여기 시적 화자는, 구경꾼이되 이방인은 아니다.

　　　고성(固城)장 가는 길
　　　해는 둥둥 높고

---

54) '판데목'은 통영반도의 남쪽 끝과 미륵도 사이의 좁은 수로를 칭하는데, 본래 이곳은 가느다란 사취로 반도와 섬이 연결되어 있었고 바다가 막혀있었다. 그런데 한산대첩 때, 이순신 장군의 수군에게 쫓긴 왜선들이 이곳으로 들어왔다가 퇴로가 막히자 땅을 파헤치고 물길을 뚫어 도망을 쳤다하여 이곳을 판데목이라 칭하게 되었다. 그 때 아군의 공격에 의해 왜군들이 무수히 죽었다하여 송장목이라고도 부른다.

개 하나 얼린하지 않는 마을은
해발은 마당귀에 맷방석 하나
빨갛고 노랗고
눈이 시울은 곱기도 한 건반밥
아, 진달래 개나리 한창 피었구나

가까이 잔치가 있어서
곱디고은 건반밥을 말리우는 마을은
얼마나 즐거운 마을인가

어쩐지 당홍치마 노란저고리 입은 새악시들이
웃고 살 것만 같은 마을이다
　　　　　　　　─「고성가도(固城街道)─남행시초3」(1936) 전문

　「고성가도-남행시초3」에는 기행지의 구체적인 생활양태가 드러난
다. 시적 화자는 고성장으로 가는 길에서 보게 된 '건반밥'을 매개로 공
동체적 생활을 상기한다. '건반밥'은 술밥으로 주로 잔치가 있을 때 말
린다. 잔치는 그야말로 모든 사람들이 모여 음식을 나누고 정겹게 이야
기하며 즐기는 우리나라의 고유 풍속이다. 시적 화자는 잔치에 대한 상
상을 하며 "얼마나 즐거운 마을인가" 생각하며 "웃고 살 것만 같은
마을"이라 여긴다. 여기서 주목할 것은 마지막 연의 "어쩐지"라는 부사
이다. 이는 다음 행에 이어지는 "웃고 살 것만 같은 마을이다"를 수식
하는데, 가족공동체가 해체되고 고향을 상실한 일제강점기에 나라의
어느 지역을 지나치며, 아직도 잔치를 치르고 '건반밥'을 말리는 마을
이 있음을 발견한 시적 화자가 내쉬는 조용한 안도의 한숨이나 다름없
기 때문이다.

졸레졸레 도야지새끼들이 간다
귀밑이 재릿재릿하니 볕이 담복 따사로운 거리다

잿더미에 까치 오르고 아이 오르고 아지랑이 오르고

해바라기하기 좋을 볏곡간 마당에
볏짚같이 누우런 사람들이 둘러서서
어느 눈 오신 날 눈을 치고 생긴 듯한 말다툼 소리도 누우러니

소는 기르매 지고 조은다

아 모도들 따사로히 가난하니
　　　　　　　　　　　—「삼천포(三千浦)—남행시초4」(1936) 전문

　위의 시는 시적 화자가 느낀 '삼천포'의 어느 날이다. 시적 화자는 길을 걸으며 "귀밑이 재릿재릿"할 정도로 "담복 따사로운" 삼천포의 거리를 지나며, 모두 따스하지만 가난한 현실을 발견한다. 그러나 정겨운 풍경인데, 그리 따스하게만 느껴지지는 않는다. 왜냐하면, 시적 화자의 눈에 "해바라기하기 좋을 볏곡간 마당에/볏짚같이 누우란 사람들"이 보였기 때문이다. 그 사람들의 소리는 "누우러니" 들리고 소가 졸고 있는 것으로 보아 주변이 시끄러운 것은 아니며 부정적인 의미를 내포하고 있지 않다. 그러나 가난하다. 가난하지만 "모도들 따사로히 가난하니" 이는 가난한 상황에서도 인정은 메마르지 않은 삼천포 어느 동네의 생활상에 다름아니다.
　이 시에 등장하는 '볏짚'은 상당히 깊은 울림을 낳는다. 마당의 볏짚이, 몸이 구부러져야 할 정도로 지탱할 수 없는 무게를 지닌 쌀알갱이

들을 다 내어주고 자신이 헌신한 대상에게 버림받은 상태를 의미한다고 생각할 때, 시인 백석은, 앞에 있는 사람들을 보면서 그들의 삶을 벌써 읽고 연민을 느끼고 있음을 알 수 있게 된다. 그런 연유로 백석은 이 사람들, 이제는 더 이상 거느리고 소유할 만한 어떤 것도 지니고 있지 않고, 세상으로부터 버림받은 것과 같은 처지에 놓인 이 사람들을 '볏짚'에 비유하고 있다. 여기서 서사적 리얼리즘적 면모와 모더니즘적 창작기법을 적정하게 조화하여 삼천포를 희화화한 데서 그의 시적 역량을 엿볼 수 있다. 이로 인해 이 시는 따뜻하면서도 가난하고, 그렇지만 결코 인정은 메마르지 않은 삼천포 사람들의 마음과, 그럼에도 줄 것이 없는 현실을 반영하여 나지막하고 깊은 감동을 낳는다. 그렇게 작용하는 요인은 서사적 진정성과 회화적 수사법이다.

이 시의 깊은 공명은 백석이 그 누구도 주목하지 않을 곳에 아무렇지도 않게 버려져 있는 '볏짚'을 아무도 아파하지 않는 삼천포 사람들의 일상적인 모습과 비슷하다고 보았다는 데 있다.

> 흙꽃 이는 이른 봄의 무연한 벌을
> 경편철도(輕便鐵道)가 노새의 맘을 먹고 지나간다
>
> 멀리 바다가 뵈이는
> 가정거장(假停車場)도 없는 벌판에서
> 차(車)는 머물고
> 젊은 새악시 둘이 나린다
> ─「광원(廣原)」(1936) 전문

시상은 창조적 이미지와 전통적 이미지로 나눌 수 있다. 전통적 이미지가 한 시대와 사회의 역사적 상황에서 비롯되었다면, 창조적 이미지는 역사를 뒤집는 개인적 상상물의 소산이다. 이 두 가지는 변증법적 관계를 이루며 개인적 상징과 대중적 상징도 마찬가지로 작용한다. 여기서 이미지는 문화·사회적으로 약속된 기호체계[55]라 할 수 있는데, 이러한 관계의 영향 안에서 작용하는 힘이 바로 시인의 상상력이다.

「광원(廣原)」의 시적 화자는 "멀리 바다가 뵈이는/가정거장도 없는 벌판에" 젊은 여자 둘이 차에서 내리는 것을 발견한다. 그곳은 노새처럼 아무 생각도 없이 가는, 가면 되돌아오지 않을 "경편철도(輕便鐵道)"[56]가 지나가는 벌판이다. 시적 화자의 눈에 이리도 인적이 없는 "벌"에 내린, 연고도 없어 보이는 두 여자의 앞날은 그저 막막할 뿐이다. 그 막막함이 탁 트인 벌판의 이미지와 대비를 이루며 한없이 쓸쓸하고 무상한 시적 정조를 확산시키고 있다. 이 시에는 뒤의 시 「연자간」에서와 같은 전통적 이미지가 등장하지 않는다. 지극히 현실적인 정경묘사에 충실한 이 시는 현재의 상황을 그저 보이는 대로 그려내고 있다. 따라서 전통적 이미지를 차용한 시에서 느껴지는 풍요로움이나 안정감 내지 따스함은 느낄 수 없다. 하지만 백석은 앞날이 막막한 당시의 국토를 유랑하면서도 자신이 현재 존재하는 공간에 대하여 끝없는 관심을 가지고 있다. 시인은 눈앞에 펼쳐지는 모든 상황과 사물, 그리고 사람들을 관찰[57]하며 그들의 사연을 읽고 자신이 본 것을 형상화한다. 그러한 시

---

55) C. W. Mills, 강희경·이해찬 옮김, 앞의 책, 29~41면.

56) '경편철도(輕便鐵道)'란 당시에 운행되었던, 기관차와 차량이 작고 궤도가 좁은 간단한 규모의 철도를 말한다. ①용천→용암포→다사도, ②안주(평남)→개천, ③황해도 사리원→해주, 해주→토성. (이동순, 『잃어버린 문학사의 복원과 현장』(소명출판, 2005), 552면.)

57) 백석은 일본 청산학원 재학 당시 신상조사서에 자신의 장점을 '관찰'과 '명예'라고 밝혔다 한다. (송준, 『남신의주 유동 박시봉방 1』(지나, 1994), 115면.)

는 시대적 상황을 암시하는 시의 창작에 차용된 이미지가 창조적 이미지인가 전통적 이미지인가에 따라 시적 분위기가 상당히 달라진다.

달빛도 거지도 도적개도 모다 즐겁다
풍구재도 얼럭소도 쇠드랑볕도 모다 즐겁다

도적괭이 새끼락이 나고
살진 쪽제비 트는 기지개 길고

홰냥닭은 알을 낳고 소리 치고
강아지는 겨를 먹고 오줌 싸고

개들은 게모이고 쌈지거리하고
놓여난 도야지 둥구재벼 오고

송아지 잘도 놀고
까치 보해 짖고

신영길 말이 울고 가고
장돌림 당나귀도 울고 가고

대들보 위에 베틀도 채일도 토리개도 모도들 편안하니
구석구석 후치도 보십도 소시랑도 모도들 편안하니
— 「연자간」(1936) 전문

관찰(觀察)은 사물이나 현상을 주의하여 자세히 살피는 것을 말하고, 명예(明銳)는 똑똑하고 분명하다는 뜻이다. 이를 고려할 때 백석은 눈앞의 어떤 현상이나 사물을 주의 깊게 살피되, 대상을 읽어내는 데 첨예한 '시선'을 지니고 있었던 것으로 추정된다. 따라서 백석 기행시에 나타나는 시적 전개의 독특함은 앞에 서술한 그의 장점과 따뜻한 성격, 그리고 상상력이 복합적으로 얽혀 작용한 산물이라 할 수 있겠다.

힘차게 돌아가는 '연자간' 풍경을 묘사하고 있는 위의 시는 '—도 —도 —도 —다 —다' 혹은 '—고 —고' 등의 통사 구조를 사용하여 여러 가지 기구와 사물들을 아우르며 시적 운율을 획득하고 있다. 백석의 시 가운데는 이처럼 어떤 소리를 반복적으로 사용함으로써 시의 리듬감을 살린 시들이 많은데, 이를테면, 「목구(木具)」의 "구신과 사람과 넋과 목숨과 있는 것과 없는 것과 한줌 흙과 한줌 살과 먼 옛조상과 먼 훗자손의 거룩한 아득한 슬픔을 담는 것"에서 '—과' 와 「안동(安東)」의 "이방(異邦) 거리는/비오듯 안개가 나리는 속에/안개 같은 비가 나리는 속에//이방(異邦) 거리는/콩기름 쪼리는 내음새 속에/섭누에번디 삶는 내음새 속에//이방(異邦) 거리는/도끼날 벼르는 돌물레 소리 속에/되광대 켜는 되양금 소리 속에"의 '—속에' 등을 들 수 있겠다.

「연자간」은 모든 이미지를 섞어 사용함으로써 힘차게 돌아가는 노동의 현장을 생동감 있게 묘사하는 시적 성취를 이루고 있지만, 연자간이 바쁘게 돌아가고 거기 기물도 주변 동물도 모두 그 바쁨에 동참하고 생동감을 얻는 듯한 시적 정취와 마지막 연에 반복된 "모도들 편안하니"가 한데 어우러지면서 '연자간'이 한가했던 시기, 편안하지 않았던 시기를 떠올리게 한다. 이렇듯 백석의 사유는 함께 살고 있는 사람이나 가까스로 목숨을 부지하고 있는 미물에서 그치는 것이 아니라 연자간 구석에 놓인 기물에 스며드는 분위기까지도 그려내기에 이른다. 이 시는 연자간이 한가하면 민중이 살기 어려운 사회적 상황을 내포하고 있으므로 모두 바쁜 세상이지만 모두 편안하다는 시적 화자의 표현을 통해 당시 사회적 상황과 민중의 삶을 꿰뚫고 있는 백석의 안목과 통찰력을 뚜렷하게 보여준다.

눈이 오는데

토방에서는 질화로 위에 곱돌탕관에 약이 끓는다

삼에 숙변에 목단에 백복령에 산약에 택사의 몸을 보한다는 육미탕(六味湯)이다

약탕관에서는 김이 오르며 달큼한 구수한 향기로운 내음새가 나고

약이 끓는 소리는 삐삐 즐거웁기도 하다

그리고 다 달인 약을 하이얀 약사발에 받어놓은 것은

아득하니 깜하야 만년(萬年) 옛적이 들은 듯한데

나는 두손으로 고이 약그릇을 들고 이 약을 내인 옛사람들을 생각하노라면

내 마음은 끝없이 고요하고 또 맑어진다

　　　　　　　　　　　　　　　—「탕약(湯藥)」(1936) 전문

　한편 「탕약」의 시적 화자는 탕약을 받아들고 지난 역사와 전통을 반추하며 "마음이 고요하고 또 맑어"지는, 자성의 시간을 갖는 모습을 보여준다. 약사발에 든 한약을 받고 그 약의 기능과 효과를 생각하는 것이 아니라 그 탕약을 낸 "삼", "숙변", "목단", "백복령", "산약", "택사" 등을 생각한다. 그 약재는 곧 우리나 그 물이 된 재료이며, 나서 자라고 약으로 달여질 때까지의 "구수"하고 "향기로운" 역사와 전통을 지니고 있다. 시적 화자는 바로 그 "만년 옛적"을 읽어낸다. 이러한 시적 화자의 '시선'은 백석의 시 「모닥불」을 통해 타오르는 불길 속에서 "어려서 우리 할아버지가 어미아비 없는 서러운 아이로 불상하니도 몽둥발이가 된 슬픈 역사"를 발견한 마음의 눈에 다름아니며, 「북신(北新)」에서 털이 그대로 있는 고기를 먹는 사람들을 보고 "문득 가슴에 뜨끈한 것을 느끼며/소수림왕을 생각한다 광개토대왕을 생각한다"고 고백하는

시인의 의식과 맥을 같이한다. 그리고 이 의식은 「목구(木具)」·「북방
(北方)에서」 등의 시에서 나타나듯이, 시인이 자신의 정체성에 대해 고
민[58]하며 당시의 시대적 정황을 파악하고 나라의 역사와 사람들의 삶
과 사물의 근원에 대한 깊은 통찰에서 비롯됨을 알 수 있다.

> 명태(明太) 창난젓에 고추무거리에 막칼질한 무이를 비며 익힌
> 것을
> 　이 투박한 북관(北關)을 한없이 끼밀고 있노라면
> 　쓸쓸하니 무릎은 꿇어진다
>
> 　시큼한 배척한 퀴퀴한 이 내음새 속에
> 　나는 가느슥히 여진(女眞)의 살내음새를 맡는다
>
> 　얼근한 비릿한 구릿한 이 맛 속에선
> 　까마득히 신라(新羅) 백성의 향수(鄕愁)도 맛본다
> 　　　　　　　—「북관(北關)—함주(咸州)시초1」(1937) 전문

　연작 기행시 「남행시초」가 경상남도 바닷가의 기행체험을 형상화하
였다면, 「함주시초」의 시편들은 함경북도 산촌을 배경으로 한 연작시
로 주로 음식과 고향에 대한 그리움이 담겨 있다. 우선 「북관(北關)」을
살펴보면, 시의 전개가 음식물을 형상화하는 데서 끝나지 않고 그 음식
물을 통한 상상력의 촉발이 이루어지고 있음을 발견한다. 자신의 현재
상황에 견주어 사회·역사적으로까지 나아가고 있는 이 시는 일찍이
유종호가 그의 책 『사회역사적 상상력』을 통해 규정한 바 있는 '사회역

---

58) 상허학회, 『새로 쓰는 한국시인론』(백년글사랑, 2003), 192면.

사적 상상력'의 발로라 할 수 있다. 이는 맛과 냄새로 과거 고향에서의 삶을 환기시키던 음식이 이제는 시적 화자의 눈앞에 펼쳐진 공간의 풍물을 묘사하는 것을 지나 사회와 역사적 관계망들의 복잡한 얽힘을 생각하고 그 조상들의 삶을 상상하는 데까지 거슬러 올라가고 있음을 발견하게 되기 때문이다. 여기서 백석의 '역사적 삶'과 '시적 상상력'이, 그의 시를 통해 자주 엿볼 수 있는 온갖 음식물과 설화적 내용을 소재로 차용하는 그의 '의식'과 맞물려 있음을 알게 된다. 이 시는 1행의 "—한 무이를 비벼 익힌 것"과 "북관(北關)"이, 2행의 "—한 퀴퀴한 이 내음새"와 "여진(女眞)"이, 3행의 "—한 구릿한 이 맛"과 "신라(新羅) 백성"이 서로 조응하며 서사적 진정성을 획득하고 있다. 거기다가 청각과 후각 그리고 미각적 감각이미지를 혼용함으로써 전통적 이미지에 여러 가지 감각이미지를 조화시키는 그의 독특한 모더니즘적 시의 전개를 재차 확인하게 된다. 이용악의 시 「북(北)쪽」을 상기시키는 이 시는 「북신(北新)」과 마찬가지로 '북방적 상상력'[59]을 엿보게 한다.

이 시에서 우리 민족 고유의 음식물로 상징된 '북관'은 함경북도에 있는 지명으로 백석 기행시에 통영과 함께 자주 등장하는 지명이다.

> 노루새끼 등을 쓸며
> 터 앞에 당콩순을 다 먹었다 하고
> 서른닷냥 값을 부른다
> 노루새끼는 다문다문 흰 점이 백이고 배안의 털을 너슬너슬 벗고
> 산골사람을 닮았다

---

59) 윤영천, 「한국 근대문학과 '북방적 상상력'」, ≪대산문화≫(대산문화, 2003).

산골사람의 손을 핥으며
약자에 쓴다는 흥정소리를 듣는 듯이
새까만 눈에 하이얀 것이 가랑가랑하다
　　　　　　　　　—「노루—함주시초2」(1937) 부분

　까치발 딛고 목을 빼고 지붕 너머를 보면 "장진(長津) 땅"이 보인다
는 곳에서 「노루」의 시적 화자는 장터를 구경하고 있다. 자귀나무와
'기장감주' '기장차떡'이 흔해 즐거운데 문득 노루 파는 사람이 나타났
다. 흥정이 붙고, 시적 화자는 줄곧 값을 매기는 소리를 들으며 노루의
거동을 살핀다. 노루가 "막베등거리에 막베잠방등에를 입"은, 자신과
비슷한 주인의 손을 핥는다. 마치 자신을 약으로 팔려고 하는 주인의
궁색함을 안다는 듯이, 자신을 파는 마음을 이해한다는 듯이, 위로하듯
주인의 손을 핥는데, 그러는 노루의 눈을 들여다보니, 눈이 젖어있다.
"가랑가랑하"게 눈물이 고였다.
　이 시의 시적 화자는 동물의 삶을 인간의 삶과 같은 차원에서 의식하
고 있다. 장터의 한 공간에서 벌어지고 있는 흥정, 곧 생활의 궁색함을
이기지 못하고 자신이 키운 노루를 팔려고 하는 사람과 그 흥정을 듣고
있는 노루의 모습을 살피는 '시선'은 상당히 첨예하다. 마치 노루의 속
내를 읽고 있는 듯이 눈앞의 상황을 형상화한 이 시는, 앞에서 언급했
던 바와 같이 백석의 자연친화적 성품과 생명에 대한 사랑(生命愛)을
다시 한 번 확인할 수 있게 한다.

　부뚜막이 두 길이다
　이 부뚜막에 놓인 사닥다리로 자박수염난 공양주는 성궁미를 지
고 오른다

한말 밥을 한다는 크나큰 솥이
외면하고 가부틀고 앉어서 염주도 세일 만하다

화라지송침이 단채로 들어간다는 아궁지
이 험상궂은 아궁지도 조앙님은 무서운가보다

농마루며 바람벽은 모두들 그느슥히
흰밥과 두부와 튀각과 자반을 생각나 하고

하폄도 남즉하니 불기와 유종들이
묵묵히 팔장끼고 쭈구리고 앉었다
　　　　　　—「고사(古寺)—함주시초3」(1937) 부분

　오래된 절의 부엌을 보고 지은 이 시 「고사」는 '솥', '아궁지', '마루',
'벽', '불기', '유종' 등을 의인화하고 있다는 데서 여느 시들과는 다르다.
시인의 독특한 '시선'에 의해 관찰된 사물들이 등장한다는 점에서 「연
자간」과 비슷하다고 할 수 있으나, 「연자간」에서 제 자리에 놓여 있던
사물을 편안하다 하고 바쁘게 돌아가는 기물들을 "모다 즐겁다"라고
표현했던 것을 고려할 때, 그 시와도 분명한 차이를 보인다. 시적 화자
가 「마을은 맨천 구신이 돼서」나 「여우난골족」 등에 등장하는 온갖 귀
신과 사물을 떠올리게 되는 이 체험은 자신이 생전 처음 본 커다란 아
궁이의 모습에 기인한다. 빈 아궁이의 섬뜩한 공포는 두 길이나 되는
높은 부뚜막에 있어야 할 가마솥이 제자리에 있지 않고 나와 있는 데서
비롯되었는데, 시적 화자는 그 컴컴하게 휑하니 뚫려있는 아궁이를 통
해 어릴 적 겪었던 무속의 세계를 떠올리게 된다. 하지만 무서워서 주
저앉아 버리고 마는 게 아니라, 고향을 향한 그리움과 정이 깃든 '시선'

으로 그 사물의 모습을 하나하나 다시 관찰한다. 그리고 사물과 사물이 서로 교감하는 듯한 일체감 속에 그 느낌을 형상화함으로써 설화적 분위기를 창출해내고 있음을 알 수 있다.

이러한 통찰은 시인이 「선우사(膳友辭)」를 통해 형상화했던, 고향에서 "소리개소리 배우며 다람쥐 동무하고" 함께 자란 쌀과 가재미가 다 익어 하얗게 상 위에 앉아있는 저녁상을 대하는 시적 화자를 통해 드러난다. 이는 타향살이의 외로움을 스스로 달래는 '나'의 경지를 거쳐 이루어진, 확대된 자아이다.

> 낡은 나조반에 흰밥도 가재미도 나도 나와 앉아서
> 쓸쓸한 저녁을 맞는다
>
> 흰밥과 가재미와 나는
> 우리들은 그 무슨 이야기라도 다 할 것 같다
> 우리들은 서로 미덥고 정답고 그리고 서로 좋구나
>
> 우리들은 맑은 물밑 해정한 모래톱에서 하구 긴 날을 모래알만
> 헤이며 잔뼈가 굵은 탓이다
>
> 바람 좋은 한벌판에서 물닭이 소리를 들으며 단이슬 먹고 나이
> 들은 탓이다
>
> 외따른 산골에서 소리개소리 배우며 다람쥐 동무하고 자라난 탓
> 이다
> —「선우사(膳友辭)— 함주시초4」(1937) 부분

백석은 당시의 사회적 정서와 삶의 애환을 음식물과 관련지어 형상화하고 있다. 음식물은 단순한 허기를 채우는 기능을 넘어 민족을 한데 묶어주는 전통으로도 자리하며 조상의 생활과 문화를 담고 안으로 익어 모든 감각을 열어젖힌다. 따라서 "흰밥과 가재미"처럼 고향에서 나는 곡물이나 어패류, 어렸을 적에 자주 먹던 음식, 고향에서 보던 음식물과 흙냄새, 곧 고향의 정취와 사람에 대한 그리움이 더욱 긴절해진다. 그런 까닭에 시적 화자는 시장한 저녁 시간에 밥상을 앞에 놓고서도 "쓸쓸"할 수밖에 없다. 하지만 '나'는 그 밥상을 보며 산전수전 다 겪어 희어진 "밥과 가재미"와 함께 있으면 아무래도 좋다고 스스로를 위로한다. 자신의 어릴 적 동무처럼 고향을 알고 있기 때문이다. 그러나 시의 주체는 고향에 갈 수가 없다.

> 골이 다한 산대 밑에 자그마한 돌능와집이 한채 있어서
> 이집 남길동 단 안주인은 겨울이면 집을 내고
> 산을 돌아 거리로 나려간다는 말을 하는데
> 해바른 마당에는 꿀벌이 스무나문 통 있었다
>
> 낮 기울은 날을 햇볕 장글장글한 툇마루에 걸어앉어서
> 지난 여름 도락구를 타고 장진(長津)땅에 가서 꿀을 치고 돌아왔
> 다는 이 벌들을 바라보며 나는
> 날이 어서 추워져서 쑥국화꽃도 시들고
> 이 바즈런한 백성들도 다 제 집으로 들은 뒤에
> 이 골안으로 올 것을 생각하였다
> ―「산곡(山谷)―함주시초5」(1937) 부분

더 이상 고향에 돌아갈 수 없는 시적 화자는 함주에서 머물 집을 한

채 구한다. 아무리 가도 집을 찾을 수 없어, 가다보니 깊은 산 속이다. 자꾸 깊이 들어 가다보니 집 한 채 있는데 겨울에만 비는 집이다. 이에, 「산곡」의 시적 화자는 낮이 다 지났는데도 "햇볕"이 "장글장글한" 그 집의 "툇마루"에 앉아 생각한다. 그 집 "해바른" 마당에 꿀벌들이 "스무 나문 통"이나 되는 벌집으로 들고 "쑥국화꽃"도 시들게 되는 겨울이 빨리 오기를 빈다. 왜냐하면, 그 집을 차지하고 있는 "안사람"이 겨울을 나기 위해 자기 집으로 내려가기 때문이다. 그 후에야 비로소 갈 곳 없는 '나'는 그 빈 집을 차지할 수 있기 때문이다. 그래야만 겨울을 날 수 있는 게 시적 화자가 처한 현실이다.

3. 현실과 자기성찰

역사적 현실과 문학작품의 주제의식은 동전의 양면과 같다고 할 수 있으며, 한 시대의 사회적·문화적 변화를 따라가는 길과 같은 역할을 한다. 작가의 의식은 어떻든 사회적 제도와 현실 세계를 작품에 반영하게 되는데 이는 언어에서부터 형식, 표현 방법에 이르기까지 당대를 풍미했던 문화적 상황에 영향을 받기 때문이다. 이렇듯 문화는 사회 안에서 생성되고 전승된다. 그리고 언제나 그 안에 벌써 미래의 한쪽이 들어와 있다.

시인은 시를 창작하기 위해 시상(詩想)을 떠올리는데, 시상은 앞에서 언급한 바와 같이 창조적 이미지와 전통적 이미지로 나눌 수 있다. 여기서 이미지는 문화·사회적으로 약속된 기호체계[60]라 할 수 있는데,

---

60) C. W. Mills, 강희경·이해찬 옮김, 앞의 책, 29~41면.

시인의 상상력은 이렇게 복잡하게 얽혀있는 관계망 안에서 작용하게 된다. 이 상상력이 시인의 의식을 통과하여 시 안에 등장할 때 그 이미지는 이미 다의성을 획득[61]하고 있다.

백석의 시는 여러 가지 감각이미지를 차용하여 눈앞의 풍경을 그려낸 듯한 간명한 시가 많다. 그는 한 편의 시에 두 가지 이상의 독특한 이미지를 차용하여 사용함으로써 서정적 자아의 주관적 정서를 지나치게 드러내지 않으며, 지극히 차분하고 조용하게 이야기하는 방식을 취하고 있어 마치 어느 정도의 거리를 유지하면서 앞의 정경을 사실적으로 그려 놓은 듯한 시적 분위기를 연출한다. 이러한 시들은 고도로 응축된 내밀한 정서를 내포하고 있는데 기행체험을 바탕으로 한 백석의 시 가운데 그 대표적인 예가 함경도를 배경으로 한 연작시 「산중음(山中吟)」이다.

> 여인숙이라도 국수집이다
> 모밀가루포대가 그득하니 쌓인 웃간은 들믄들믄 더웁기도 하다
> 나는 낡은 국수분틀과 그즈런히 나가 누어서
> 구석에 데굴데굴하는 목침(木枕)들을 베여보며
> 이 산(山)골에 들어와서 이 목침들에 새까마니 때를 올리고 간 사람들을 생각한다
> 그 사람들의 얼굴과 생업(生業)과 마음들을 생각해 본다
> ──「산숙(山宿)─산중음(山中吟)1」(1938) 전문

「산숙」의 시적 화자는 하루 묵기 위해 든 여인숙 방 안에 있다. 그 안

---

61) Pierre Zima, 이건우 역, 앞의 책, 129~149면; Peter V. Zima, 허창운 역, 앞의 책, 41~69면.

에서 '나'는 "구석에 데굴데굴하는 목침들을" 보며 그 여인숙을 거쳐 간 사회를 생각한다. '나'의 '시선'은 역사성과 사회성을 지니고 있는 "목 침"에 집약되어 있다. 이때 사회로 대변되는 것은 "이 목침들에 새까마 니 때를 올리고 간 사람들"이다. 그런데 '나'의 사유는 여기서 그치는 것이 아니다. 그 여인숙 방의 목침을 보며 거기 "새까마니 때를 올리고 간 사람들" 뿐만 아니라 "그 사람들의 얼굴과 생업과 마음들을 생각"하 는 데까지 뻗어 나아가고 있다. 이는 '기행'체험을 통해 많은 것을 체득 하게 된 시적 화자의 의식이 다른 사람의 삶에 관해서도 한층 더 깊은 관심을 갖게 되었음을 의미한다. 따라서 이 시는, 시 속의 '여인숙', 여 인숙의 그 방, 방의 "구석에 데굴데굴하는" '목침'에 깃들어 있는 얽히 고설킨 사회적 관계망을 현저하게 드러낼 뿐만 아니라, 백석의 시에 전 반적으로 나타나고 있는 사람들의 살이, 즉 '역사적 삶'에 대한 백석의 관심과 '시적 상상력'이 시의 전개에 직접적으로 개입하는 양상을 보여 준다. 여기서 다시 한번, 그의 따뜻하고 애잔한 '시선' 즉 '인간애(人間 愛)'를 가늠해 볼 수 있다.

> 초생달이 귀신불같이 무서은 산(山)골거리에선
> 처마끝에 종이등의 불을 밝히고
> 쩌락쩌락 떡을 친다
> 감자떡이다
> 이젠 캄캄한 밤과 개울물 소리만이다
> ―「향악(饗樂)―산중음(山中吟)2」(1938) 전문

다음으로 「향악」을 보자. 이 시의 시적 화자는 어느 산골에 있다. 인

가가 드문 산동네에서 보는 "초생달"은 "귀신불같이" 무섭고 "처마끝에"는 "종이등"이 켜졌다. 그곳에서 떡을 만든다. 무섭고 고요한 산골에 "쩌락쩌락" 떡치는 소리가 울린다. 떡밥은 쌀이 아니라 감자다. 궁박한 살림살이다. 시적 화자는 감자떡을 만드는 그 집에서 떡치는 소리를 듣고 있다. 어느 사이엔가 그 소리가 없어지고 캄캄한 밤에 "개울물 소리"만 난다. 여기서 주목할 것은 '쩌락쩌락'이라는 부사인데, 이는 어떤 차진 반죽이 떡메와 같은 사물에 부딪쳤다가 떨어지는 소리로 웬 만큼의 연속적인 동작을 내포하고 있다.

이 시의 제목을 「향악(饗樂)」으로 정한 것으로 보아 시인은 그 소리에 집중하며 잔칫날 고향에서 나던 소리와 먹던 음식들을 떠올린 것을 짐작하게 된다. 여기서 「산중음(山中吟)」은 아무 연고도 없는 적요한 산 속의 기행체험을 바탕으로 쓴 시임을 알 수 있으며, 제목인 '산중음(山中吟)'의 의미는 '산 속의 노래' 또는 '산의 소리' 등으로 풀이할 수 있겠다.

> 토방에 승냥이 같은 강아지가 앉은 집
> 부엌으론 무럭무럭 하이얀 김이 난다
> 자정도 활신 지났는데
> 닭을 잡고 모밀국수를 누른다고 한다
> 어느 산(山) 옆에선 캥캥 여우가 운다
> ─「야반(夜半)─산중음(山中吟)3」(1938) 전문

산이라는 동떨어진 장소에서 홀로 자연의 소리를 듣고 또 내면의 소리를 들으며 지냈을 시인의 당시 생활을 떠올리게 하는 「야반」은 앞의

「향악(饗樂)」에서 '초승달'을 "귀신불"같이 느꼈던 시적 화자의 공포가 이어지고 있음을 발견하게 된다. 이는 "강아지"를 "승냥이"에 비유하는 시적 화자의 서술로 드러나는데, 자정도 훨씬 지난 시각에 잡는 "닭"이 그 무서움을 한층 더하게 한다. 자정이 넘었다는 암시는 모든 것이 잠든 고요한, 산의 적요를 의미하는 바, 그 때에 잡는 "닭"이 그 생래적 특성으로 보아 조용히 고분고분하게 잡혔을 리가 없으므로, 닭의 비명은 온 산을 뒤흔들었을 것이 자명하다. 그런데 "모밀국수"를 누른다고 한다. "모밀국수"는 백석 시에 자주 등장하는 소재로 시인이 꽤나 즐기던 음식이다. 산의 적요를 찢는 닭의 비명으로 무서워진 마음에 자신이 좋아하는 "모밀국수를 누른다고" 하는 사실을 인식하며 다소 평안을 되찾게 된 시적 화자는 필시 온갖 귀신이 사는 무서운 마을, 자신의 고향을 상기했을 것으로 추정된다. 그곳은 무서운 마을이지만 자신이 좋아하는 사람들이 있고 마음껏 먹을 수 있는 맛난 음식이 있는 곳이요, 현재 자신이 있는 곳에서 쉽게 돌아갈 수 없는 곳이다.

> 산골집은 대들보도 기둥도 문살도 자작나무다
> 밤이면 캥캥 여우가 우는 산(山)도 자작나무다
> 그 맛있는 모밀국수를 삶는 장작도 자작나무다
> 그리고 감로(甘露)같이 단샘이 솟는 박우물도 자작나무다
> 산(山) 너머는 평안도(平安道) 땅도 뵈인다는 이 산(山)골은 온통
> 자작나무다
>
> ─「백화(白樺)─산중음(山中吟)4」(1938) 전문

이쯤에서 시인은 그 국수를 함께 먹던 가족들과 고향 집이 한없이 그리워진다. 「백화」는 여우가 우는 것으로 보나 삶는 메밀국수로 보나 앞

의 시와 같은 장소임을 알 수 있는데, 시적 화자는 그 "산골집"에서 이제 나무를 의식한다. 자신이 머물고 있는 공간을 채우고 있는 '자작나무'에 대한 갑작스러운 인식으로 이 시는 온통 "자작나무다"라는 서술어의 반복으로 끝나고 있다. 이는 자신이 본 '자작나무'에 대한 강렬한 인상을 대변한다고 하겠거니와 밤의 어둠을 뚫고 보이는 산속 하얀 자작나무의 모양에서, 고립된 "산골집"과 계속적으로 자라는 울창한 '자작나무'의 모습에서 어떤 힘이 작용하고 있음을 발견하게 된다. 그 작용은 자신의 고향인 "평안도 땅도 뵈인다는 이 산골"이라는 진술로 압축되어 나타나는데 이는 다름 아닌 시적 화자가 머무는 공간에 대한 설명이다. 그 산골이 "온통 자작나무"로 되어 있다는 데서 시적 화자의 마음은 힘을 얻음과 동시에 평상심을 찾게 된다. 이는 자작나무가 북부 지방의 깊고 높은 산에만 자생하며 옛날부터 나무들의 여왕으로 칭해졌음을 고려할 때, 그 나무의 생태적 특성을 생각하고는 어느덧 자아가 확대되며 맑고 편안해져가는 시적 화자의 심리작용에 다름아니다. 이 시는 이러한 의식의 흐름을 주변을 설명하는 다섯줄의 이야기와 "자작나무다"라는 서술어의 반복으로 표출해내고 있다는 데서 상당한 시적 성취를 이룬다.

이러한 현실인식은 대개 자기성찰로 이어지게 마련이다. 그런데 시대적 상황이 대변하듯 시적 화자는 기행 중에도 고향을 그리워하는 마음이 긴절하다. 그에게 고향은 훼손된 장소이거니와 이미 해체되어 더이상은 유년 시절에 느꼈던 끈끈한 정을 나눌 수 없는 가족이다.

문득 물어 고향이 어데냐 한다
평안도(平安道) 정주(定州)라는 곳이라 한즉
그러면 아무개씨 고향이란다

그러면 아무개씰 아느냐 한즉

의원(醫員)은 빙긋이 웃음을 띄고

막역지간(莫逆之間)이라며 수염을 쓴다

나는 아버지로 섬기는 이라 한즉

의원(醫員)은 또다시 넌즈시 웃고

말없이 팔을 잡어 맥을 보는데

손길은 따스하고 부드러워

고향(故鄕)도 아버지도 아버지의 친구도 다 있었다

—「고향」(1938) 부분

    이러한 긴절함은 타향에서 앓아 누워있는 시적 화자와 문진 온 의원과의 대화를 통해 극명하게 형상화되고 있다.「고향」에서 '나'는 타향인 함경도 북관에서 앓고 있다. 병세를 치료하는 의원이 맥을 짚으며 고향을 묻는다. 그 의원은 "여래 같은 상을 하고 관공의 수염을 드리워서/먼 옛적 어느 나라 신선 같"이 자비로운 분위기를 풍긴다. 앓고 있는 시적 화자는 그 의원과 이야기를 나누게 되는데 그 과정에서 의원이 '정주'라는 고향과 '아무개씨'를 알고 있음을 인식한다. 그 과정 중에 시적 화자는 그 의원을 통해 고향을 느낀다. 이는 고향과 아버지의 이름을 매개로 하여 역사적·개인적 공간의 근원이 한데 섞이게 되면서 의원의 손으로 옮겨져, 시적 화자의 의식이 의원의 "따스하고 부드러"운 손과 닿음으로 하여 고향을 느끼게 됨을 의미한다. 여기서 '나'의 마음이 향하는 절절한 그리움의 장소 고향은 당시 사회적 상황과 시인이 직면한 현실적 정황에 의하여 의원에게로 그 근원을 이동한다. 그리고 그 내력을 공유한 의원의 손을 통해 고향을 느끼고 있는 '나'를 발견할 수 있다.

백석 시에 나타나는 이런 종류의 반가운 회상은, 이렇게 유랑 혹은 유이민 생활 중에 만난 '어떤 사람'과 '사물'이 시적 화자와 그 역사나 민족의 뿌리가 같다는 인식에서 오는 근원적 공유를 체험하면서 형성되는 공감대 안에서 이루어진다. 백석은 자신도 의식하지 못하는 순간에 고향을 생각하고 그곳에 얽힌 기억을 더듬어간다. 그러다가 어디쯤에서는, 그 내력을 자신도 미처 의식하지 못하는 사이에 사회·역사적 상상력을 동원하여 주변을 질서 있게 통합하고 '현재'에서 '과거'로 그 의식의 흐름을 이동시키며 각각의 시 안에 자신의 기억을 완성시켜놓고 있다. '기억'을 거쳐 나타나는 고향이나 고향 사람, 혹은 고향의 풍물은, '정주'와 '아무개씨'를 알고 있다는 것만으로 혼자 앓고 있는 '나'에게 고향의 따스함과 부드러움을 느끼게 함으로써 이동되어 '나'의 「고향」이 된 "의원(醫員)"처럼 나타난다. 다시 말하면, 이 시에서 시적 화자의 고향은, 옮겨진 과거가 아니라 현실의 요구에 의해 주관적으로 수정된 형태를 가질 뿐만 아니라 현재의 혼란과 두려움, 미래에 대한 희망 등에 의해 조정되고 재해석되어 주변을 환기시킨다.

백석은 이렇게 문학텍스트를 통하여 과거로 귀환하되 그 귀환은 트라우마(trauma)에의 귀환이 아니다. 왜냐하면 그의 시는 그리움과 기억으로 출발하여 유년 시절에 좋아하던 음식이 있는 곳, 단순하고 편안한 생활이 있는 곳, 따뜻한 사람들의 관계[62]가 있는 곳으로 가는 여러 갈래의 길이고, 동·전의 앞뒷면처럼 과거와 현재가 만나고 있는 장소이자

---

62) 민족성 또는 종족성은 문학텍스트에서 언제나 관계를 통해 나타나고 있으며 상대적이다. 따라서 한 집단이 어떤 집단에 대하여 뚜렷이 구별되는 성격이다. 동시에 이전의 세대로부터 내려온 놀이와 다양한 음식, 방언 등이 보이지 않게 울타리로 작용한다. 이 울타리는 지속적으로 대물림된다는 점에서 순환적이며 사회적으로 통용되는 약속이라고 할 수 있다.

이를 재구성하는 시인의 의식이 과거의 경험과 현재의 '기행'체험을 드나드는 지점이요, '기행'체험을 통해 보고 듣고 느끼며 확대된 자아로 인해 진보된 삶이 나타나는 곳, 곧 독자의 시선을 시의 한가운데로 끌어들이는 문으로 존재하기 때문이다.

여승(女僧)은 합장(合掌)하고 절을 했다
가지취의 내음새가 났다
쓸쓸한 낯이 옛날같이 늙었다
나는 불경(佛經)처럼 서러워졌다

평안도의 어늬 산 깊은 금덤판
나는 파리한 여인(女人)에게서 옥수수를 샀다
여인(女人)은 나어린 딸아이를 따리며 가을밤같이 차게 울었다

섶벌같이 나아간 지아비 기다려 십 년(十年)이 갔다
지아비는 돌아오지 않고
어린 딸은 도라지꽃이 좋아 돌무덤으로 갔다

산(山)꿩도 설게 울은 슬픈 날이 있었다
산(山)절의 마당귀에 여인(女人)의 머리오리가 눈물방울과 같이
떨어진 날이 있었다

―「여승(女僧)」(1936) 전문

단출한 한 가족의 파멸을 극명하게 그려내고 있는 「여승」은 일제강점기 우리 민족의 일그러진 삶을 단명하게 보여주고 있다. 자연적이고 일상적인 삶으로부터 완전히 절연되어 이제는 여승이 된 여인을 보며 시인은 여인과의 첫 만남을 기억해낸다. 그것은 "평안도 어늬 산깊은

금덤판"에서 옥수수를 살 때였다. 일제의 중국대륙 침략전쟁이 전면 확대된 1930년대 이후 가장 강도 높은 약탈이 자행되었던 분야가 광업[63]이었음을 고려할 때, 당시 그 거리를 나돌면서 옥수수를 팔아 어린 딸아이와 잔명하고 있던 이 여인과의 만남을 기억하는 것은 아마도 그 여인이 나이 어린 피붙이를 때리며 "가을밤같이 차게 울"었던 것을 목격했거나, 그러지 않으면 안 되었던 어떤 사건을 기억하기 때문이었다고 추정할 수 있겠다. 여인은 돈을 벌어오겠다고 어디론가 훌쩍 떠나버린 지 십년이 넘도록 소식도 없는 남편을 기다리며 어렵게 하루하루를 연명하고 있었음이 분명하고, 이는 일제하 우리 민족의 비극적 삶에 다름아니다.

「여승(女僧)」은 기왕에 많은 연구가 있거니와, 아직 아무도 "불경(佛經)처럼 서러워졌다"는 시적 화자의 고백과 그 말의 울림을 해석하지 못하고 있다. 필자는 아직 아무도 분석한 적이 없는 이 시 「여승(女僧)」 1연의 4행, "불경(佛經)처럼 서러워"진 내용에 천착하려고 한다.

사전적 의미로 불경(佛經)은 첫째, 불교의 교리를 밝혀 놓은 책이나 전적을 통틀어 이르는 말이고 둘째, 불교 경전을 소리 내어 염불하는 일을 지칭하며, 셋째, 목판에 글자를 새기고 금가루를 부어 만든 것[64]을 말한다.

이 시의 시적 화자는 일전에 자신에게 옥수수를 팔았던 여인이 여승(女僧)이 되기까지의 곡진한 사연을 생각하며 그 여인의 "쓸쓸한 낯이 옛날같이 늙었다"고 토로하고 있다. 옛날, 혹은 늙었다는 것은 모든 것을 빼앗아가는 잠식성인 '시간'에게 이미 손상되었음을 내포하고 있음에 근거를 두고 이 시를 읽어야 한다. 여기서 주목할 것은, 시적 화자가

---

63) 윤영천, 『韓國의 流民詩』(실천문학사, 1987), 61~63면.
64) 국립국어연구원, 『표준국어대사전 (중)』(두산동아, 1999).

"불경(佛經)처럼 서러워"지고야 만 이야기이다. 이야기는 곧 내력을 의미하는데, 여기서 '불경(佛經)'은 목판에 글자를 새기고 금가루를 부어 만든 것이라 생각할 수 있다. 백석은 지나온 삶을 버리고 정든 세상을 등진, 다시 말하면 모든 것을 잃고 더 이상 잃어버릴 것이 없는 그 여인이 체념하고 돌아선 그 '세상'에서, 지아비 같은 나라를 잃고 고향을 잃고, 시인으로서 가꾸며 살았던 자식 같은 언어를 말살시키는 식민지 시대를 살고 있는 자신의 처지를, 속살을 베어내고 글자를 한 뜸 한 뜸 새겨 넣은 후 뜨거운 금불에 입혀져야 하는 나무의 처지에 비유했다고 생각할 수 있다. 사람은 자신이 살고 있는 그 '세상'의 사회적 정황을 떠나서는 존재할 수 없기 때문이다.

시적 화자는 마주보고 있는 여인에게 각인된 시간과도 같은 바로 그 '세상'에서, 딸아이를 먼저 보내고 가슴에 묻은, 딸아이의 이름을 제 몸에 새긴 '여인'이 아무 표정도 없이 합장하고 절하는 모습에 직면한다. 순간, 시적 화자는, 그동안 여인이 아무도 모르게 흘린 눈물의 처연함과 자신의 삶이 동일시되고 서러움이 북받치게 마련이다. '여인'의 지난 시간을 기억하듯 자신의 과거에 대한 기억이 사무치는 그리움으로 다가오고, 이어 그 그리움을 체념해야만 하는 사회적 정황을 생각한다. '나'는 그러한 세상에서 아무것도 할 수 없는 위치에 있다.

시적 화자가 체념할 수밖에 없는 데서 비롯된 쓸쓸함이 한꺼번에 확산되는 풍경, 즉 그 여인과 여인에 대한 '기억', 곧 자신의 처지를 마주보고 서서 '불경(佛經)'을 생각해낸다. 이 때의 '불경(佛經)'은 불교의 모든 교리를 새겨놓은 경전의 의미도 내포하고 있거니와 대대로 불자들에 의해 소리 내어 읽혀지는 경전의 역사성도 지니고 있다고 하겠다.

이윽고, 백석의 사유는 자신이 알고 있는 '여인'의 삶을 관통하며 자신이 지나온 삶의 지층과 현재의 좌표를 읽는다. 그리고 직관적으로 그 깊디깊은 의미를 "나는 불경(佛經)처럼 서러워졌다"는 단 한 줄로 표현하는 경이로움을 낳는다. 그런 연유로 '불경(佛經)'은 한 나라의 역사와 개인의 삶과 사물의 존재를 함의하고 있는 이미지로 기능하여 넓게, 멀리 퍼져 나아가는 그윽한 울림을 주고 있다. 이 내용, 즉 여기서 볼 수 있는 백석의 사유과정은 그의 시 「수라(修羅)」를 비롯하여 다른 몇 편의 시들을 관류하고 있는데, 이를 통하여 백석이 얼마나 많은 것들을 사랑했으며 그 사유가 얼마나 깊고 넓었는지를 한층 더 깊이 이해할 수 있으리라 추정된다.

또한 "산(山)절의 마당귀에 여인(女人)의 머리오리가 눈물방울과 같이 떨어진 날", 여인의 잘려나가던 머리오리처럼 소리 없이, 모든 것을 함구하고 흘려 꿩의 울음소리처럼 확산되던 '눈물'은 이용악의 「달 있는 제사」(1941)에서 "달빛 밟고 머나먼 길 오시리/두 손 합쳐 세 번 절하면 돌아오시리/어머닌 우시어/밤내 우시어/하아얀 박꽃 속에 이슬이 두어 방울"로 응집되어 나타나는 것을 발견할 수 있다. 여기, 어머니의 절절한 그리움을 투영하면서 한데 뭉쳐 빛나는 이슬은 이미 손이 닿기만 하면 터지는 나약한 이슬이 아니다. 그것은 「여승(女僧)」의 소리 없는 눈물과 함께 사회적 구성원인 가족의 역사를 담고 있는 이미지이다. 이 눈물은 지나간, 혹은 가버린 삶과 남은 삶을 연결하는 고리로 작용하며 인간의 모든 사유를 내포하고 있는 상징물[65]로 기능한다. 그것은 일찍이 바슐라르가 그의 책 『물과 꿈』을 통하여 말한 '역동화된 물의

---

65) Gaston Bachelard, 이가림 옮김, 『물과 꿈』(문예출판사, 1998), 364~372면.

이미지'66)이다. 가족의 역사를 담고 있는 그 물은 이성복의 시에서 어머니의 모습을 담고 있으며, "창을 닫고 귀를 막아도 들리는" 소리로 확산되고 있다. 이러한 소리는 들으려고 기를 써도 들리지 않는, 없는 소리이지만, 누리의 공간을 초극하여 어느 곳이라도 파고드는, 피할 수 없는 소리이기도 하다.

백석의 시에서 '서럽다'는 말은 세 군데서 발견된다. 앞의 시「여승(女僧)」과「수라(修羅)」그리고「절망」에서이다. 이 시들은 모두 시적 화자가 누군가를 보내는 순간이거나, 타인이 헤어지는 애달픈 광경을 보고 있는 순간을 형상화한 시라는 데서 공통점을 찾을 수 있다. 이를 통해 백석이 고향을 얼마나 그리워했으며, 사람에 대한 정이 어느 정도 깊었으며, 헤어지는 것을 싫어하고 가슴아파했으며, 또 연민을 가지고 타인을 대하고 타인이 이별하는 광경을 어떤 시선으로 관찰하였는지를 알 수 있게 된다.

어니젠가 새끼거미 쓸려나간 곳에 큰 거미가 왔다
나는 가슴이 짜릿한다
나는 또 큰 거미를 쓸어 문 밖으로 버리며
찬 밖이라도 새끼 있는 데로 가라고 하며 서러워한다

이렇게 해서 아린 가슴이 싹기도 전이다
어데서 좁쌀알만한 알에서 가제 깨인 듯한 발이 채 서지도 못한 무

---

66) Gaston Bachelard는 그의 책『물과 꿈』에서 역동화된 물의 이미지에 관하여 "강력한 한 방울의 물은 우주를 창조하기에 충분하고 그것을 하룻밤에 파괴하기에 충분하다. 이러한 힘에 대한 몽상은 매우 심오하게 상상된 물 한 방울로 족하다. 이렇게 역동화된 물은 우리 삶에 싹이 되며, 그리하여 우리 삶에 끝없는 비약을 가져오게 한다."고 말한바 있다.

척 적은 새끼거미가 이번엔 큰거미 없어진 곳으로 와서 아물거린다
　나는 가슴이 메이는 듯하다
　내 손에 오르기라도 하라고 나는 손을 내어미나 분명히 울고 불고
할 이 작은 것은 나를 무서우이 달아나버리며 나를 서럽게 한다
　나는 이 작은 것을 고이 보드러운 종이에 받어 또 문 밖으로 버리며
　이것의 엄마와 누나나 형이 가까이 이것의 걱정을 하며 있다가 쉬
이 만나기나 했으면 좋으련만 하고 슬퍼한다
　　　　　　　　　　　　　　　　　　　—「수라(修羅)」(1936) 부분

「수라」는 방바닥에 올라온 거미를 거미의 바깥 세계에서 보고 있는
시적 화자가 거미와 자신을 동시에 바라보고 있다. 여기서 그 "어니젠
가 새끼거미 쓸려나간 곳에" 온 큰 거미를 본 '나'는 또 "큰 거미를 쓸어
문 밖으로 버리며" "새끼 있는 데로 가"기를 바란다.

　여기서 주목할 것은 '짜릿한다'이다. 이 구절은 '짜릿하다'로 기록하
여 '나'의 느낌을 비교적 순간적으로 처리할 수 있음에도, 백석은 '짜릿
한다'는 표현을 선택하여 사용함으로써 '나'의 가슴 어느 한 부위가 찔
리는 듯한 '짜릿'한 느낌을 강조하고 있다. 이는 '짜릿하다'보다 얼마간
의 시간적 지연을 내포하는 표현으로 시적 화자가 그 자리에서 꼼짝 않
고 거미를 응시하며, 자신이 쓸어버린 거미의 가족사를 생각하는 얼마
간을 고스란히 시의 전개에 포함시키고 있다. 이러한 언어의 조탁은 그
가 거미의 생을 다시 인생에 견주어 사유함으로써, 시적 화자가 거미를
쓸어버리기 직전의 순간을 지칭할 명칭을 생각해내는 데서 극명하게
드러난다고 할 수 있는데, 이런 사유를 바탕으로 하여 시제로 정해진
그 명칭이 바로 '수라(修羅)'이다.

　백석이 수라(修羅)[67]를 생각해내고 그것을 시제로 정하기까지, 생명

과 삶 그리고 그 삶의 근원이며 연결고리인 가족으로 심화·확대 혹은
집약되었다가 "엄마와 누나나 형이 가까이 이것의 걱정을 하며 있다가
쉬이 만나기나 했으면 좋"겠다는 가느다란 희망으로 축소되는 듯한 백
석의 사유 과정을 보여준다. 한낱 미물인 거미와의 조우를 통해 인류의
사회적 존재와 관계를 생각하는 그의 사유 영역은 그 깊이를 짐작하기
어렵게 하고 있다. 시인의 이러한 사유는 사물과 사람의 존재와 그 존
재의 전후좌우로 뻗어나간, 사회적 삶의 관계성을 생각68)하고 역사와
삶과 사물의 근원을 통찰하기에 이르고 있다.

　이러한 백석의 사유는 다시 「절간의 소 이야기」에서 너무도 소박하
고 평범한 수사를 통해 "치마자락의 산나물을 추었"던 노장을 영물인
소에 비유하는 것으로 드러나고 있다. 이러한 현상은 앞의 「수라(修羅)」
에서 확인된 바, 사람에 대한 통찰을 지나 '거미'나 '소'와 같은 생명체

---

67) 아수라(阿修羅, Asura): 아소라(阿素羅)·아소락(阿素洛)·아수륜(阿須倫) 등으로 음
　사(音寫)하며 수라(修羅)라고 약칭하기도 한다. 비천(非天)·비류(非類)·부단정(不
　端正) 등으로 의역하는데, 천룡팔부중(天龍八部衆)의 하나로서, 귀신의 한 동아리
　로 여긴다. 그러나 어원적(語源的)으로는 페르시아어의 아후라(ahura)와 같은 말로
　신격(神格)을 뜻하며(예: 아후라 마즈다), 인도의 여러 신들 중 바루나나 미트라는
　옛날부터 아수라라고 칭하여졌다. 아마도 인도 아리아인(人)이 신앙하는 신격 가운
　데 아수라의 일군(一群)과 데바[天]의 일군이 있어 인드라를 비롯한 데바의 무리가
　제사의 대상으로서 우세해짐에 따라, 아수라가 마신(魔神)으로 취급된 것으로 추측
　한다(페르시아에서는 다에바스가 마신이다).
　이 시의 '수라(修羅)'는 백석이 불교에 심취하였던 바, 불교에서의 개념으로 판단되
　며, 불교에서 '수라(修羅)'는 육도(六道)의 하나로 꼽히는 아수라도(阿修羅道)를 말
　한다. 이는 전쟁이 끊이지 않는 세계로 설명되며(예: 수라장 등) 천주교의 연옥과
　같이 극락으로 가기 전에 거쳐야 하는 장소인 것 같다. 전쟁을 주관하는 귀신으로
　보는 경향도 있다. 조각에서는 삼면육비(三面六臂)를 하고 있고 세 쌍의 손 가운데
　하나는 합장을 하고 있으며 다른 둘은 각각 수정(水晶)과 도장(刀杖)을 든 모습으로
　표현된다. 고운기는 그의 논문 「백석의 「修羅」와 그 주변」의 207면에서 '수라(修
　羅)'는 사람으로 다시 태어나기 직전이라고 밝히고 있다.
68) 최원식, 『문학의 귀환』(창작과비평사, 2001), 42~59면.

에 대한 통찰로, 다시 사물에 대한 통찰을 통해 인간에 대한 통찰로 오고가는 백석의 사유를 엿보게 하는데, 이러한 시적 면모는 월하 김달진(1907~1989)의 시「벌레」에서도 발견할 수 있다.

> 북관(北關)에 계집은 튼튼하다
> 북관(北關)에 계집은 아름답다
> 아름답고 튼튼한 계집은 있어서
> 흰 저고리에 붉은 길동을 달어
> 검정치마에 받쳐입은 것은
> 나의 꼭 하나 즐거운 꿈이였드니
> 어늬 아침 계집은
> 머리에 무거운 동이를 이고
> 손에 어린것의 손을 끌고
> 가퍼러운 언덕길을
> 숨이 차서 올라갔다
> 나는 한종일 서러웠다
>
> —「절망」(1938) 전문

「절망」의 시적 화자는 혼자 보며 "꼭 하나 즐거운 꿈"을 누리던 북관 '계집'의 다른 모습 때문에 절망하고 있다. 자신과는 아무 사이가 아님에도 "흰저고리에 붉은 길동을 달어/검정치마에 받쳐입은" 평소의 모양새와도 다르고, 시적 화자가 기대하고 있던 모습과도 다르게, 고생스럽게 "머리에 무거운 동이를 이고/손에 어린것의 손을 끌고" "가퍼러운 언덕길을/숨이 차서 올라"간 여인을 보고 "한종일 서러"운 시적 화자의 심리적 단면은 곧 시인의 '절망'으로까지 내닫고 있음을 알 수 있다.

백석은 이렇게, 다른 사람들이 그냥 스치고 지나갈 수 있는 사소함에

집착한다. 바꿔 말하면, 아주 작고 보잘것없는 움직임이나 느낌, 풍경과 사람들을 그는 관찰한다. 대개 무시의 대상이거나 소외된 것들이다. 백석은 그 사소함을 조탁한다. 조탁된 작품에는 예술가의 세계가 드러나게 마련이고, 백석 시 역시 백석의 '역사적 삶'과 사유를 담고 있다. 그것은 곧 가치관과 세계관, 사랑하는 것들이다. 외롭고 높고 쓸쓸한 것들이다. 그리하여, 조탁된 사소함의 울림은 깊이가 있다. 멀리 가는 향기이며 소리이고 그것은 또한 오래간다. 왜냐하면 그 울림은 내면의 울림이고, 그 내면의 사유는 나라의 역사적 내력과 사람들의 삶과 사물에 대한 통찰의 공명에서 비롯되어 자신에 대한 성찰로 나아가기 때문이다. 이는 고통스러운 현실과 마주한 시적 화자의 좌절이 의식을 자극하고, 그 결과 백석은 자신에 대한 성찰에서 출발하여 인간의 삶과 사물에 대한 깊은 통찰에 들어서고 있음을 시사한다. 이와 같은 의식의 흐름은 같은 시대를 살았던 이용악의 시 「제비 같은 少女야」와 「전라도 가시내」, 「北쪽」[69] 등에서도 발견할 수 있다. 백석의 시에서 나타나는 고향 상실감이 쓸쓸하지만 비교적 따스하게 나타나는 데 비해 같은 시대를 살았던 이용악은 그의 시 「北쪽」(1937)을 통해, 현재 자신이 있는 곳에서 "북쪽은 고향"이며 고향을 근거로 하여 더 "북쪽은 女人이 팔려간 나라"라고 토로함으로써 당시 사회적 상황을 첨예하게 포착하여 사실적으로 그려내고 있다고 하겠다.

백석의 시는 그 내용면에서 위에 언급한 바와 같이 대략적으로 구분할 수 있겠거니와 어떤 기준에 의해 그의 시적 경향을 확연하게 구분하

---

69) 北쪽은 고향/그 북쪽은 女人이 팔려간 나라/머언 山脈에 바람이 얼어붙을 때/다시 풀릴 때/시름 많은 북쪽 하늘에/마음은 눈 감을 줄 모르다(이용악, 「北쪽」(1937) 전문; 윤영천, 『이용악시전집』(창작과비평사, 2004), 11면.)

는 것은 상당히 어렵다고 할 수 있다. 이는 그의 시들 자체가 각각의 다른 시들과 서로 유기적으로 작용하면서 외면적으로는 백석이 살았던 사회를 반영함과 동시에 내면적으로는 백석 자신의 정신적·사회적 면모를 내포하고 있기 때문이라 할 수 있겠다.

> 그렇건만 나는 하이얀 자리 우에서 마른 팔뚝의
> 샛파란 핏대를 바라보며 나는 가난한 아버지를 가진 것과
> 내가 오래 그려오던 처녀가 시집을 간 것과
> 그렇게도 살틀하든 동무가 나를 버린 일을 생각한다
>
> 또 내가 아는 그 몸이 성하고 돈도 있는 사람들이
> 즐거이 술을 먹으려 다닐 것과
> 내 손에는 신간서(新刊書) 하나도 없는 것과
> 그리고 그 '아서라 세상사(世上事)'라도 들을
> 유성기도 없는 것을 생각한다
>
> 그리고 이러한 생각이 내 눈가를 내 가슴가를 뜨겁게 하는 것도
> 생각한다
>
> —「내가 생각하는 것은」(1938) 부분

시를 통해 '과거'와 '현재' 사이를 오가는 교량으로서의 '기억'은 혀의 돌기처럼 맛을 느끼고 있다. 이 돌올한 '기억'의 맛이 시인의 '의식 그 자체'였는지 아니면 당면하고 있는 현실의 고통을 무마시키기 위한 소극적 저항의 한 방편이었는지는 단언하기 어렵다. 어떻든, 독자는 시인과 함께 이 시들 속으로 끌려들어가 시적 화자가 느끼는 여러 가지 맛과 감정을 느끼고 보고 들을 수 있는데, 이는 백석의 '기억'이 현실을 지

우고 무시하기 위해서 선택된 것이 아니라 어린 시절에 대한 동경이 지나가는 통로로 기능하는 것에 기인한다. 따라서 독자는 백석 시의 어느 지점에서 어린 시절에 대한 동경이 '기억'을 통하여 현실적·제도적 벽을 초월하여 현재에서 과거로 이동함으로써 지금 '여기'와 그 때 '거기'가 자연스럽게 연결되어 있음을 확인하게 된다. 이런 연유로 백석은 「내가 생각하는 것은」에서 시적 화자를 통해 "어쩐지 이 사람들과 친하니 싸다니고 싶은 밤이다//그렇건만 나는 하이얀 자리 우에서 마른 팔뚝의/샛파란 핏대를 바라보며 나는 가난한 아버지를 가진 것과/내가 오래 그려오던 처녀가 시집을 간 것과/그렇게도 살틀하든 동무가 나를 버린 일"을 생각한다고 자신의 심경을 토로한다. 이어서 '나'는 "손에는 신간서(新刊書) 하나도 없는 것과" "아서라 세상사(世上事)'라도 들을/유성기도 없는", 자신이 처한 사회적·문화적 현실도 생각하고 있음을 말하고, 그 생각이 시적 화자의 "가슴가를 뜨겁게 하는 것"까지 생각하기에 이르렀다고, 의식의 흐름을 밝히고 있다.

> 이렇게 한여름을 보내면서 나는 하늘이는
> 물살에 나이금이 느는 꽃조개와 함께
> 허리도리가 굵어가는 한 사람을 연연해 한다
> ─「삼호(三湖)─물닭의 소리1」(1938) 전문

이러한 시인의 의식은 이제 침잠하여 자신과 주변을 돌아보게 된다. 일찍이 「선우사(膳友辭)」(1937. 10)를 통해, "바람 좋은 한 벌판에서 물닭이 소리를 들으며 단이슬 먹고 나이 들은" 유년의 기억을 되살리며 "흰 밥과 가재미와 나는" "무슨 이야기라도 다 할 것 같다"고 토로했던 시인은, 주로 물가나 호숫가에서 물고기와 곤충을 잡아먹고 사는 '물닭'70)을 떠올리며 '물닭의 소리'를 연작시의 제목으로 정함으로써, 자신을 '물닭'에 투영시키고 있다. 이는 인적이 드문 바닷가에서 떠오르는 여러 가지 생각들을 반추하며 생활하면서 자신과 주변을 돌아보는 자기성찰의 과정이라 아니할 수 없겠다.

유달리 많은 음식물과 전통적 이미지가 등장하면서도 모더니즘 경향의 창작기법으로 시의 서사화를 획득하고 있는 점은 연작시「물닭의 소리」에서도 발견된다. 이 시들은 시적 거리를 유지함으로써 존재 공간을 확보하고 시적 화자의 시선을 따라 주변 상황을 간명하게 형상화하고 있다는 점에서 앞에서 논한「산중음(山中吟)」과 흡사하나「산중음(山中吟)」이 함경도 일대의 산을 배경으로 하고 있는 반면「물닭의 소리」는 평안북도 서쪽 바다를 공간으로 한다는 점에서 차이를 보인다.

「삼호(三湖)」의 시적 화자는 홍원군 남단의 유명한 명태어장인 '삼호'의 "전복회"를 파는 집, "문기슭에 바다햇자를 까꾸로 붙인" 간판의 모양새에서 시작하여 먹는 '나'의 모습을 드러내고 있는데, 나이가 들어 "허리도리가 굵어가는" 사람에 대한 그리움을 환기하고 있다. "허리도리가 굵어"간다는 것은 이미 결혼을 하여 아이를 낳은 여인이 나이 들어가는 모습을 내포하고 있으므로, 그 그리움은 이미 훼손되었거나 상실한 고향과도 같은 존재이다. 이 시는 이렇게 집밖에서 집안으로, 집안에서 자신의 내면으로 옮아가는 시적 화자의 '시선'을 따라 시를 전개하고 있음을 알 수 있다. 이러한 '시선'은 다시 물밑을 관찰한다.

---

70) '물닭'은 비오리를 말한다. 비오리는 오리과에 딸린 물새로 쇠오리와 비슷한데 좀 크고 부리는 뾰족하며, 날개는 자주색이 많아 오색찬란하다. 원앙처럼 암수가 함께 놀고 주로 물가나 호숫가에서 물고기, 개구리, 곤충류를 잡아먹고 산다.

물밑—이 세모래 닌함박은 콩조개만 일다
　　　　　—「물계리(物界里)—물닭의 소리2」(1938) 부분

　시인의 세심한 관찰력과 상상력이 돋보이는 「물계리」는 이제 차분히 가라앉아 투명해져 속속들이 다 보일 것만 같은 시적 화자의 마음처럼 맑은 물밑을 보며 거기 있는 가느다랗고 고운 모래를 쌀을 이는 이남박, 즉 '조리(笊籬)' 역할을 하는 사물에 비유함으로써, "닌함박(이남박)"이 모래 위에 놓인 콩조개를 일고 있는 것으로 묘사하고 있다. 또한 모래벌판은 바다가 널어놓은 "명주필"이라 하기에 이르는데, 시인의 상상력은 여기서 그치지 않는다.

비얘고지 비얘고지는
제비야 네 말이다
저 건너 노루섬에 노루 없드란 말이지
신미도 삼각산엔 가무래기만 나드란 말이지
　　　　　—「대산동(大山洞)—물닭의 소리3」(1938) 부분

　제비가 지저귀는 소리를 나타내는 의성어, '비얘고지'로 제비를 호칭하면서 심정적 대화를 유도하고 있는 「대산동」은, 하늘을 자유롭게 비상하는 제비를 향한 시적 화자의 부러움을 암시하고 있다. 이는, 있어야 할 것이 마땅히 있어야 할 곳에 없고, 본래대로 살지 못하고 돌연변이처럼 변질되고야 만 생명에 대한 한숨을 에둘러 표현한 것이라 할 수 있다. 곧 시적 화자 자신이 처한 현재의 상황에서 벗어나고 싶다는 욕구의 간접적 표출이라 할 수 있는데 이는 현실적 모순에 대한 풍자라 여겨진다. 여기서 '대산동(大山洞)'은 평안북도 신천군에 위치한 지명이다.

푸른 바닷가의 하이얀 하이얀 길이다
               ―「남향(南鄕)―물닭의 소리4」(1938) 부분

캄캄한 비 속에
새빨간 달이 뜨고
하이얀 꽃이 퓌고
먼바루 개가 짖고
어데서 물의 내음새 나는 밤은

나의 정다운 것들 가지 명태 노루 뫼추리 질동이 노랑나비 바구
지꽃 모밀국수 남치마 자개짚세기 그리고 천희(千姬)라는 이름이 한
없이 그리워지는 밤이로구나
               ―「야우소회(夜雨小懷)―물닭의 소리5」(1938) 부분

제비의 자유로운 비상을 부러워하던 시적 화자의 마음은 이제 남쪽,
자신의 정든 바닷가로 향한다. 바로 통영을 생각하게 하는 「남향(南鄕)」
의 물보라 이는 바닷가 "하이얀 하이얀 길"은 백석 시에서 흰색이 상징
해왔듯이 무엇인가 슬픈 내력이 있는 길이다. 그 바닷길을 생각하고 있
는데 또 비까지 내린다. 칠흑 같은 밤에 내리는 비에서는 물비린내가
난다. 「야우소회(夜雨小懷)」의 시적 화자는 그러한 공간에서 자신의
정다운 것들, 즉 좋아하는 것들을 하나씩 떠올린다. 사람의 의식은 어
떤 사물을 떠올리면 그 이름을 먼저 생각하는 법이어서 그는 그 이름들
을 하나씩 나열한다. 그리고 드디어 남쪽 정다운 곳, '통영'의 여인 "천
희"를 생각하기에 이르고 있다.

또한 이 시는 서로 대비되는 분위기를 자아내는 색채이미지를 혼용
하여 백석의 모더니즘 경향을 재차 확인하게 하는 시적 전개양상이 돋

보이는 작품이라 하겠다.

신새벽 들망에
내가 좋아하는 꼴두기가 들었다
갓 쓰고 사는 마음이 어진데
새끼 그물에 걸리는 건 어인 일인가

갈매기 날어온다

입으로 먹을 뿜는 건
몇 십 년 도를 닦어 피는 조환가
앞뒤로 가기를 마음대로 하는 건
손자(孫子)의 병서(兵書)도 읽은 것이다
　　　　　　　　　—「꼴두기—물닭의 소리6」(1938) 부분

　길이 끊긴 곳, 바다에서 자신의 마음을 쫓던 시적 화자의 '시선'은 이
제 선창가의 그물에서 멈췄다. 「꼴두기」의 시적 화자는 잡힌 "꼴두기"
의 모습을 보며 자신의 모습과 동일시한다. 이어서 갓을 쓴 모양새를 살
핀 후 누구에게도 해를 끼치지 않는다는 점을 상기한 시적 화자는 "꼴
두기"가 옛 선비를 닮았다고 생각한다. 그리고 책과 먹을 가까이 했던
선비의 지성을 꼴뚜기가 뿜는 먹물이 된 양으로 상상력을 동원한다. 하
지만, 갈매기가 들려주는 "꼴두기"의 내력에 슬퍼지고 말았다는 마지막
연의 고백은 시적 화자가 현재 자신의 처지를 점검한 후 의식의 균열을
겪으며 쓸쓸하게 스스로를 비웃는 듯한 시적 정서를 내포하고 있다.

삼리(三里) 밖 강(江)쟁변엔 자갯돌에서

비멀이한 옷을 부승부승 말려입고 오는 길인데
산(山)모통고지 하나 도는 동안에 옷은 또 함북 젖었다

한 이십리(二十里) 가면 거리라든데
한겻 남아 걸어도 거리는 뵈이지 않는다
나는 어니 외진 산길에서 만난 새악시가 곱기도 하던 것과
어니메 강물 속에 들여다 뵈이든 쏘가리가 한자나 되게 크던 것
을 생각하며
산(山)비에 젖었다는 말렸다 하며 오는 길이다
—「구장로(球場路)—서행시초1」(1939) 부분

시적 화자는 이제 구장군(球場郡)으로 가고 있다. 갈아입을 옷이 변변치 않아 비에 젖은 옷을 말려 입고 걸어도 또 다시 내리는 비에 젖는 옷의 비애가 실감나게 그려지고 있는 시 「구장로」는, 시적 화자가 시름에 젖었다가 유년 시절의 회상으로 잠시 즐거웠다가 이내 자신의 현실을 인식하고 시름에 젖어 결국 술집 뜨끈뜨끈한 아랫목에서 "삼십오도(三十五度)"나 되는 따끈한 소주에 뜨거운 술국을 "몇 사발이고 왕사발로 몇 사발이나 먹자"고 타이르는 듯이 스스로를 향하여 말하고 있음을 볼 수 있다. 이러한 그의 면모는 그의 시 「남신의주 유동 박시봉방」을 통해 "화로를 더욱 다가 끼며, 무릎을 꿇어보"는 실천적 요소로 나타난다. 시인은 이렇게, 어떠한 어려운 상황에서도 그냥 주저앉아버리는 것이 아니라 자신을 꿋꿋하게 다시 일으켜 세우는 어떤 행동으로 나아가고 있다. 이는 굴곡 많은 그 시대를 살면서 자신의 삶을 지탱하기 위하여 스스로를 위로하며 격려하는 모습이라 하겠다.

여기서 주목할 것은 '길'과 '옷'으로, '길'은 살아가야 하는 인생이요

'옷'은 사람의 처지를 나타내는 바, 시적 화자는 이렇게 스스로를 달래면서 어지러운 자신의 심사를 가지런히 정돈하며 관서지방 어느 산을 넘고 있음을 알 수 있다. '구장로(球場路)'는 평안북도 구장군에 이르는 거리를 가리킨다.

> 어쩐지 향산(香山) 부처님이 가까웁다는 거린데
> 국수집에서는 농짝 같은 도야지를 잡어 걸고 국수에 치는 도야지
> 고기는 돗바늘 같은 털이 드문드문 백였다
> 나는 이 털도 안 뽑은 도야지고기를 물끄러미 바라보며
> 또 털도 안 뽑은 고기를 시꺼먼 맨모밀 국수에 얹어서 한입에 꿀
> 꺽 삼키는 사람들을 바라보며
>
> 나는 문득 가슴에 뜨끈한 것을 느끼며
> 소수림왕(小獸林王)을 생각한다 광개토대왕(廣開土大王)을 생각한다
> —「북신(北新)—서행시초2」(1939) 부분

구장로를 지나 향산으로 가는 시적 화자는, 길을 걷다가 부처님 냄새가 나는 길 어디쯤에서 "털도 안 뽑은 도야지고기를" "꿀꺽 삼키는 사람들"의 야생적인 모습을 보게 된다. 여기서 시적 화자는 "문득 가슴에 뜨끈한 것을 느끼며" 소수림왕과 광개토대왕을 생각한다. 이는 온순하게만 보이는 우리 민족이 현재 일제에게 나라를 빼앗기고 유이민이 되어 국외를 표랑하는 지경에 놓인 현실에 대한 울분이라 아니할 수 없다. 가슴 속에서 무엇인가 치밀어 오르는 울분을 금할 수 없는 것은 시인을 비롯한 우리 민족이 북방 정벌에 앞섰던 그 소수림왕과 광개토대왕의 피를 이어받고 있음을 생각하는 것에 다름아니다. 더 이상의 시적

전개가 없는 것으로 보아 시적 화자는 그 생각에 이르는 것만으로 자신의 의지를 돈독히 하고 있음을 암시하는데, 외세의 침략으로부터 나라를 지키고 그 땅을 확장한 동력이 당시 일제하 민족이 처한 현실 속에 새롭게 일어나기를 바라는 마음이라고 추정할 수도 있거니와 현실적으로는 어쩔 수 없는 자신을 보면서 자신의 내면에 깃들어있는 조상의 뜨거운 피와 의지를 생각하고 있다고 볼 수도 있겠다. 시인은 이렇게 동떨어진 곳에서 혼자 생각하고 위로 받는다. 「북신(北新)」은 민족의 뿌리를 의식하고 동류의식을 느낀다는 데서 「북관(北關)」과 비슷하다.

> 차디찬 아침인데
> 묘향산행(妙香山行) 승합자동차(乘合自動車)는 텅하니 비어서
> 나이 어린 계집아이 하나가 오른다
> 옛말속같이 진진초록 새 저고리를 입고
> 손잔등이 밭고랑처럼 몹시도 터졌다
> 계집아이는 자성(慈城)으로 간다고 하는데
> 자성은 예서 삼백오십리(三百五十里) 묘향산(妙香山) 백오십리(百五十里)
> 묘향산(妙香山) 어디메서 삼촌이 산다고 한다
> 새하얗게 얼은 자동차(自動車) 유리창 밖에
> 내지인(內地人) 주재소장(駐在所長) 같은 어른과 어린 아이들이
> 내임을 낸다
> 계집아이는 운다 느끼며 운다
> 텅 비인 차 안 한구석에서 어느 한 사람도 눈을 씻는다
> ──「팔원(八院)─서행시초3」(1939) 부분

식민지시대 우리 민족의 핍절한 현실을 매우 섬세하게 포착하고 있는 시 「팔원」은 백석 특유의 따뜻한 '시선'으로 눈앞의 현실을 조망하며

담담하게 형상화하고 있다. "텅 비인 차 안 한 구석"에서 한 "계집아이"가 차에 오르고 있는 모양을 본다. 시적 화자는 이내 "계집아이"의 행색을 살핀다. 그 "계집아이"는 "옛말속같이 진진초록 새저고리"를 차려입었다. 그런데 그 소매 끝으로 그 "계집아이"의 밭고랑처럼 터진 손잔등이 보인다. 그 손잔등을 발견한 시적 화자는 이내 이 "계집아이"와 주재소장 일행의 이별에 귀를 기울인다. 일본인 주재소장의 집에 얹혀 온갖 고생을 하며 산 이 "계집아이"는 이제 오백 리나 떨어진 곳에 있는 자신의 고향 자성(慈城)을 향한 귀향길에 오르고 있다. 그리고 그 "계집아이"는 귀향 도중에 묘향산 어디엔가 사는 삼촌을 만나볼 작정이다. 그 "계집아이는 운다 느끼며 운다" 자신이 "밥을 짓고 걸레를 치고 아이보개를 하면서" 살았던 집의 사람들과 이별의 순간에 자꾸 흐느끼는 "계집아이"를 보고, 텅 빈 차 한 구석에서 함께 눈물짓는 이름모를 승객을 본다. 시적 화자의 시선은 여기서 멈추는 것이 아니다. 무척 추운 날임에도 여일하게 행해졌을 그 아이의 일상을 짚어가며, 바로 그 이별하는 날의 아침을 짐작하는 데까지 나아가 그 "계집아이"의 마음을 읽으며 서글퍼한다. '팔원(八院)'은 현재 평안북도 영변군(현 향산군)에 있는 지명으로 현재 '팔원노동지구'로 바뀌었다.[71]

> '자시동북팔십천희천(自是東北八〇粁熙川)'의 표(標)말이 선 곳
> 돌능와집에 소달구지에 싸리신에 옛날이 사는 장거리에
> 어니 근방 산천(山川)에서 덜거기 꿩꿩 검방지게 운다
>
> 초아흐레 장판에
> 산 멧도야지 너구리가죽 튀튀새 났다

---

71) 이지나, 「백석 시의 개작 양상과 원본 오류의 수정」, 『원본 백석 시집』(깊은샘, 2006. 5), 237~238면.

또 가얌에 귀이리에 도토리묵 도토리범벅도 났다

나는 주먹다시 같은 떡당이에 꿀보다도 달다는 강낭엿을 산다
그리고 물이라도 들 듯이 샛노랗디 샛노란 산골 마가슬 볕에 눈
이 시울도록 샛노랗디 샛노란 햇기장쌀을 주무르며
기장쌀은 기장차떡이 좋고 기장차랍이 좋고 기장감주가 좋고 그
리고 기장쌀로 쑨 호박죽은 맛도 있는 것을 생각하며 나는 기쁘다
  ―「월림(月林)장―서행시초4」(1939) 전문

서글픈 자신의 처지를 생각하며 산을 넘고 묘향산으로 향하던 시적 화
자는 길에서 소수림왕을 생각하고 광개토대왕도 생각한다. 다소 야만적
인 모습, 즉 털이 드문드문한 돼지고기를 먹는 사람들의 모습에서 먼 옛날
국토를 확장했던 조상을 떠올리고 있는데, 이러한 상상으로 힘이 난 시적
화자는 다시 텅 빈 승합차에 오른 계집아이의 행색에 그만 마음이 상했다.
그리고는 이제 「월림장에서」 장에 널린 "산 멧도야지, 너구리가죽, 튀튀
새" 또 "가얌" "귀이리" "도토리묵에 도토리범벅" "강낭엿" "햇기장쌀" 등
을 구경함으로써 다시 생기를 되찾고 있다. 월림(月林)장[72]에 난 물목을
나열하므로써 그 물건들을 소개하는 데 그치는 것이 아니라 시적 화자가
그 물건들을 사고 "주무르며" 살피는 행동을 묘사하여 시적 생명력을 획
득하고 있다. 또한 이 시는 "'자시동북팔십천희천(自是東北八〇粁熙川)'
의 표(標)말이 선 곳"이라고 첫 행을 시작함으로써 서두를 "여기서부터는
무진입니다"라고 시작하는 김승옥의 소설 「무진기행」을 떠올리게 한다.
「서행시초」의 시편들은 이렇게 시마다 시적 화자의 의식을 달리하

---

72) 월림(月林)은 평안북도 영변과 희천 사이의 고개를 가리킨다. (이지나, 앞의 논문,
  237~238면.)

여 정신적 굴곡을 표현하고 있는데, 이는 곧 시인이 정서적 분열을 겪고 있음을 시사한다. 평북지방의 기행체험을 바탕으로 한 이들 기행시는 앞에서 살펴본 연작 기행시 「물닭의 소리」와 견주어볼 때, 시적 화자의 그리움은 희석되고 허무감과 의식의 균열이 한층 복잡하고 극심한 양상을 띠고 있음을 발견하게 된다.

> 고원선(高原線) 종점(終點)인 이 작은 정거장(停車場)엔
> 그렇게도 우쭐대며 달가불시며 뛰어오던 뿅뿅차(車)가
> 가이없이 쓸쓸하니도 우두머니 서 있다
>
> ─「함남 도안(咸南道安)」(1939) 부분

이러한 균열과 허무감은 다시 「함남 도안(咸南道安)」에서 "고원선(高原線)[73] 종점(終點)"에 "우두머니 서" 있는, 시적 화자의 '시선'을 통하여 형상화되고 있다. 이 시는 백석이 서울 생활을 정리하고 만주로 떠나기 직전에 발표하였는데, 더 이상 앞으로 갈 수 없는, "망연한 벌판" 앞에서 피할 수 없는 자신의 인생길(運命)을 의식하고 "가이없이 쓸쓸"한 심사가 되어 쓴 시로 보인다. 백석은 이 시를 발표한 후 같은 해 말에 탈출하듯이 서울을 벗어나 만주의 신경(新京, 현 長春)으로 주거 공간을 옮겨갔다. 점점 심해지던 일제의 수탈을 피해 만주로 이주하면서 백석 시의 전개양상은 변화를 보인다. 이는 그가 함경도 일대를 기행하면서 체득하고 심화된 사회·역사적 의식이 국외 표랑 기간에 한층 더 굳어졌기 때문이라 사료된다.

---

73) 높은 지대를 달리는 철도 선(線). (이동순, 앞의 책, 550면.)

IV. 국외 유이민 현실의 시적 수용

1. 국외 표랑과 민족현실의 발견

백석은 1930년 ≪조선일보≫ 신년현상문예에 단편소설 「그 母와 아들」이 당선되면서 조선일보 장학생으로 동경의 아오야마(靑山)학원에서 영문학을 전공하였다. 그럼에도 일본을 배경으로 한 백석의 시는 「시기(柿崎)의 바다」·「이두국주가도(伊豆國湊街道)」, 이렇게 두 편밖에 찾아볼 수 없다.

> 저녁밥때 비가 들어서
> 바다엔 배와 사람이 홍성하다
>
> 참대창에 바다보다 푸른 고기가 께우며 섬돌에 곱조개가 붙는 집
> 의 복도에서는 배창에 고기 떨어지는 소리가 들렸다
>
> 이슥하니 물기에 누굿이 젖은 왕구새자리에서 저녁상을 받은 가
> 슴앓는 사람은 참치회를 먹지 못하고 눈물겨웠다
>
> 어득한 기슭의 행길에 얼굴이 해쓱한 처녀가 새벽달같이
> 아 아즈내인데 병인(病人)은 미역 냄새 나는 덧문을 닫고 버러지
> 같이 누었다
> —「시기(柿崎)의 바다」(1936) 전문
>
> 옛적본의 휘장마차에
> 어느메 촌중의 새 새악시와도 함께 타고
> 먼 바닷가의 거리로 간다는데
> 금귤이 누런 마을마을을 지나가며

싱싱한 금귤을 먹는 것은 얼마나 즐거운 일인가
　　　　　　　　　　　　　　　—「이두국주가도(伊豆國湊街道)」(1936) 전문

　「시기(柿崎)의 바다」의 시적 공간은 일본 혼슈(本州)의 이즈반도(伊豆半島) 최남단에 위치한 가키사키(柿崎) 바닷가이다. 사람들이 많이 모여 참치회를 먹는 자리인데, 시적 화자는 필시 "가슴앓는" 사람으로, 앞에 있는 참치회를 먹지 못하고 눈물겹다.

　이 시는 우리말로 일본의 어촌 풍경을 형상화했다는 점에서 주목할 만 한데, 특히 평안도 방언을 사용하여 일본 항구의 사물들을 묘사하고 있다는 데서 백석 시세계의 면모가 돋보이는 작품이다. 이는, 시인이 당시 일본 유학생의 신분이라는 것을 고려할 때, 조선이 일제의 식민지이고 자신은 조선 학생이라는 자기정체성을 잊지 않고 있다는 암시라고 여겨진다. 또한 위의 시 두 편은, 각각의 시 속에 한국의 방언과 일본의 사물 및 풍경이 어우러져 있어 한국문학 속에서 동아시아적 연대가 이루어지고 있다는 측면에서도 주목할 만하다.

　앞에서 언급한 바 있듯이 일제는 1930년대에 들어서면서 소위 '내선일체(內鮮一體)'란 표어를 내걸고 '민족문화말살정책'(1937)을 감행하기 시작하였다. 이는 1935년 '신사참배'에서 이어지는 것으로, 1938년 '조선어 과목 폐지', 그리고 1940년 '창씨개명'과 아울러 ≪동아일보≫·≪조선일보≫, 양대 신문과 당시 조선어를 사용하던 권위 있는 잡지 ≪인문평론≫, ≪문장≫을 폐간시키기에 이른다. 일제는 또한 만주사변(1931. 9. 18.) 이후 가열화된 중일전쟁(1937) 당시 강제 징집되던 조선 청년들을 1944년에 이르러 징집제로 바꿔 패전할 때까지 이른바 '학도지원병'제도를 강행하였고, 징용·보국대·근로동원 등을 통한 노동력의 강제수탈을 일삼았으며, 심지어 조선 여성들을 '정신대'라는 명목으로 강제 동원하는 파렴치한 짓도 서슴지 않았다.

이 시기에 조선 민중은 이러한 정신적 폭력과 경제적 압박을 피해 만주라는 새로운 탈출지를 모색한다.[74] 다민족으로 구성된 만주국[75]은 조선과 마찬가지로 일제의 전면적인 통치 아래 있었지만 우리말과 글의 사용은 허용되었다. 이것은 일본의 또다른 식민지에 불과했던 만주국이 이를 은폐하기 위해 다민족 독립국가 형식을 취하였기 때문이었다. 이와 때를 같이하여 소위 '정책이민 시대'에 기인한 국내 유랑민과 국외 유이민이 대규모적으로 발생하는데, 조선 민중들은 이 시기에 대부분 고향을 등지고 떠나 만주를 비롯하여 시베리아·일본·멕시코·하와이·사할린 등지로 떠났다.

> 이방(異邦) 거리는
> 비오듯 안개가 나리는 속에
> 안개 같은 비가 나리는 속에
>
> 이방(異邦) 거리는
> 콩기름 쪼리는 내음새 속에

---

74) '만주로 간다'는 말은 만주사변 전에는 조선에서 쫓겨 가는 불쌍한 농민들이 바가지를 꿰차고 보따리를 들고 가는 초라한 행색을 연상시켰지만, 만주 건국 이래 6년의 세월이 흐른 그 딩시에는 '일을 하러 간다. 희망을 갖고 간다'고 할 수 있을 정도로 꿈과 희망을 내포하고 있는 말이었다. 만주사변을 계기로 신흥 만주국이 건국되자 조선인의 만주생활은 다양한 변화를 가져왔고 이에 따라 만주를 한번 본다는 것은 당시 조선인들에게 매우 큰 의의가 있는 일로 생각하게 되었다.

75) 실질적으로 한족, 만주족, 러시아인, 조선인, 일본인, 몽골인 등이 섞여 있었던 만주국에는 공식적으로는 만주국인, 일본인, 외국인이라는 세 가지 범주만이 있었고, 조선인은 일본인이라는 범주 안의 하위범주로 취급받았다.

섭누에번디 삶는 내음새 속에

이방(異邦) 거리는
도끼날 벼르는 돌물레 소리 속에
되광대 켜는 되양금 소리 속에

손톱을 시펄하니 기르고 기나긴 창꽈쯔를 즐즐 끌고 싶었다
만두(饅頭)꼬깔을 눌러쓰고 곰방대를 물고 가고 싶었다
이왕이면 향(香)내 높은 취향리(梨) 돌배 움퍽움퍽 씹으며 머리채
츠렁츠렁 발굽을 차는 꾸냥과 가즈런히 쌍마차 몰아가고 싶었다
　　　　　　　　　　　　　　　　　　　—「안동(安東)」(1939) 전문

　"이방(異邦) 거리는" 안개가 내리다가 다시 는개 내리고, 앞이 명확하게 보이지 않는 거리이다. "콩기름 쪼리는 내음새"와 "섭누에번디 삶는 내음새" 등의 여러 가지 냄새가 나고 "도끼날 벼르는 돌물레 소리"와 "되광대 켜는 되양금 소리"가 나는 거리이다. 「안동」의 시적 화자는 그 냄새 속을, 그 소리 속을 걷고 있다. 이왕이면 물이 많은 맛난 돌배를 한 입 가득 넣고 먹음직하게 "움퍽움퍽 씹으며" "꾸냥"과 "쌍마차"를 몰아가고 싶은 이국의 거리이지만, 시적 화자는 표랑하는 자신의 처지를 의식적으로 외면하고 이국 거리에 적응하고 싶다. 하지만 안동(安東)[76]의 거리 풍경은 낯설기만 하고, 자신의 처지는 생각할수록 안타깝기만 하다. 그는 이러한 자신의 심사를 길거리에서 볼 수 있는 이국 풍물을 하나하나 나열하면서 자신의 내면에 새기고 있다. 여기서 볼 수 있는 시적 화자의 "—고 싶었다"는 서술어의 반복은 "—고 싶었"음에도 결국 그

───────────────

76) 안동(安東)은 만주의 안둥을 의미한다. 안둥은 1965년에 그 명칭이 '단둥'으로 바뀌었다.

렇게 할 수 없었던 자신의 처지를 각인시키고 있는 의식의 흐름이다.

이 시는 백석이 만주로 거처를 옮겨 처음으로 발표한 시로, 「북방(北方)에서」·「촌에서 온 아이」 등의 시[77]들과 더불어 만주의 신경(新京, 現 長春)에 머물렀던 1939년을 전후하여 표랑(漂浪) 혹은 유이민(流移民) 생활을 하며 지은 시이다. 이는 당대 지식인들이 권력에 유착하는 경향을 보이며 일제의 황국신민화정책에 동조하는 친일 행위를 보일 즈음, 당시 사회적 중심부에서 떨어져 유랑 생활을 함으로써 나름대로의 저항에 임했던 시인의 정신을 엿볼 수 있게 한다.

> 아득한 옛날에 나는 떠났다
> 부여(夫餘)를 숙신(肅愼)을 발해(勃海)를 여진(女眞)을 요(遼)를 금(金)을
> 흥안령(興安嶺)을 음산(陰山)을 아무우르를 숭가리를
> 범과 사슴과 너구리를 배반하고
> 송어와 메기와 개구리를 속이고 나는 떠났다
>
> 나는 그때
> 자작나무와 이깔나무의 슬퍼하던 것을 기억한다
> 갈대와 장풍의 붙드던 말도 잊지 않았다
> 오로촌이 멧돌을 잡어 나를 잔치해 보내던 것도
> 쏠론이 십리길을 따러나와 울던 것도 잊지 않았다

---

77) 유종호는 백석의 북방시편들이 초기 시에서 보이는 서도 방언 지향과 특유의 열거법을 절제하면서 이탈리아 카스틸리오네(B. Castiglione)의 '예사로움(sprezzatura, nonchalance)'의 독보적인 경지를 보여주는 특징을 보인다고 말한 바 있다. 그는 또한, 시적 화자의 감정이나 생각을 직접적으로 토로하고 있는 듯한 시의 전개양상도 백석의 북방시편에서 발견할 수 있는 새롭고 중요한 경향이라고 논한 바 있다. (유종호, 『다시 읽는 한국시인』(문학동네, 2002), 285~296면.)

나는 그때
아무 이기지 못할 슬픔도 시름도 없이
다만 게을리 먼 앞대로 떠나 나왔다
그리하여 따사한 햇귀에서 하이얀 옷을 입고 매끄러운 밥을 먹고
단샘을 마시고 낮잠을 잤다
밤에는 먼 개소리에 놀라나고
아침에는 지나가는 사람마다에게 절을 하면서도
나는 나의 부끄러움을 알지 못했다

그 동안 돌비는 깨어지고 많은 은금보화는 땅에 묻히고 가마귀도
긴 족보를 이루었는데
이리하야 또 한 아득한 새 옛날이 비롯하는 때
이제는 참으로 이기지 못할 슬픔과 시름에 쫓겨
나는 나의 옛 한울로 땅으로—나의 태반(胎盤)으로 돌아왔으나
　　　　　　　　　—「북방(北方)에서—정현웅에게」(1940) 부분

　그 정신은 다시 1939년 만주에 도착한 직후 쓴[78] 「북방(北方)에서」
를 통해 재발견된다. 고구려의 옛터전 '부여(夫餘)'[79], '숙신(肅愼)'[80],
'발해(勃海)', '여진(女眞)', '요(遼)', '금(金)', 북만주 '흥안령(興安嶺)'[81]
과 '음산(陰山)'[82], '아무으르'[83], '숭가리(松花江)'[84]라는 역사 속의 나

<hr>

78) 윤영천, 「한국 근대문학과 '북방적 상상력'」, ≪대산문화≫(대산문화, 2003), 40~42면.
79) 부여(扶餘)에서 금(金)까지는 중국 동북부와 한반도 주변에 있던 여러 옛나라를 가
　　리키고 있는데 이는 옛적 북방에서 반도를 향해 내려온 남진(南進)의 겨레 역사를
　　시사한다. (유종호, 앞의 책, 240면.
80) 숙신(肅愼): 만주, 연해주 지방에 살던 민족이 세운 나라. (孫進己, 林東錫 옮김, 『東
　　北民族原流』(동문선, 1992), 311~313면. 380면.)
81) 흥안령(興安嶺): 중국 동북지방의 대흥안령과 소흥안령을 아울러 칭함.
82) 음산(陰山): 음산산맥(陰山山脈)의 가장 중심에 위치한 주산(主山). (이동순, 『잃어
　　버린 문학사의 복원과 현장』(소명출판, 2005), 591면.)
83) 아무우르(Amur): 흑룡강(黑龍江) 주변.

라를 떠올리는 시적 화자의 의식으로 나타나는데, 그 의식은 찬란했던 옛 고구려, 남북국시대의 발해를 포함하여 만주지역에 있었던 옛 나라들을 떠올린다. 백두산과 더불어 만주 지역의 주요한 산계와 산맥으로 꼽히고 있는 '흥안령(興安嶺)'과 '음산(陰山)'을 비롯하여, 두만강·압록강과 함께 만주지역의 주요 하천으로 자리잡고 있는 '아무우르'와 '숭가리'를 떠올릴 뿐만 아니라, 자신이 배반한 동식물을 기억한다. 그가 배반했던 "범과 사슴과 너구리"를, 그가 속였던 "숭어와 메기와 개구리"를, 그 때 슬퍼했던 "자작나무와 이깔나무"를, 자신을 붙들던 "갈대와 장풍"를 기억한다. 이들은 당시 시적 화자의 거주 공간이었던 만주지역의 주요 동식물이다. 시적 화자는 이들을 의도적으로 버리고, 떠났다고 토로하고 있다. 그들을 떠난 시적 화자는 다시 그 여러 나라에서 "먼 앞대로 떠나 나"와 "따사한 햇귀에서 하이얀 옷을 입고 매끄러운 밥을 먹고 단샘을 마시며" 나태와 안일로 잔뜩 오그라든 치욕의 반도를 넘나든다. 더 나아가 시적 화자는 만주의 생활방식에 적응하려 했던 자신의 부끄러움에 대한 반성과 각성을 거쳐 일제하 조선인이라는 민족적 의식을 되찾고 있다. 이러한 의식의 작용을 거치며 자신의 정체성을 확고히 한 시적 화자는 "옛 한울로 나의 태반(胎盤)으로 돌아왔으나" 그곳은 "정다운 이웃은 그리운 것은 사랑하는 것은 우러르는 것은" 이미 존재하지 않는다고 한탄하고 있다. 뿐만 아니라, 자신의 자랑도 힘도 "바람과 물과 세월과 같이 지나가고 없"는 절망적 현실이 시적 화자를 기다리고 있다는 인식으로 이 시는 끝난다.

이 시에서 주목할 것은 시적 화자 '나'이다. 서두에 등장하는 "아득한

---

84) 숭가리(Sungari): 송화강(松花江). 중국 만주에 있는 큰 강. 백두산 천지에서 발원하여 북으로 흐르며, 눈강과 합류하여 흑룡강으로 빠진다.

옛날에" 떠난 '나'는 민족적 자아, 즉 공동체적 성격을 내포하고 있는 서사적 자아로 우리 민족의 조상 곧 한민족을 상징하고 있으며, 말미에 등장하는 "옛 한울로 땅으로—나의 태반(胎盤)으로" 돌아온 '나'는 개인적 자아를 나타내고 있기 때문이다.

시적 화자가 열거한 나라들은 만주·연해주 일대에 위치했거니와 옛날 우리 민족의 삶의 터전이며 근원이었던 곳이며, 이러한 곳의 부재는 곧 시적 화자가 떠나온 곳이긴 하지만 돌아갈 수 없는, 돌아갈 곳이 이미 해체되어버린 가족이나 고향의 상실감에 젖은 절절한 절망, 즉, 절대고독의 세계와 다름이 없다. 이렇게 내면세계의 갈등과 회억을 공간과 시간의 확장을 통해 암시하면서 '겨레'와 '나'의 의도적인 혼용을 통해 개인사와 민족사를 아우르며 심도 있는 서사성을 획득하고 있는 이 시는 '정현웅에게'라는 부제가 붙어있는데, 정현웅은 해방 후에는 북한에 머물러『조선미술 이야기』(1954) 등의 저술을 남겨놓기도 한 화가이자 동시대의 절친한 친구였다.

이렇게 사회적·현실적 정황을 인식하며 표박(漂泊)하는 자신의 삶을 응시하던 백석은 이제 회상을 통해 시원적 삶으로부터 자신의 처지를 절망적으로 인식하게 된다. 이러한 현실인식은 자신과 민족, 자연과 대지, 겨레와 다른 부족85) 간의 친화적 관계형성을 통해 상당히 비범하

---

85) 유종호의『다시 읽는 한국시인』과 이동순의『잃어버린 문학사의 복원과 현장』을 보면, 이 시의 오로촌(Orochon)은 오로촌족, 즉 만주에 분포하는 유목민족의 하나로, 레나 강의 동쪽 지류 올레크마 하안의 흥안령 북부 소흥안령에 사는 북방 퉁구스 계통의 부족 이름이고, 쏠론(Solon)은 쏠론족, 즉 남방 퉁구스 족의 일파로 주로 어렵(漁獵)생활을 하는 유목민이며 중국어로는 색륜(索倫)이라 정리되어 있다. (유종호, 앞의 책, 241면; 이동순, 앞의 책, 584면, 588~589면.)
그러나 중국인 孫進己의『東北民族原流』에 의하면, 오로촌(Oroqen, 오로첸)족은 청초(淸初)에 어원키족과 함께 등장한 부족의 명칭으로, 느릅나무 껍질로 지붕을 덮는

고 창의적인 시적 전개를 보이고 있는데, 더욱 주목할 것은, 일본 가키사키 항구를 시적 공간으로 한 시 「시기(柿崎)의 바다」가 지닌 동아시아적 연대와 화합의 양상이 만주를 배경으로 한 이 시에서도 대대적으로 발견되고 있다는 점이다.

2. 공동체적 삶의 지향

국외 '표랑' 체험을 통해 자신의 처지를 인식하며 국외 유이민 현실을 직시한 북방시편들은 그 소재의 전통적 특면과 시어의 방언채택이라는 초기시의 특성에서 벗어나 자신의 감정과 생각을 절박하게 토로하고 있는 경향을 발견하게 된다. 그러한 시들은 대개 장시로 표현되고 있는데 이는 현실과 먼 옛날의 역사적 사건을 오가는[86] 시적 상상력의 소산으로, 시인은 이를 통해 자신이 지향하는 삶의 모습을 시 안에서 재현하는 양상을 드러낸다.

> 눈물의 또 볕살의 나라 사람이여
> 당신이 그 긴 허리를 굽히고 뒷짐을 지고 지치운 다리로
> 싸움과 흥정으로 왁자지껄하는 거리를 지날 때든가

등 어렵생활을 했다는 점이 북방 퉁구스족과 유사하지만 퉁구스족에 속하지는 않는다. 孫進己는 또한 이 책을 통해 근대에 이르러 흑룡강 상류에 분포한 퉁구스어족들에 대한 의문을 제시하였을 뿐만 아니라, 오로첸족, 어웬키족에 대한 언어방면의 고찰이 필요하다고 밝히고 있다. 퉁구스족에 대해서는 이 책의 인용부분을 참고하기 바란다. (孫進己, 앞의 책, 169면, 180~183면, 366면~377면, 382~386면.)
한편 쏠론(Solon), 즉 색륜(索倫)에 대한 구체적인 자료도 이 책을 통하여 찾아볼 수 있다. (위의 책 363~364면, 369면.)
86) 윤영천, 『韓國의 流民詩』(실천문학사, 1987), 201~205면.

추운 겨울밤 병들어 누운 가난한 동무의 머리맡에 앉어
말없이 무릎 위 어린 고양이의 등만 쓰다듬는 때든가
당신의 그 고요한 가슴 안에 온순한 눈가에
당신네 나라의 맑은 하늘이 떠오를 것이고
당신의 그 푸른 이마에 삐여진 어깻죽지에
당신네 나라의 따사한 바람결이 스치고 갈 것이다

높은 산도 높은 꼭다기에 있는 듯한
아니면 깊은 물도 깊은 밑바닥에 있는 듯한 당신네 나라의
하늘은 얼마나 맑고 높을 것인가
바람은 얼마나 따사하고 향기로울 것인가
그리고 이 하늘 아래 바람결 속에 퍼진
그 풍속은 인정은 그리고 그 말은 얼마나 좋고 아름다울 것인가

다만 한 사람 목이 긴 시인(詩人)은 안다
'도스토이엡흐스키'며 '죠이쓰'며 누구보다도 잘 알고 일등가는
소설도 쓰지만
아무것도 모르는 듯이 어드근한 방안에 굴어 게으르는 것을 좋아
하는 그 풍속을
사랑하는 어린것에게 엿 한가락을 아끼고 위하는 아내에겐 해진
옷을 입히면서도
마음이 가난한 낯설은 사람에게 수백 냥 돈을 거저 주는 그 인정
을 그리고 또 그 말을
사람은 모든 것을 다 잃어버리고 넋 하나를 얻는다는 크나큰 그
말을

그 멀은 눈물의 또 볕살의 나라에서
이 세상에 나들이를 온 사람이여
이 목이 긴 시인이 또 게사니처럼 떠든다고

당신은 쓸쓸히 웃으며 바둑판을 당기는구려
                          ―「허준(許俊)」(1940) 부분

시 「허준」[87]에서 "눈물의 또 별살의 나라"에서 세상으로 나들이를
온 사람으로 정의된다. 일찍이 중국 전통에서도 시인 이백에게 이와 같
은 정의를 상기시킨다. 하지장(賀知章)이 이백의 인품과 시풍을 평하여
적선인(謫仙人) 즉 천상에서 인간세계로 귀양을 온 선인이라 했다고 전
해진다. 또한, 시인 두보도 「음중팔선가(飲中八仙歌)」에서 "이백은 술
한 말에 시를 백 편/취하면 장안의 술집이 내 집/천자가 불러도 배에 아
니 오르고/말하되 '신(臣)은 주선(酒仙)입니다'"라고 적음으로써 적선인
이란 정의의 유통과 정착에 기여하였다.[88] 이 시에서, 평북 용천 출생
의 소설가이자 백석의 절친한 친구인 허준도 중국의 이백처럼 천상세
계에서 "싸움과 흥정으로 와자지껄"한 이 세상으로 나들이를 온 사람
이다. 그 친구는 아내에게 해진 옷을 입게 하고 어린것에게 엿 한 가락
을 아끼면서도 낯선 사람에게는 수백 냥 돈을 거저 주는 온정의 사람,
"모든 것을 다 잃어버리고 넋 하나를 얻는" 믿음직한 사람으로 묘사되
는데, 시적 화자는 자신이 좋아하며, 또 "'도스토이옙흐스키'며 '죠이쓰'
며 누구보다도 잘 알고" "일등가는 소설"을 쓰는 소설가라고 우호적으
로 평가하고 있는 친구 허준과 "목이 긴 시인"인 자신을 동일시하기에

---

87) 허준(許俊)은 백석과 같은 시대에 활동했던 소설가로 평북 용천 출생이며, 백석
   의 절친한 친구이다. ≪신천지≫에 게재되었던 백석의 시 「적막강산」(1947. 12),
   「마을은 맨천 구신이 돼서」(1948. 10)와 ≪문장≫ 속간호에 게재되었던 「칠월백
   중」(1948. 10)의 말미에는 "이 시는 戰爭前부터 내가 간직하여 두었던 것을 詩人에
   겐 묻지 않고 敢이 발표한다"는 부기가 있다.
88) 이원섭 역해, 『당시(唐詩)』(현암사, 1982), 134면; 松浦友久 編譯, 『李白詩選』(岩波
   書店, 1997), 356~357면; 유종호, 앞의 책, 286~287면에서 재인용.

이른다. 그리고 그는, 기력을 잃고 지쳐가는 자신의 모습을 확인하면서 그 허무와 고독의 늪에서 깊은 소외 의식에 빠진다. 이는 그렇게도 그리운 가족들에서부터 나아가 고향과 고향의 땅을 그리워하건만 그런 것들과 만나기 어려운 현실을 가까스로 인정하지 않을 수 없다는 시인의 현실인식에 다름아니다. 그러나 그는 절망에 빠져 주저앉아 있는 것은 아니다. 시적 화자는 여기서 다시 기운을 내어 그 마음에서 "아득하니 오랜 세월이 아득하니 오랜 지혜가 또 아득하니 오랜 인정(人情)"(「수박씨, 호박씨」(1940. 6))에 대한 그리움인 공동체적 삶을 끄집어내어 한 편의 시 속에 비끄러매고 있다. 그것은 허준이 바둑판을 끌어당기는 행동으로 승화되는 바, 꿋꿋하게 현실을 이겨나가려는 의지의 표출이다. 그리하여 "하늘 아래 바람결 속에 퍼진/그 풍속은 인정은 그리고 그 말은 얼마나 좋고 아름다울 것인가"를 생각한 그의 넋[89]이, 시정신이, 시간의 굴곡을 견디어내고 오늘에 이르렀다고 하겠다.

이러한 시적 화자의 정신은 다시 "귀농(歸農)"을 통해 대지와 자연과의 친화적 사상으로 드러나는데, 이는 시적 화자가 그동안 하던 측량일과 관청직을 그만두고 "땅"으로 귀환하는 실천적 행위를 통해 자신이 꿈꾸는 이상세계를 실현하는 것으로 나타난다.

나는 이젠 귀치 않은 측량(測量)도 문서(文書)도 싫증이 나고
낮에는 마음놓고 낮잠도 한잠 자고 싶어서

---

89) "사람은 모든 것을 다 잃어버리고 넋 하나를 얻는다는 크나큰" (김재용, 앞의 책, 118면.) 필자는 여기에서의 '넋'이 김현이 「한국에서의 문학사회학」 207~208면에서 말한 바 있는, 일찍이 박영희가 스스럼없이 사용했던 예술사회학에서의 '넋'과 그 맥을 같이한다고 파악하고 있다. (김현, 『한국 문학의 위상/문학사회학』(문학과지성사, 2002), 207~208면, 301~309면.)

아전 노릇을 그만두고 밭을 노왕(老王)한테 얻는 것이다

날은 챙챙 좋기도 좋은데
눈도 녹으며 술렁거리고 버들도 잎트며 수선거리고
저 한쪽 마을에는 마돗에 닭 개 즘생도 들떠들고
또 아이 어른 행길에 뜨락에 사람도 웅성웅성 홍성거려
나는 가슴이 이 무슨 홍에 벅차오며
이 봄에는 이 밭에 감자 강냉이 수박에 오이며 당콩에 마늘과 파
도 심그리라 생각한다

수박이 열면 수박을 먹으며 팔며
감자가 앉으면 감자를 먹으며 팔며
까막까치나 두더쥐 돗벌기가 와서 먹으면 먹는 대로 두어두고
도적이 조금 걸어가도 걸어가는 대로 두어두고
　　　　　　　　　　　　　　　—「귀농(歸農)」(1941) 부분

　땅은 정직해서 심은 대로 내어놓으므로, 「귀농」의 시적 화자는 봄이
되면 그 땅에 "감자 강냉이 수박에 오이며 당콩에 마늘과 파도 심그리
라 생각한다" "수박이 열면 수박을 먹으며 팔며/감자가 앉으면 감자를
먹으며 팔며/까막까치나 두더쥐 돗벌기가 아서 먹으면 먹는 대로 두어
두고/도적이 조금 걸어가도 걸어가는 대로 두어두고" "낮에는 마음놓
고 낮잠도 한잠 자고" 그저 심은 대로 거두면서, 벌레들과 동물들 도적
을 용납하며 마냥 여유를 가지고 살고 싶다. 땅 임자인 중국 노왕의 집
엔 "말과 나귀며 오리에 닭도 우을거리고/고방엔 그득히 감자에 콩곡
석도 들여 쌓"여 있지만, 노왕은 이미 늙어 밭을 가꾸는 것조차 힘들어
하니 마침 잘 되었다고 생각하며 시적 화자는 그 "석상디기(석섬지기)"

땅을 둘러본다. 그리고 늙은 노왕은 "나귀를 타고 앞에 가고" 시적 화자는 "노새를 타고 뒤"따라 간다. 중국 농민들이 해충으로부터의 피해를 줄이기 위해 벌레를 왕으로 모셔놓았다는 사당 "충왕묘(蟲王廟)"에 "충왕을 찾아"서, 그리고 토지신을 모시는 사당인 "토신묘(土神廟)"에 "토신도 찾아뵈려" 마음먹고 가는 길이다. 이는 중국의 땅에서 농사를 짓기 위해 중국 신들에게 예를 갖추겠다는 시적 화자의 심리적 단면이자, 토속신을 모시던 고향의 전통적 생활방식의 심정적 연쇄에 의한 발로리고도 할 수 있겠다.

앞의 「허준(許俊)」을 통해 "눈물의 또 볕살의 나라"에서 세상으로 나들이를 온 사람으로 정의된 "이백(李白)"을 자신의 친구이자 소설가인 "허준"과 동일시함으로써 자신의 현 거주 공간이 만주, 즉 중국이라는 것을 인식하고 있는 듯한 시적 화자는 중국의 문학과 사상을 꾸준히 섭렵하였거나 반추하고 있었던 것으로 보인다. 여기서 다시 백석 시에서 가장 많이 발견되는 사회역사적 상상력이 시의 전개에 직접적으로 개입하는 양상을 발견할 수 있다. 시적 화자는 이 시를 지을 때쯤, 오두미를 버리고 「귀거래사(歸去來辭)」를 읊었던 도연명의 삶을 생각하며 그렇게 사는 것이 가장 바람직한 생활방식이라고 여겼으리라 추정된다. 따라서 이 시는 백석 시 가운데 '무욕의 세계'를 담고 있는 노장사상과 '자발적 가난'으로 대변되는 생태주의 면모가 가장 돋보이는 시라 할 수 있다. 하지만 농사일이 그렇게 만만하지는 않았을 터, 자신의 이상 세계인 전원생활을 이토록 낭만적으로만 생각하고 있던 백석의 귀농이 성공했다고 볼 수는 없겠다.

이 흰 바람벽에

내 가난한 늙은 어머니가 있다

내 가난한 늙은 어머니가

이렇게 시퍼러둥둥하니 추운 날인데 차디찬 물에 손은 담그고 무 이며 배추를 씻고 있다

또 내 사랑하는 사람이 있다

내 사랑하는 어여쁜 사람이

어늬 먼 앞대 조용한 개포가의 나즈막한 집에서

그의 지아비와 마주앉어 대구국을 끓여놓고 저녁을 먹는다

벌써 어린것도 생겨서 옆에 끼고 저녁을 먹는다

그런데 또 이즈막하야 어느 사이엔가

이 흰 바람벽엔

내 쓸쓸한 얼골을 쳐다보며

이러한 글자들이 지나간다

─나는 이 세상에서 가난하고 외롭고 높고 쓸쓸하니 살어가도록 태어났다

그리고 이 세상을 살어가는데

내 가슴은 너무도 많이 뜨거운 것으로 호젓한 것으로 사랑으로 슬픔으로 가득찬다

그리고 이번에는 나를 위로하는 듯이 나를 울력하는 듯이

눈질을 하며 주먹질을 하며 이런 글자들이 지나간다

─하늘이 이 세상을 내일 적에 그가 가장 귀해 하고 사랑하는 것 들은 모두

가난하고 외롭고 높고 쓸쓸하니 그리고 언제나 넘치는 사랑과 슬 픔 속에 살도록 만드신 것이다

초생달과 바구지꽃과 짝새와 당나귀가 그러하듯이

그리고 또 '프랑시쓰 쨈'과 도연명(陶淵明)과 '라이넬 마리아 릴케' 가 그러하듯이

─「흰 바람벽이 있어」(1941) 부분

「흰 바람벽이 있어」는 그의 시 가운데 기독교적인 정서를 느낄 수 있는 단 하나의 작품이라고 볼 수 있다. 시적 화자인 '나'는 그야말로 지친 모습으로 자신이 묵고 있는 방 안에서 흰 벽을 응시하고 있다. 그 흰 벽은 밝지 않을 뿐만 아니라 "희미한 십오촉(十五燭) 전등이" 가까스로 어둠을 면할 만큼 방 안을 비추고 있는 곳이다. '나'는 그 방에서 흰 벽을 마주하고 앉아 자신의 처지를 생각한다. '나'는 훼손된 삶의 상처를 회복하고 새로운 힘을 공급받아야 한다. 모든 감각이 지쳐있는 그런 '내'가 망연자실 벽을 바라보면서 마냥 쓸쓸하다. "때글은 다 낡은 무명샤쓰가 어두운 그림자를 쉬이고" 그 바람에 더욱 외로워진 '나'는 고향을 생각한다. 그리고 어렸을 적 먹었던 "달디단 따끈한 감주나 한잔 먹고 싶다고 생각하"고 있는 자신 안에서 헤매고 있는 "가지가지 외로운 생각"들을 응시하고 있다. 이런 '나'에게 어느 순간에 어머니의 모습이 오버랩 된다.

스크린에 펼쳐지는 영화와도 같이, 벽에 비친 "가난하고 늙은 어머니"는 "이렇게 시퍼러둥둥하니 추운 날인데 차디찬 물에 손은 담그고 무이며 배추를 씻고 있다" 그리고 또 "사랑하는 어여쁜 사람이" "그의 지아비와 마주앉어" 저녁을 먹고 있는데, 옆에는 그 둘 사이에서 난 "어린것"도 있다. 그야말로 오순도순 살고 있는 아늑한 가정의 저녁때이다. 여기 이 장면에서 사랑하는 사람의 "지아비"가 '나' 아닌 다른 사람이고, "내 사랑하는 어여쁜 사람"이 그 남자와 저녁을 먹고 있는 모습을 시인이 보았다면 '나'의 쓸쓸함은 가중되거니와, 그 "어여쁜 사람"과 저녁을 먹고 있는 "지아비"가 시 속의 '나'이고, 이 장면이 끝내 이루어지지 못한 어떤 사랑을 이루어진 것으로 상상하여 스스로 그려본 것이라면 '나'의 외로움은 더욱 극에 달했을 것으로 생각할 수 있겠다.

그런가하면, 마치 천천히 신(scene)이 바뀌는 것처럼, 벽에 있던 어머니와 사랑하는 사람이 사라진다. 사라진 자리에는 다시 글자들(자막)이 지나가고 있다. 시적 화자는 다시 쓰디쓴 현실감을 맛보게 된다. 추운 방, "희미한 십오촉(十五燭) 전등이" 비추는 벽을 마주보고 앉아 '나'는 지나가는 글자들을 읽는다. 이 때 혼자 있는 방 안, 벽에 지나가는 글자는 시인이 쓰는 글자에 다름아니다. 곧 시인의 의식, 곧 자신이 직면한 사회적·현실적 상황에 대응하는 시인의 정신이다. 시적 화자는 벽에 지나가는 글자를 읽는다. 그 내용을 읽는 행위를 통해 자신의 정체성을 확립하고 있다.

이 시는 이렇게 한 컷 한 컷 시간과 풍경을 붙들어 놓은 사진의 한계를 초극하여 마치 긴 영화를 상영하는 듯한 영상의 세계로 나아가는 시적 성취를 이루어낸다. 예컨대, 성경의 '다니엘'에서 금지된 기물을 사용하여 연회를 베풀고 있는 벨사살 왕 앞의 벽에 손가락이 나타나 '메네 메네 데겔 우바르신'[90]이라고 쓰는 글자를 연상하게 하는 이 시는, 앞에 언급한 시 「허준(許俊)」과 자연스럽게 연결되면서, 자신의 의지와 상관없이 사회적 격변기에 놓인 한 사람이 찬찬히, 자신의 정체성을 확인하고 있는 모습을 보여주고 있다. 그리하여 그는 작고 연약한 동물을 따뜻한 시선으로 바라보고 주위 사물과 소외된 것들에 대한 애정을 끊임없이 표현하며 전원생활을 노래한 "프랑시쓰 쨈"의 삶과 문학을 생각하며, 다시 "도연명(陶淵明)"을 생각하고, 병약한 몸으로 고독한

---

90) 이 사건은 구약성경 「다니엘」 5장 25~28절에 나오는 기록이다. 바벨론의 벨사살 왕이 성전에서만 사용할 수 있는 기물을 내어 연회를 베풀자 연회 도중 한쪽 벽에 손가락이 나타나서 '메네 메네 데겔 우바르신'이라고 쓴다. 벽에 써진 이 글자는 해석하면 "너의 때가 끝났다"는 의미를 담고 있다.

성장과정을 거쳐 시인이 되어 거의 폐쇄된 공간에서 고독한 삶을 살며 독특한 시세계를 구축했던 "라이넬 마리아 릴케"를 생각하며 자신을 위무하기에 이른다.

특이한 점은 "프랑시쓰 쨈"과 "라이넬 마리아 릴케"의 이름에 표기된 작은따옴표(홑따옴표)가 '도연명(陶淵明)'의 이름자에는 없다는 점이다. 이는 백석이 도연명(陶淵明)을 외국인으로 생각지 않았거나, 먼 옛날 우리글이 한자 문화권 아래 있었던 영향으로 보인다. 다시 말하면, 백석은 도연명(陶淵明)에 작은따옴표를 붙이지 않았는데, 이는 그가 그 이름을 외국 이름이라 생각하지 않고 그 이름자를 외국어라 생각지 않은 데 기인한다고 하겠다.

이 시의 한 구절은 후에 안도현이 시집 제목[91]으로 정하게 되는데, 백석 시는 안도현 뿐만 아니라 후대 여러 시인들에게 지극히 큰 영향을 미치고 있는 것[92]으로 알려져 있다.

> 촌에서 온 아이여
> 촌에서 어제밤에 승합자동차(乘合自動車)를 타고 온 아이여
> 이렇게 추운데 웃동에 무슨 두릉이 같을 것을 하나 걸치고 아랫
> 두리는 쪽 발가벗은 아이여
> 뿔다구에는 징기징기 앙광이를 그리고 머리칼이 놀한 아이여
> 힘을 쓸랴고 벌써부터 두 다리가 푸둥푸둥하니 살이 찐 아이여
> 너는 오늘 아침 무엇에 놀라서 우는구나
> 분명코 무슨 거짓되고 쓸데없는 것에 놀라서
> 그것이 네 맑고 참된 마음에 분해서 우는구나

---

91) 안도현, 『외롭고 높고 쓸쓸한』(문학동네, 1994).
92) 이동순, 「문학사의 영향론을 통해서 본 백석의 시」, 『인문연구』(영남대 인문과학 연구소, 1996), 87~99면.

이 집에 있는 다른 많은 아이들이

모도들 욕심 사납게 지게굳게 일부러 청을 돋혀서

어린아이들 치고는 너무나 큰소리로 너무나 뒤겁 많은 소리로 울어대는데

너만은 타고난 그 외마디 소리로 스스로웁게 삼가면서 우는구나

네 소리는 조금 썩심하니 쉬인 듯도 하다

네 소리에 내 마음은 반꿋히 밝어오고 또 호끈히 더워오고 그리고 즐거워온다

나는 너를 껴안어 올려서 네 머리를 쓰다듬고 힘껏 네 작은 손을 쥐고 흔들고 싶다

네 소리에 나는 촌 농사집의 저녁을 짓는 때

나주볕이 가득 드리운 밝은 방안에 혼자 앉어서

실 감기며 버선짝을 가지고 쓰렁쓰렁 노는 아이를 생각한다

또 여름날 낮 기운 때 어른들이 모두 벌에 나가고 텅 뷔인 집 토방에서

햇강아지의 쌀랑대는 성화를 받어가며 닭의 똥을 주워먹는 아이를 생각한다

촌에서 와서 오늘 아침 무엇이 분해서 우는 아이여

너는 분명히 하늘이 사랑하는 시인이나 농사꾼이 될 것이로다

—「촌에서 온 아이」(1941) 전문

백석이 만주에 있었던 1940년대 초, 만주국은 왕도낙토(王道樂土)와 오족협화(五族協和)[93]가 건국방침이었다. 당시 만주는 이러한 정책으로 유랑민이 급증하였는데 이들의 생활은 핍절하기 이를 데 없어 생활고에 시달리는 삶을 연명하고 있었다.

---

93) 오족협화(五族協和)는 다섯 종족, 즉, 한족(漢族), 만족(滿族), 몽골족(蒙古族), 조선족(朝鮮族), 화족(和族)의 협력과 화해를 도모하기 위해 표방한 만주의 정책을 말한다.

'월경이민'에서 '정책이민'에 이르는 가파른 시대의 흐름 속에서 유랑민의 급증과 피폐한 농민의 생활 그리고 가족공동체의 붕괴 등등의 사회적 현실을 목도한 백석은, 「촌에서 온 아이」에 등장하는, "웃동에 무슨 두룽이 같은 것을 하나 걸치고 아랫두리는 쪽 발가벗은" 채 추위에 떨며 우는 아이, 무엇에 "놀라서" 어쩐 일인지 "분해서" 울고 있지만 "스스로웁게 삼가면서" 울어, 우는 소리조차 크지 않은 아이의 모습을 통해 당시 만주체험을 형상화한다.

　시적화자 '나'는 승합자동차에서 내린 그 아이, 하도 울어 그 울음소리가 쉰 목소리로 들리는 이 "아이"를 연민의 시선으로 바라보며, 그 아이를 "껴안어 올려서" "머리를 쓰다듬고" "손을 쥐고 흔들"며 얼러주고 싶다고 생각한다. 그러는 중에 시적 화자는, 무엇에 놀라고 분해서 타고난 목청으로 울고는 있지만, 스스로 삼갈 줄도 아는 듯이 보이는 그 "아이"에게서 자신을 본다. 그리고 이제는 그 아이와 마주서서 다정하게 "너는 분명히 하늘이 사랑하는", 자신과 같은 "시인"이 되거나 "농사꾼"이 될 것이라고 격려의 말을 해주고 싶어 한다. 아는 이 없이 만주에 거주하면서 백석이 보게 되는 한국 유이민의 삶은 자신이 느끼는 생활의 고통과 고독보다도 훨씬 심도 있게 다가왔으리라 추정된다.

　앞의 일련의 시들을 통해 그가 자신의 주변 모든 사람들과 사물들을 얼마나 따뜻하고 애잔한 시선으로 바라보고 있는지를 고려할 때, 이 시는, 우는 "아이"를 보며 홀로 마음이 아린 시적 화자가 스스로를 향해 또는 그 아이를 향해 조용히 속삭이는 희망이라고 볼 수밖에 없다. 그런데 이러한 그의 인인애(人隣愛)는 시적 화자가 대상을 보며 자신과 동류의식을 느낀다거나 상대와의 개별적인 만남을 통해서만 드러나는 감정이 아니다.

나는 지나(支那)나라 사람들과 같이 목욕을 한다

무슨 은(殷)이며 상(商)이며 월(越)이며 하는 나라 사람들의 후손들과 같이

한 물통 안에 들어 목욕을 한다

서로 나라가 다른 사람인데

다들 쪽 발가벗고 같이 물에 몸을 녹이고 있는 것은

대대로 조상도 서로 모르고 말도 제각금 틀리고 먹고 입는 것도 모두 다른데

이렇게 발가들 벗고 한 물에 몸을 씻는 것은

생각하면 쓸쓸한 일이다

이 딴 나라 사람들이 모두 이마들이 번번하니 넓고 눈은 컴컴하니 흐리고

그리고 길쯤한 다리에 모두 민숭민숭하니 다리털이 없는 것이

이것이 나는 왜 자꾸 슬퍼지는 것일까

그런데 저기 나무판장에 반쯤 나가 누어서

나주볕을 한없이 바라보며 혼자 무엇을 즐기는 듯한 목이 긴 사람은

도연명(陶淵明)은 저러한 사람이였을 것이고

또 여기 더운 물에 뛰어들며

무슨 물새처럼 악악 소리를 지르는 뻬뻬 파리한 사람은

양자(楊子)라는 사람은 아모래도 이와 같았을 것만 같다

나는 시방 옛날 진(晉)이라는 나라나 위(衛)라는 나라에 와서

내가 좋아하는 사람들을 만나는 것만 같다

이리하야 어쩐지 내 마음은 갑자기 반가워지나

그러나 나는 조금 무서웁고 외로워진다

그런데 참으로 그 은(殷)이며 상(商)이며 월(越)이며 위(衛)며 진(晉)이며 하는 나라 사람들의 이 후손들은

얼마나 마음이 한가하고 게으른가

더운 물에 몸을 불키거나 때를 밀거나 하는 것도 잊어버리고

제 배꼽을 들여다보거나 남의 낯을 쳐다보거나 히는 것인데
이러면서 그 무슨 제비의 춤이라는 연소탕(燕巢湯)이 맛도 있는 것과
또 어늬 바루 새악씨가 곱기도 한 것 같은 것을 생각하는 것일 것인데
나는 이렇게 한가하고 게으르고 그러면서 독숨이라든가 인생이
라든가 하는 것을 정말 사랑할 줄 아는
그 오래고 깊은 마음들이 참으로 좋고 우러러진다
—「조당(澡塘)에서」(1941) 부분

　　여기, 「조당에서」의 시적 화자는 목욕탕[94] 안에 있다. 목욕통 안에
서 함께 목욕하고 있는 사람들을 보며 평범하기 이를 데 없는 중국인의
신체적 특징을 발견한다. 그리고는 "은이며 상이며 월이며 하는 나라
사람들의 후손들"을 생각한다. 그들의 거동을 살피다가 혼자 무엇인가
생각하는 듯한 사람을 발견하고는 이내 하급 관리직을 내던지고 귀향
하여 소박한 전원생활을 했던 도연명(陶淵明)을 기억하고, 남을 배려하
지 않고 저 혼자 소리를 지르는 마른 사람의 행태를 보고는 제자백가의
한 사람으로 '위아설(爲我說)'을 주창했던 양자를 생각해내고 있다. 이
같이 시적 화자는 목욕탕 안에서 다른 나라 사람들과 목욕을 하면서도
그들을 살피는가 하면 그들의 모습을 역사 속의 위대한 시인이나 사상
가들과 그 특징을 견주어보고 이야기하듯 시를 전개하고 있다. 아울러
그 상상력은 다시 그들의 조상과 시적 화자 자신의 조상을 생각하기에

---

94) 김재용은 이 시의 제목에서 목욕탕을 뜻하는 제목을 '조당(藻塘)에서'라고 표기하
　고 있다. 그런데 중국에서 대중목욕탕을 칭하는 글말은 '澡堂'으로, 백석 전집 중
　최초로 발간된 이동순의 『백석시전집(白石詩全集)』(창작과비평사, 1987)과 원 게
　시물을 비롯한 모든 게시물에서 그 제목을 「조당(澡塘)에서」로 표기하고 있음을
　확인한 바, 필자가 본고의 텍스트로 사용하고 있는 김재용의 『증보판 백석전집』
　(실천문학사, 2003)의 내용 가운데 이 시의 제목 「조당(藻塘)에서」를 「조당(澡塘)
　에서」로 바꾸어 기록함을 밝힌다.

이르고, 다시, 「두보(杜甫)나 이백(李白)같이」에서는 정월 대보름 명절을 기해 지난날 먹던 음식에 대한 기억을 떠올리며 옛 시인 두보(杜甫)와 이백(李白)을 생각하는 데까지 다다르고 있음을 보여주고 있다. "더운 물에 몸을 불키거나 때를 밀거나 하는 것도 잊어버리고/제 배꼽을 들여다보거나 남의 낯을 쳐다보거나 하는" 사람들의 모습을 관찰하는 시적 화자의 시선은 이렇듯 평범하고 보잘것없는, 사소한 차이에서 비롯되는 회귀한 소재나 느낌, 혹은 순간을 첨예한 시선으로 포착하여 그려낼 뿐만 아니라, 다시 역사와 전통을 생각함으로써 여러 조상들이 살았던 시대를 넘나들며 긴 이야기시 형태로 시를 전개해 나간다. 이렇게 개인사를 알려주는 대목이 적지 않은 만주시편에는 한 편의 시마다 시인의 '역사적 삶'과 '전후 사회적 배경' 그리고 '시적 상상력'이 작용하고 있음을 알 수 있는데, 이는 백석이 낯선 이국땅에서 민족의 현실을 발견함과 동시에 느낀 고독과 절망, 소외의식에 대한 대응으로써 공동체적 삶을 지향하고 있는 그의 정신작용에 기인한다고 하겠다.

이윽고, 평소에 사람을 좋아하고 그리워하던 그는 따뜻하고 애잔한 시선으로 그들을 본다. 그리하여 그는 위의 시를 통해 중국 사람의 게으름마저도 "한가하고 게으르고 그러면서 목숨이라든가 인생이라든가 하는 것을 정말 사랑할 줄 아는" 것이라 생각하고, 그 "마음들이 참으로 좋고 우러러진다"고 시적 화자의 생각을 표현하고 있다. 뿐만 아니라, 이 시는 근본이 다른 중국 사람들과 아무런 거리감도 없이 그저 "발가벗고 있는" 모습을 우스워하면서 대중탕에서 목욕을 즐기고 있는 시적 화자의 모습을 발견하게 한다. 이 시에서도 「시기(柿崎)의 바다」와 「이두국주가도(伊豆國湊街道)」, 그리고 「북방(北方)에서」를 통해 볼 수 있었던 동아시아적 사유를 엿볼 수 있는데, 이 시는 시의 제목이자 시적 화자의 존재 공간인 "조당(澡塘)" 자체가 아시아라는 사유공간으로 확보되어 있는 점에서 이례적이다.

문학텍스트는 사회적 체험을 해석하고 조직하고, 그것에 깊은 의미를 새길 수 있도록 심리적·지적 훈련을 거친[95] 한 사람이 산출해내는 직조물이요 사람은 사회적 존재이다. 즉, 인간은 기나긴 시간 속에서의 어느 한 곳을 통과하고 있는 존재이기 때문에 동시대와 사회적 변화, 또는 관계에 의해 영향을 받는 것과 같이 전대로부터 이어진 많은 것들과도 상호작용하면서 존재하게 되고 후대에 영향을 미치게 된다. 백석의 시 역시 이러한 문학사적 영향에서 예외라고 볼 수 없는데, 이동순은 백석이 시 창작에 주로 사용하는 어투가 회고체, 방언체, 구어체, 연결체, 만연체, 그리고 아동 어투의 독백체 등이라고 밝히고, 이는 민중적 정서를 확산시키는데 중요한 역할을 한다고 보았다. 이것을 유종호가 규정했던 '사회역사적 상상력'에 빗대어 표현한다면 이미 육화된 기억 또는 응축된 문화[96]라 할 수 있겠다.

3. '귀향'의 시적 의미

시인은 상상력을 통해 시를 낳는다. 김윤식은 상상력이란 "죽을 수밖에 없는 운명을 타고난 인간이 할 수 있는 마지막 몸부림 같은 것"[97]

---

95) 유종호, 『사회역사적 상상력』(민음사, 1995), 95~120면.
96) 필자는 '문화'를 가장 쉽게 변별할 수 있는 아이콘을 '음식'이라고 생각하고 있다. '음식'은 또한 온갖 나라의 전통문화라 할 수 있는 민족 고유의 날과 연례행사 등과 아울러 각 지방에 따라 다르게 지칭되는 여러 개의 명칭을 지니고 있기도 하다.
97) 김윤식, 『농경사회 상상력과 유랑민의 상상력』(문학동네, 1999), 6면.

이라고 말한 바 있다. 백석의 시에서 그 상상력은 자신이 나서 살고 있
는 땅에 기반을 두고 있다. 또한 그 땅에서 정든 사람들이거나 만났던
사람에 대한 그리움이다. 그리움은 반드시 어떤 장소와 사물들을 담고
있는 '기억'을 회상함으로써 구체화되는데 그가 회상하며 그리는 '기억'
은 그와 관련되어 있는 사회적 관계망 안에서 총체적으로 작용하며 그
의 시 속에 형상화되고 있다. 이렇게 전후좌우의 관계를 조망하는 백석
의 시는 언제나 당시의 사회적 상황과 시적 상상력이 상호 작용을 일으
키며 존재한다.

앞에서 「흰 바람벽이 있어」를 통해 짚어본 백석의 사유는 그의 시
「조당(澡塘)에서」를 통해 통 안에서 함께 목욕하고 있는 사람들을 보
며 그들의 조상과 자신의 조상을 생각하기에 이르고, 다시, 정월 대보
름 명절을 기해 지난날 먹던 음식에 대한 기억을 떠올리며 옛 시인 두
보(杜甫)와 이백(李白)을 생각하는 데까지 다다르고 있음을 보여준다.

> 오늘은 정월 보름이다
> 대보름 명절인데
> 나는 멀리 고향을 나서 남의 나라 쓸쓸한 객고에 있는 신세로다
> 옛날 두보나 이백 같은 이 나라의 시인도
> 먼 타관에 나서 이 날을 맞은 일이 있었을 것이다
> 오늘 고향의 내 집에 있는다면
> 새 옷을 입고 새 신도 신고 떡과 고기도 억병 먹고
> 일가친척들과 서로 모여 즐거이 웃음으로 지날 것이었만
> 나는 오늘 때 묻은 입든 옷에 마른 물고기 한토막으로
> 혼자 외로이 앉어 이것저것 쓸쓸한 생각을 하는 것이다
> 옛날 그 두보나 이백 같은 이 나라의 시인도

이날 이렇게 마른 물고기 한 토막으로 외로이 쓸쓸한 생각을 한
적도 있었을 것이다
　　나는 이제 어느 먼 외신 거리에 한 고향 사람의 조고마한 가업집
이 있는 것을 생각하고 이 집에 가서 그 맛스러운 떡국이라도 한 그
릇 사먹으리라 한다
　　우리네 조상들이 먼먼 옛날로부터 대대로 이날엔 으례히 그러하
며 오듯이
　　먼 타관에 난 그 두보(杜甫)나 이백(李白) 같은 이 나라의 시인도
이 날은 그 어느 한 고향 사람의 주막이나 반관(飯館)을 찾아가서
　　그 조상들이 대대로 하던 본대로 원소(元宵)라는 떡을 입에 대며
　　스스로 마음을 느꾸어 위안하지 않았을 것인가
　　　　　　　　　　　—「두보(杜甫)나 이백(李白)같이」(1941) 부분

　시「두보나 이백같이」는, 명절에 먹던 음식을 떠올리며, 고향을 떠
나 머나먼 곳에서 외롭게 혼자서 명절을 맞게 된 자신의 신세를 한탄하
던 시적 화자의 생각이 아득한 옛 시인 두보(杜甫)나 이백(李白)도 시적
화자 자신처럼 타관에서 명절을 맞은 때가 있었을 것이라는 데까지 미
치고 있음을 보여준다. 그리고 그 아득한 옛날에 살았던 시인들을 생각
하며 시적 화자는, 자신이 고향에 있었더라면 거기서 입었을 새 옷을
생각하고 오늘 같은 "정월 대보름" 날 먹던 음식을 생각한 뒤, 거기서
만날 "일가친척"과의 즐거운 한때를 생각하기에 이른다. 그러나 백석
의 시에 등장하는 '나'는 그러한 자신의 처지를 마냥 슬퍼하는 것이 아
니다. 위대한 옛 시인들도 살아가면서 타관에서 혼자 명절을 맞았던 적
이 있었던 것을 생각하고 자신을 추스른 뒤, 혼자 명절을 맞은 자신의
쓸쓸한 처지를 함께 나눌 수 있는 사람을 생각해내기에 이른다.
　시적 화자 '나'는 "이제 어느 먼 외진 거리에 한 고향 사람의 조고마

한 가업집이 있는 것을 생각하고 이 집에 가서 그 맛스러운 떡국이라도 한 그릇 사먹으리라"고 결심한다. 그러나 '나'는 떡국을 놓고도 아득하니 슬플 것을 알고 있다. 그 이유인즉 "거리에는 오독독이 탕탕 터지고 호궁(胡弓) 소리 빽빽 높"기 때문인데, 이 소리는 바로 원소를 먹는 중국인들의 명절을 기념하는 소리이다.

이렇게 자신의 마음을 읽고 있는 '나'의 "마음엔 자꾸 이 나라의 옛 시인들이 그들의 쓸쓸한 마음들이 생각난다" 왜냐하면, 타향에서 명절을 맞은 자신의 "쓸쓸한 마음은 아마 두보(杜甫)나 이백(李白) 같은 사람들의 마음인지도 모"르기 때문이다. 시인의 이러한 사유는 사물과 사람의 존재와 그 존재의 전후좌우로 뻗어나간, 사회적 삶의 관계성을 생각[98]하고 역사와 삶을 통찰하기에 이르렀다고 볼 수 있겠다. 여기서 주목할 것은 백석의 심상이다. 1940년에 백석은 만주 신경(新京, 現 長春)의 만주국 국무원 경제부에서 근무하면서 9월에는 토마스 하디의 소설 『테스』를 번역하기도 하였는데, 같은 해 10월, 일본인 상급자가 창씨개명을 강요하자 백석은 창씨개명을 거부하고 직장을 그만둔 후 생계유지를 위해 측량보조원, 측량서기, 소작인 등으로 전전하며 생활한다. 백석은 이렇게 식민지 시대 조선 지식인의 처지에서 유민생활을 하는 중에 위의 시를 지었다. 그러면 백석은 타향에서 명절을 맞으며 왜 두보와 이백을 떠올리게 되었는지를 살펴보도록 하자.

호운익(胡雲翼)은 『中國文學史』를 통해 두보와 이백을 이렇게 비교하고 있다.

---

98) 최원식, 『문학의 귀환』(창작과비평사, 2001), 42~59면.

이백은 상아탑에서 달콤한 잠만 자던 낙천주의자요 예술파(藝術派)의 시인이었으나 두보는 네거리에 서 있는 구세주의자(救世主義者)로 어디까지나 인생파(人生派)의 시인이었다. 이백의 시는 주관적으로 자기 가슴 속의 영감을 그려낸 것으로 낭만파(浪漫派)에 가깝고 두보의 시는 객관적으로 사회의 암흑과 불평을 그려내어 그 작품은 사실파(寫實派)에 가깝다. 이백은 천재(天才)에서 나온 것으로 애써서 다지지 않고 붓을 대자마자 천마디를 거침없이 훑어내려 썼으나 두보의 시는 경험과 학문에서 끌어낸 것으로 일일이 애를 써서 읊어냈고 다지고 만져 심각하게 파고 들어간 작품이다. 두보는 천재다. 학문이 있고, 정열이 있고, 경험이 있다. 더욱이 몸을 시에 바칠 수 있었던 참다운 시인이었다. 이백은 열정적인 낭만시인으로 천재적으로 비상하게 활약한 작가다. 그는 생각하는 바가 활달하고 기백이 웅장하고 재기가 넘쳤다. 따라서 그의 시는 황하의 강물이 천상에서 흐르는 듯 걷잡을 수가 없었다. 그는 시를 지을 때 격률이나 수식에 주의를 하지 않을 뿐 아니라 옛 사람들의 지식이나 시풍도 그의 안중에 없었다.

위의 지적처럼 두보는 유교적이고 서민적이고 현실적이었다. 청년 시절부터 줄곧 벼슬을 향한 열망이 있었으나 뜻을 이루지 못하고 그의 나이 40이 넘은, 755년 10월에야 비로소 우형율부위조참군(右衛率府胄曹參軍)이라는 말직(末職)에 임명되었다. 그러나 얼마 지나지 않아 안사의 난(安祿山 反亂, 安史의 亂)이 일어나 벼슬생활을 거의 하지 못하게 되었으므로 두보는 크게 절망하였다. 이에 비해 이백은 도교적이고 귀족적이고 초월적이었다. 그는 시서백가(詩書百家)를 섭렵하고 무예도 익혔으며 도가(道家)에 입적하였다. 평생 과거에 응시한 바가 없으며 정신적인 해방을 위해 큰 돈을 뿌리며 유랑생활을 하다가 오균(吳

筠)의 천거로 한림학사가 되어 현종의 총애를 받았다. 이처럼 성격, 사상, 생활이 상이한 두 사람이었으나 '안사의 난(安祿山 反亂, 安史의 亂)'이라는 시대적 상황 앞에서 이들은 괴롭고 힘들었다. 무엇보다도 시인이라는 점에서 그 고통은 가중되었으리라 추정된다.

안사의 난은 태평성대를 누려오던 당조(唐朝)가 차츰 누적된 시대적·정치적 모순이 노출되면서 여러 가지 혼란이 야기되고 권력집단의 부패가 드러난 시기, 백성들의 궁핍함이 극에 달할 즈음에 일어났다. 이 사건은 두보의 시창작에 중대한 영향을 끼치게 된다. 사회적 위기상황이 시인의 정신에 직접적으로 영향을 미치기 때문이다. 이러한 시대적 상황은 안사의 난 이후에 다시 전쟁의 도가니에 빠진 당조가 쇠락의 길로 접어들면서 더욱 구체화되었는데, 두보는 이 때 고향을 버리고 객지를 유랑하면서 정치적 모순과 사회적 부조리를 고발하는 시를 지었거니와 당대의 삶이 얼마나 고통스러운가를 사실적으로 표현하였다. 한편 이백의 시는 "형식 속에 시상이 담겨있는 것이 아니라 시상 속에 형식이 살려졌다고 할 수 있고 조작의 흔적이 없이 저절로 이뤄진 흔적이 보인다"고 말한 이원섭의 지적처럼 두보의 작품세계와는 뚜렷한 차이가 있다. 이백의 작품은 첨예한 비유를 통해 당시의 상황을 암시하고 있으며 두보의 시에서 흔히 찾을 수 없는 힘이 담겨있다. 무려 열 살이 넘는 나이 차이에도 깊은 우정을 나누었던 이들은 안사의 난 이후 여러 지역을 떠돌며 시인으로서의 삶을 살다가 유랑 끝에 결국 병사하였다.

백석은 아마도 식민지 시대라는 시대적 상황에 직면하여 고향을 떠나 유랑하는 자신의 처지와 그 유민생활 중에 느끼는 절절한 고독과 뼈저린 소외감에 상응하는 극명한 외로움의 한가운데서 안사의 난과 전쟁의 소용돌이를 겪고 유랑생활을 했던 두보나 이백을 떠올렸으리라 사료된다. 한국인이 아님에도 우리는 마치 두보와 이백을 우리 선조를 대하듯 생각하고 그들의 시정신을 우러러보며 높이 평가한다. 이러한 현상은 두보와 이백에 대한 평가와 그들의 작품에만 국한되는 것이 아니다. 중국에서 발생한 유가와 도가사상도 시간과 공간의 차이는 있으나 한국인의 삶과 문화, 그리고 한국문학에 영향을 주어 한국 현대시와 현대소설 등에 이미 녹아있다. 이러한 상관관계 안에서 고향 생각이 더욱 간절해지는 명절을 타관에서 맞이해야만 했던 백석에게, 그 옛날, 유랑의 성격과 내용은 다르지만 사회적·정치적 위기상황을 맞아 유랑생활을 했던 두보와 이백의 처지는 남다른 공감을 불러일으켰으리라 사료된다. 그렇다고 백석의 외로움과 상실감이 사라진 것은 아니다.

> 낮이나 밤이나 나는 나 혼자도 너무 많은 것같이 생각하며,
> 딜옹배기에 북덕불이라도 담겨오면,
> 이것을 안고 손을 쬐며 재 위에 뜻 없이 글자를 쓰기도 하며,
> 또 문밖에 나가지두 않고 자리에 누어서,
> 머리에 손깍지베개를 하고 굴기도 하면서,
> 나는 내 슬픔이며 어리석음이며를 소처럼 연하여 쌔김질하는 것
> 이었다.
> 내 가슴이 꽉 메어올 적이며,
> 내 눈에 뜨거운 것이 핑 괴일 적이며,
> 또 내 스스로 화끈 낯이 붉도록 부끄러울 적이며,
> 나는 내 슬픔과 어리석음에 눌리어 죽을 수밖에 없는 것을 느끼
> 는 것이었다.
> 그러나 잠시 뒤에 나는 고개를 들어,
> 허연 문창을 바라보든가 또 눈을 떠서 높은 천장을 쳐다보는 것인데,

이때 나는 내 뜻이며 힘으로, 나를 이끌어가는 것이 힘든 일인 것
을 생각하고,

이것들보다 더 크고, 높은 것이 있어서, 나를 마음대로 굴려가는
것을 생각하는 것인데,

이렇게 하여 여러 날이 지나는 동안에,

내 어지러운 마음에는 슬픔이며, 한탄이며, 가라앉을 것은 차츰
앙금이 되어 가라앉고,

외로운 생각만이 드는 때쯤 해서는,

더러 나줏손에 쌀랑쌀랑 싸락눈이 와서 문창을 치기도 하는 때도
있는데,

나는 이런 저녁에는 화로를 더욱 다가 끼며, 무릎을 끓어보며,

어니 먼 산 뒷옆에 바우 섶에 따로 외로이 서서,

어두어오는데 하이야니 눈을 맞을, 그 마른 잎새에는,

쌀랑쌀랑 소리도 나며 눈을 맞을,

그 드물다는 굳고 정한 갈매나무라는 나무를 생각하는 것이었다.
　　　　　　　　　　　　　　　　　—「남신의주 유동 박시봉방」(1948) 부분

「남신의주 유동 박시봉방」은 장엄한 영상으로 펼쳐지는데 반해 꼬
박꼬박 구두점을 찍고 있는데, 이는 백석의 시에서 좀처럼 찾아볼 수
없는 형태로, 장시임에도 또박또박 정돈되어 가는 느낌을 준다. 그럼에
도 이 시는 톡톡 끊어지는 쉼표 또는 마침표에 의해 호흡을 고르게 되
며 계속적으로 상영되고 있는 영화를 보는 듯한 느낌을 불러일으킨다.
이러한 느낌은 백석 시에 등장하는 사람이나 사물들이 사회적으로 밀
접하게 연관되어 있어 시의 한복판에서 서로 교차하며 상호 영향을 주
고받는 관계라는 시적 면모를 통해 이미 알고 있거니와, 그의 시「허준
(許俊)」·「흰 바람벽이 있어」·「조당(澡塘)에서」·「두보(杜甫)나 이백

(李白)같이」 등과 같은 유형의 시들을 통해 이리저리 뻗어있는 사회적 관계망들을 따라가며 자신의 생각을 통합하고 재정립하는 시인 백석의 시적 사유과정이 길게 이어지는 장시 형태로 드러나는 데서 더욱 두드러진다고 할 수 있다.

봄, 여름, 가을을 지나면서 무섭게 쏟아지는 햇볕과 비를 비롯하여 차갑고 험상궂은 바람을 견디어내고도 꿋꿋하게 그 자리를 지키고 있는 "갈매나무"[99]는 다시 겨울의 모진 추위에 거의 죽은 듯한 모습이 되어 그 생존을 가늠하기 어려운 상태로 존재한다. 시적 화자인 '나'는 이러한 "갈매나무"의 모습에서 훼손된 자신의 과거와 시간을 포함하여 초라하기 이를 데 없는 현재의 자신의 삶을 읽고 있다. 자신의 삶 속에서 그루터기도 남기지 않고 뽑혀나간 인간관계를 되새김질하고, 쓸쓸하게 헤맨 거리와 시간을 생각한다. 그리고 조금이라도 버틸 만큼 주변 상황이 허락될 때면 '나'는 삶의 내력을 읽어가며 거기 깃들어 있는 "내 슬픔이며 어리석음이며를 소처럼 연하여 쌔김질하는" 자신을 바라보고 있다. 그 때는 "내 가슴이 꽉 메이올 적이며,/내 눈에 뜨거운 것이 핑 괴일 적이며,/또 내 스스로 화끈 낯이 붉도록 부끄러울 적"인데 그런 때에 '나'는 "내 슬픔과 어리석음에 눌리어 죽을 수밖에 없는 것을 느끼는" 것을 고백한다. 그러나 시적 화자는 이렇게 자신을 비관하고 자신의 처지를 부정하는 것에서 그치지 않는다. 눈을 열어 "허연 문창을 바라보든가 또 눈을 떠서 높은 천장을 쳐다보는 것인데,/이때 나는 내 뜻이며

---

99) '갈매나무'는 갈매나뭇과의 낙엽 활엽 관목으로 높이는 2~5미터이며 가시에 가지가 있다. 이 시에서는 시적 화자의 고독과 상실감 등을 이겨내게 하는 상징적 사물로 등장한다. 동시에 시인의 의식 안에서 '온갖 풍상'을 다 겪고도 자기 정체성을 잃어버리지 않는 정신적 근원으로 작용한다.

힘으로, 나를 이끌어가는 것이 힘든 일인 것을 생각하고,/이것들보다 더 크고, 높은 것이 있어서, 나를 마음대로 굴려가는 것을 생각하는 것인데," 그렇다고 무엇이 해결된 것은 아니다. 그러나 시적 화자는 이렇게 자신의 생각을 읽어나가다가 어디쯤에서는 언제나 제자리를 지키고 있는 겨울의 "갈매나무"를 생각하게 된다. 그 나무는 시간이 가고 다시 봄이 되면 언제나 다시 새순을 내놓으며 살아있음을 증명하는 존재이다.

시적 화자가 이런 생각을 하는 "여러 날이 지나는 동안에" 그 "어지러운 마음에는 슬픔이며, 한탄이며, 가라앉을 것은 차츰 앙금이 되어 가라앉"는다. 이는 마치 우리 고유의 김치나 장맛이 여러 날 묵고 속으로 삭아 발효되는 것처럼 시적 화자의 의식 안에서 여러 가지 감정들이 정제되는 과정을 의미하고 있다. 과정은 언제나 시간을 포함하는데, 그런 과정을 거친 시적 화자의 "마음은 끝없이 고요하고 또 맑아진다"(「탕약(湯藥)」(1936)). 그래서 그는 "먼 산 뒷옆에 바우 섶에 따로 외로이 서서" 온갖 풍상을 다 겪은 내력을 지니고 있는 "그 드물다는 굳고 정한 갈매나무"를 생각하기에 이르게 된다. 여기서 "굳고 정한 갈매나무"는 봄 여름 가을 겨울로 대변되는 역사를 가지고 있으며 폭염과 비바람, 절절 끓는 햇볕과 모진 추위가 상징하는 바, 도저히 이겨내기 힘든 사회적 정황을 꿋꿋하게 견디어 낸 내력을 지니고 있는 존재를 상징한다고 하겠다. 즉, 백석이 위의 시 「남신의주 유동 박시봉방(南新義州 柳洞 朴時逢方)」[100]을 통해 "굳고 정한 갈매나무"를 생각하고 형상화한 것

---

[100] 유종호, 『비순수의 선언』(민음사, 1996), 114~115면, 191면; 「한국의 페시미즘」, 『현실주의 상상력』(나남출판사, 1991). 이 책을 통해 유종호는 이 작품을 "낙백(落魄)한 영혼이 펼쳐 보이는 비관론의 절창으로 한국 최상의 시의 하나"라고 격찬을 아끼지 않았다.

은, 백석이 자신과 자신이 속한 사회를 향한 사회적·제도적 억압뿐만 아니라 자기 스스로가 자신을 불 속에 넣어 담금질하는 듯한 저 불꽃 뛰는 사유의 심연에서 자성의 시간을 보낸 후, 온갖 풍상을 다 겪고도 제자리에 그대로 살아있는 존재로 생각함으로써 가능해진다.

백석은 앞에 언급한 일련의 만주시편을 통해 자신의 남루한 현실의 절정에서 시적 '귀향'을 단행한 바 있다. 그 '귀향'은 그의 시 안에서 늘 이루어지고 있었으며 그 통로는 기억이다. 그리하여 그의 기행시를 통해 볼 수 있는 시적 '여로'는 1945년 8·15 광복과 함께 신의주로 거처를 옮겼을 때의 체험이자, 고향에서 그리 멀지 않은 곳에 있는 「남신의주 유동 박시봉방(南新義州 柳洞 朴時逢方)」(≪학풍≫, 1948. 10)[101]의 온갖 풍상을 다 겪고도 굳게 서 있는 "그 드물다는 굳고 정한 갈매나무라는 나무를 생각하"며 자신의 삶과 정신을 추스르는 데까지 나아간 생명력의 회복이요, "외롭고 높고 쓸쓸"(「흰 바람벽이 있어」(1941. 4)) 하니 살아간 길이었다 할 수 있겠다.

그의 시를 통해 그의 귀향은 끊임없이 이루어지고 있음을 발견할 수 있다. 민족 위기의 시대였던 일제하에서 끝까지 나랏말을 놓지 않았다는 점, 우리 민족의 삶을 따뜻한 시선으로 살피고 전통성과 민족성을 지닌 고향 풍속을 형상화시켰다는 점, 그리고 모더니즘 경향의 창작방법에 역사성이 깃들어 있는 방언과 지명을 시어로 차용함으로써 서사성을 획득하고 있다는 점 등이 바로 그 '귀향'이기 때문이다.

---

101) ≪학풍≫ 창간호(1948. 10)에 발표된 이 시는 편집 후기에 백석의 시집을 발간할 예정이라는 말이 기록되어 있다. 이 시는 시 「적막강산」 외 몇 편과 함께 그의 절친한 친구이자 당시 소설가로 활동하였던 허준이 보관하고 있었던 것으로 추정된다. 잡지 ≪학풍≫은 1950년 6월, 13호로 종간되었으며, 발행인은 민병도, 편집인은 조풍연이 맡았었다.

V. 결론

지금까지 백석의 기행시를 시적화자의 '존재 공간'과 '시선'을 추적하며 문학사회학적 관점에서 조망한 것은 앞에서도 언급했듯이, 문학이 작가 상상력의 소산이기 때문이거니와, 사회제도의 하나이며, 그 매개 수단으로 사회가 만든 언어를 사용한다는 점에 기인한다. 필자는 또한 문학의 대상은 카메라의 조리개를 조이고 넓힘에 따라 주관적이거나 객관적으로 그 세계가 축소 또는 확대되는 인생이며, 인간은 사회적[102] 존재라는 점을 중시한다. 그것은 백석의 시세계가 무척 다원적이고 총체적이며 유기적으로 작용하는 전후좌우의 사회역사적 관계망들이 복잡하게 얽혀 작용하는 세계임에도 사람이 주[103]가 되고 있다는 점과, 백석의 시는 시인의 사유를 거치지 않고는 형상화되지 않는, 문학텍스트라는 점에 주목하기 때문이다.

기행에는 반드시 그 출발 장소와 도착 지점이 있게 마련이다. 그리고 기행인은 길을 떠나기 전에 반드시 자신이 머물렀던 주위를 둘러본 후 길을 떠난다. 그러므로 본 연구는 우선 기행의 원점이 되는 가족과 고향이 그의 시에 어떻게 나타나고 있는지를 살펴보았다. 또한 국내 유랑 체험이 시적으로 어떻게 반영되고 있는지를 시적 화자의 존재 공간과 시선을 따라가며 분석하였다. 기행인의 존재 공간과 시선은 물론 출발 장소로서의 집, 즉 가족과 고향에서부터 조금씩 나아가면서 멀어지는 장소의 이동에 따라 변하게 마련이다. 따라서 본 연구는 길을 나선 시

---

102) 이상섭, 『문학비평 용어사전』(민음사, 2003), 143~149면.
103) 필자는 풍속이나 방언, 음식물 등은 인간을 연결하는 연결고리로 작용하며, 기억은 그러한 것들을 둘러싸고 있는 역사적 삶의 얽힘, 즉 복잡하게 연결된 사회적 관계망들의 공통분모라고 생각하고 있다.

적 화자가 이방(異方)을 체험하며 '탐색'하는 '길'과 자아를 들여다보고, 스쳐 지나가는 구경꾼으로서 거리의 모습을 '관찰'하는 시적 자아의 의식을 면밀히 분석하였다. 그 결과 백석은 자신이 존재하는 공간을 서경적으로 묘사하되, 현장감 있는 방언을 시어로 채택하여 혼용함으로써 시적 공간을 확보함과 동시에 충일한 민족적 정체성을 유지하고, 역사적인 내력이 있는 전통적 소재를 취사선택하여 차용함으로써 서사적 진정성을 획득하고 있음을 알게 되었다. 또한 '기행'체험을 통하여 많은 것을 보고 듣고 느끼면서 자기성찰의 과정을 거쳐, 보다 넓고 깊게 확대되는 시적 자아를 발견할 수 있었다.

다음에는 당시 국외 유이민 현실을 언급하고 그러한 민족의 현실이 백석 기행시에 어떻게 반영되고 있는지 살펴보았다. 시적 화자가 당도하는 여러 장소에서 포착되는 민족의 현실이 백석 기행시에 어떻게 반영되고 있는지 꼼꼼하게 살피고, 그 발견을 통해 시인이 지향하는 삶의 원형에 천착하였다. 아울러 '귀향'의 시적 의미를 되짚어보고 백석 기행시가 갖는 시사적 의의와 정신사적 의미를 고찰하였다. 이를 통해, 국외 유이민 현실을 수용한 백석의 기행시는 개인의 서정적 세계에만 머물러 있는 것이 아니라 민족의 공동체적 삶을 지향하는 끈끈한 연대감을 형성하고 있으며, 나아가 고고한 삶의 의지를 보여주는 등 사상적 기반을 마련해주고 있다는 점에서 그 시사적 의의를 지니고 있음을 알게 되었다.

본 논문은 기존의 백석 시 연구에서 간과되어온 백석 '기행'체험의 시적 전개양상을 중심으로 시적 화자의 '존재 공간'과 '시선'에 초점을 맞추어 백석 기행시를 분석하고, 삶과 사회 그리고 역사와 문화에 대한 그의 인식을 조망한 글이다. 그러나 백석 기행시의 심층적 분석에는 아직도 논의의 미흡점과 한계를 지니고 있다. 이러한 문제점은 앞으로 진행될 백석 기행시 연구의 보다 심도 있는 연구 작업을 통해 보완되리라 믿는다.

백석의 시세계에 대하여는 기왕에 많은 연구 논문이 발표되어 있거니와 그의 기행시에 관해서도 앞으로 한층 더 깊은 천착과 폭넓은 사유가 필요하리라 사료된다.

참고문헌

1. 기본자료

김재용 엮음,『증보판 백석전집』, 실천문학사, 2003.
김학동 엮음,『백석전집』, 새문사, 1990.
이동순 편,『白石詩全集』, 창작과비평사, 1987.
이숭원 주해, 이지나 편,『원본 백석 시집』, 깊은샘, 2006. 5.

[≪조선일보≫·≪동아일보≫ 등의 일간지 및 ≪인문평론≫ 등의 간행물.]

2. 논저

강영재,「백석의 주체적 시세계 연구―전통성과 현대성의 조화를 중심으로」,
　　『여강 원용문 교수 회갑기념논문집』, 청람어문교육학회, 1999.
고운기,「백석의「수라(修羅)」와 그 주변―사설시조에서 유래하는 근대시의
　　한 유형에 대하여」,『현대문학의 연구』, 한국문학연구학회, 2001.
고형진,「백석 시 연구」, 고려대 대학원 석사학위논문, 1983.
＿＿＿,「백석시와 판소리의 미학」,『현대문학이론연구』, 현대문학이론학회, 2004.
김명인,「1930년대 시의 구조 연구」, 고려대 대학원 박사학위논문, 1985.
김병호,「한국 근대시 연구―주제의식을 중심으로」, 중앙대 대학원 박사학위
　　논문, 2002.
김수이,「1930년대 시에 나타난 자연 인식 양상 고찰―이상, 서정주, 백석의
　　시를 중심으로」,『현대문학이론연구』, 현대문학이론학회, 2004.
김영익,「白石 詩文學 硏究」, 忠南大 大學院 박사학위논문, 1999.
김지숙,「일제 강점기 한국시의 자연에 관한 연구」, 동아대 대학원 박사학위논문, 2003.

나명순, 「백석 시 연구」, 고려대 대학원 박사학위논문, 2004.

류경동, 「1930년대 한국 현대시의 감각 지향성 연구」, 고려대 대학원 박사학위논문, 2005.

＿＿＿, 「고향의 재현과 절망의 시 의식」, 『새로 쓰는 한국시인론』, 백년글사랑, 2003.

류지연, 「백석 시의 시간과 공간의식 연구」, 명지대 대학원 박사학위논문, 2003.

박근배, 「일제강점기 만주체험의 시적 수용」, 경남대 대학원 석사학위논문, 1993.

박은미, 「1930년대 시에 나타난 가족 모티프 연구」, 건국대 대학원 박사학위논문, 2004.

박주택, 「백석 시 연구」, 경희대 대학원 박사학위논문, 1999.

박찬, 「백석 시 연구」, 동국대 문화예술대학원 석사학위논문, 2002.

박혜숙, 「백석시의 엮음구조와 사설시조와의 관계」, 『중원인문논총』, 건국대 동화와 번역연구소(구 건국대학교 중원인문연구소), 1999.

방연정, 「1930년대 후반 시의 표현방법과 구조적 특성연구」, 한국교원대 대학원 박사학위논문, 2000.

양문규, 「백석 시 연구」, 명지대 대학원 박사학위논문, 2003.

우점복, 「한국 근대 기행시 연구」, 경남대 교육대학원 석사학위논문, 1991.

윤곤강, 「코스모스의 결여」, ≪인문평론≫, 인문평론사, 1940.

윤영천, 「감각과 비정―'연구'의 중립성을 넘어서」, ≪창작과비평≫, 창작과비평사, 2002 가을호.

＿＿＿, 「'우리문학의 순간들'―해방과 한국문단」, ≪대산문화≫, 대산문화, 2005 가을호.

＿＿＿, 「한국 근대문학과 '북방적 상상력'」, ≪대산문화≫, 대산문화, 2003 가을호.

＿＿＿, 「日帝 强占期 韓國 流移民 詩의 硏究」, 서울대 대학원 박사학위논문, 1987.

＿＿＿, 「한국 현대시에 나타난 '시베리아 유이민' 문제의 재인식」, 『한국학보』 45집, 일지사, 1986 겨울호.

이경수, 「한국 현대시의 반복 기법과 언술 구조」, 고려대 대학원 박사학위논문, 2003.

이동순, 「日帝時代 抵抗詩歌의 精神史的 研究」, 경북대 대학원 박사학위논문, 1988.

_____, 「문학사의 영향론을 통해서 본 백석의 시」, 『인문연구』, 영남대 인문과학연구소, 1996.

이문재, 「백석 시의 생태학적 상상력 고찰」, 경희대 대학원 석사학위논문, 2004.

이연숙, 「21세기에 구상하는 새로운 문학사론—디아스포라와 국문학」, 『민족문학사연구』, 민족문학사학회, 2001.

이원규, 「한국시의 고향의식 연구」, 성균관대 대학원 박사학위논문, 2004.

이지나, 「백석 시의 원전비평적 연구」, 서울여대 대학원 박사학위논문, 2005.

_____, 「백석 시의 개작 양상과 원본 오류의 수정」, 『원본 백석 시집』, 깊은샘, 2006. 5.

이황직, 「근대 한국의 윤리적 개인주의 사상과 문학에 관한 연구」, 연세대 대학원 박사학위논문, 2002.

최원식, 「해빈수첩(海濱手帖) 해제—새로 찾은 백석의 산문시」, 『민족문학사연구』, 민족문학사학회, 2003.

최정례, 「백석 시의 근대성 연구」, 고려대 대학원 박사학위논문, 2005.

한경희, 「유랑의 여정을 통해 드러나는 거주의 방식」, 『안동어문학』 6집, 안동어문학회, 2001.

3. 단행본

국내서

강만길, 『고쳐 쓴 한국현대사』, 창작과비평사, 1994.

국립국어연구원, 『표준국어대사전 (상)(중)(하)』, 두산동아, 1999.

권영민,『한국현대문학사』1, 민음사, 2004.

김용직,『한국현대시인연구 (상)』, 서울대학교 출판부, 2002.

김욱동,『생태학적 상상력』, 나무심는사람, 2003.

김윤식,『한국 현대시론 비판』, 일지사, 1993.

_____,『농경사회 상상력과 유랑민의 상상력』, 문학동네, 1999.

김윤식·김우종 외,『한국현대문학사』, 현대문학사, 2002.

김윤식·김현,『한국문학사』(개정판), 민음사, 1996.

김자야,『내 사랑 백석』, 문학동네, 1995.

김재용 엮음,『오장환 전집』, 실천문학사, 2002.

김재홍,『백석』, 도서출판 새미, 1996.

김종철,『시와 역사적 상상력』, 문학과지성사, 1978.

_____,『시적 인간과 생태적 인간』, 도서출판 삼인, 2000.

김종회,『문학의 숲과 나무』, 민음사, 2002.

_____ 편,『사이버 문화, 하이퍼텍스트 문학』, 국학자료원, 2005.

김지하,『사이버 시대와 시의 운명』, 북하우스, 2003.

김치수,『문학사회학을 위하여』, 문학과지성사, 1979.

김 현,『한국 문학의 위상/문학사회학』, 문학과지성사, 2002.

리용악,『리용악 시선집』, 조선작가동맹출판사, 1957.

민족문학사연구소 엮음,『민족문학과 근대성』, 문학과지성사, 1995.

박혜숙,『백석 : 우리 문화의 원형탐구와 떠돌이 삶』, 건국대학교 출판부, 1995.

상허학회,『새로 쓰는 한국시인론』, 백년글사랑, 2003.

송준,『남신의주 유동 박시봉방 (1)(2)』, 지나, 1994.

오세영,『20세기 한국시인론』, 도서출판 월인, 2005.

오수형 편역,『당송팔대가(唐宋八大家)의 산문 세계』, 서울대학교 출판부, 2000.

유종호,『현실주의 상상력』, 나남출판사, 1991.

_____,『사회역사적 상상력』, 민음사, 1995.

_____,『다시 읽는 한국시인』, 문학동네, 2002.

윤영천,『한국의 流民詩』, 실천문학사, 1987.

, 『街頭로 울며 헤매는 자여』, 실천문학사, 1988.

, 『물 위에 기약 두고』, 실천문학사, 1988.

, 『서정적 진실과 시의 힘』, 창작과비평사, 2002.

, 『이용악시전집』, 창작과비평사, 2004.

윤인진, 『코리안 디아스포라』, 고려대학교 출판부, 2004.

이동순, 『시정신을 찾아서』, 영남대학교 출판부, 1998.

, 『잃어버린 문학사의 복원과 현장』, 소명출판사, 2005.

이명재 · 박명진, 『억압과 망각, 그리고 디아스포라』, 한국문화사, 2004.

이상섭, 『문학비평 용어사전』, 민음사, 2003.

이성복, 『정든 유곽에서』, 문학과지성사, 1996.

이형권, 『한국 현대시의 이념과 서정』, 보고사, 1998.

이희중, 『기억의 풍경』, 도서출판 월인, 2003.

조남현, 『한국 현대문학사상 탐구』, 문학동네, 2001.

최문규 · 고규진 외, 『기억과 망각』, 책세상, 2003.

최원식, 『생산적 대화를 위하여』, 창작과비평사, 1997.

_____, 『한국근대문학을 찾아서』, 인하대학교 출판부, 1999.

_____, 『문학의 귀환』, 창작과비평사, 2001.

최원식 · 염무웅 외, 『해방 전후, 우리 문학의 길찾기』, 민음사, 2005.

한경희, 『한국 현대시의 내면화 경향』, 도서출판 역락, 2005.

홍정선, 『역사적 삶과 비평』, 문학과지성사, 1986.

국외서

山室信一, 임성모 옮김, 『여럿이며 하나인 아시아』, 창작과비평사, 2003.

孫歌, 류준필 외 옮김, 『아시아라는 사유공간』, 창작과비평사, 2003.

孫進己, 林東錫 옮김, 『東北民族原流』, 동문선, 1992.

오수형 편역, 『당송팔대가(唐宋八大家)의 산문 세계』, 서울대학교 출판부, 2000.

劉勰, 최동호 역편, 『문심조룡(文心雕龍)』, 민음사, 1994.

Aristoteles, 천병희 옮김, 『시학』, 문예출판사, 2002.

C. W. Mills, 강희경·이해찬 옮김, 『사회학적 상상력』, 돌베게, 2004.

C. G. Jung, 洪性華 역, 『分析心理學』, 敎育科學社, 1986.

Donald Worster, 강헌·문순홍 옮김, 『생태학 그 열림과 닫힘의 역사』, 아카넷, 2002.

Erich Auerbach, 김우창·유종호 옮김, 『미메시스』, 민음사, 1999.

Frank Lentricchia and Thomas McLaughlin, 정정호 외 공역, 『문학연구를 위한 비평용어』, 한신문화사, 1996.

Gaston Bachelard, 이가림 옮김, 『물과 꿈』, 문예출판사, 1998.

_____, 이가림 옮김, 『순간의 미학』, 영언문화사, 2002.

_____, 정영란 옮김, 『대지 그리고 휴식의 몽상』, 문학동네, 2002.

_____, 곽광수 옮김, 『공간의 시학』, 동문선, 2003.

Helena Norberg Hodge, 김종철·김태언 역, 『오래된 미래』, 녹색평론사, 1996.

Vera L. Zolberg, 현택수 역, 『예술사회학』, 나남출판, 2000.

Pierre Zima, 이건우 역, 『文學텍스트의 社會學을 위하여』, 문학과지성사, 1998.

Peter V. Zima, 허창운 역, 『문예 미학』, 을유문화사, 1993.

Theodor W. Adorno, 홍승용 옮김, 『미학 이론』, 문학과지성사, 1997

제2부

이용악의 『分水嶺』과 오장환의 『城壁』에
나타난 詩語 '마음' 연구

이용악의 『分水嶺』과 오장환의 『城壁』에 나타난 詩語 '마음' 연구

Ⅰ. 서론

1930년대의 한국사회는 일제의 기만적 문화정치가 막을 내리고 소위 '파시즘'이 자리를 굳히는 시기였다고 정리할 수 있다. 세계대공황의 여파로 궁지에 몰린 일본이 이를 극복하기 위한 방편으로 대륙침략을 본격화하면서, 만주사변(1931), 중일전쟁(1937)을 치르며 그 침략전쟁을 확대시킨 시기이기 때문이다. 이에 중국과 일본 사이에 놓인 조선은 일본 본국보다 더욱 심한 사회적·정치적 혼란에 빠져들었다. 이는 이 시기 일본이 식민지 조선에 대해 군사력과 경찰력을 증강시키며 그 체제를 더욱 강화하고, 철저한 사상적 통제를 통해 민족해방운동자 중심의 치안유지법 위반자를 감시하는 조선사상범보호관찰령(1936)을 설치하는 한편, 조선중앙정보위원회를 세워(1937) 지식인에 대한 개인정보를 수집하고 공산주의 사상 및 그 운동을 박멸하고 일본정신을 고양하도록 선동(1938)하였다는 데 기인한다. 뿐만 아니라 학교의 조선어 교육을 폐지한(1938) 일제가 국민징용령을 실시하여(1939) 조선인을 침략전쟁 수행을 위한 노동력으로 강제 동원[1]하였으며, 신사참배를 강요한 시기 또한 이 시기이다.[2] 일본의 이러한 황국신민화(皇國臣民化)정책에도 불구하고, 이 시기에는 유달리 많은 시인이 배출되었다. 이들은 대부분 시문학파와 카프 계열의 시인으로 박용철, 김기림, 김영랑, 신석정, 이하윤 등을 들 수 있으며, 이들의 작품은 '시어'에 각별한 애정을 쏟았다는 데 그 특징이 있다고 평가되어 왔다.[3] 이러한 경향의 작품들은 일제에 의해 문학·예술작품에 대한 검열이 강화되면서 다시 전통을 시향하려는 민속적 의식과 외국문예사조의 실험적 정신이 길항하는 작품으로 변하게 된다. 이는 작가가 끊임없이 현실과 조우해야 하는 개인적 삶을 살고 있으며, 흐르는 역사의 한가운데서 창작활동을 하고 있기 때문이다.

월북 또는 재북 시인으로 해금과 함께 많은 연구가 진행되어온 정지용, 백석, 이용악, 오장환 또한 이 시기에 활발한 창작을 한 시인이다. 이 가운데 이용악과 오장환은 애국계몽운동이 금지되고 탄압받는 등 일제의 횡포가 나날이 심해가던 1910년대 중·후반기에 출생했다는 점, 이들의 처녀시집인 『분수령(分水嶺)』과 『성벽(城壁)』의 출판년도가 공히 1937년이라는 점, 그리고 경계를 의미하는 '고개[嶺]'와 '벽

---

[1] 일본이 침략전쟁 시기에 조선인의 희생을 대량으로 강요한 경우는 대부분 모집(募集)·징용(徵用)·보국대(報國隊)·근로동원(勤勞動員)·정신대(挺身隊) 등을 통한 노동력의 강제수탈이었다. 1939년부터 1945년 종전까지 일본의 전쟁노동력으로 강제 동원된 조선인은 113만~146만 명이라고 알려진바, 이들은 탄광에 제일 많이 투입되었고, 다음으로는 금속광산·토건공사·군수공장 등에 투입되어 많은 사상자를 냈다.

[2] 강만길, 『고쳐 쓴 한국현대사』(창작과비평사, 2004), 32~37면, 69~71면.

[3] 김용직, 「서정, 실험, 제 목소리 담기」, 『한국현대문학사』(현대문학사, 2002), 199~223면 참조.

[壁]'을 각각 표제로 삼고 있다는 점에서 공통점을 찾을 수 있다. 여기서 '분수령'이란 분수계(分水界)가 되는 산마루나 산맥을 가리키는 말[4]이거니와, 이는 고개에서 물길이 갈라지는 것처럼 어떤 사물이나 사태가 발전·전환하는 지점이라는 의미를 내포하고 있으며, '성벽' 역시 안과 밖 혹은 어떤 지역과 여느 세상과를 구분 짓는 장치를 가리킨다. 이에 필자는 『분수령』과 『성벽』, 이 두 시집에 수록된 작품 가운데 시어(詩語) '마음'이 등장하는 시에 주목하여 그 표현방식 및 시에 내포된 의미를 살펴보고자 한다. '마음'이란 본시 인간의 감정을 다루고 있으므로, 시적 화자가 존재하는 상황의 전후좌우·상하로 연결된 복잡다단한 관계망을 배제하거나 따로 떼어놓고 생각할 수 없다. 그러므로 '마음'이 등장하는 일련의 시들은 그 시를 쓴 시대적·사회적·문화적 배경은 물론, 문학을 비롯한 예술의 흐름 그리고 역사와 삶의 내력을 담고 있게 마련이다. 따라서 본고는, 『분수령』과 『성벽』 가운데 시어 '마음'이 등장하는 작품 안에서 당시 한국문학을 주도하던 리얼리즘적 경향과 일본을 통해 유입된 모더니즘적 측면[5]이 어떠한 관계를 형성하고

---

4) 분수령(分水嶺)은 분수계(分水界, watershed)라고도 칭한다. 이는 물이 두 방향으로 갈라져서 흐르는 경계 또는 그 경계가 되는 산마루나 산줄기를 뜻하거니와, 일이 한 단계에서 전혀 다른 단계로 넘어가는 전환점을 의미하는 말이다. (Britannica KOREA, 브리태니커백과사전 CDIX, 2007판; 국립국어연구원, 『표준국어대사전』(두산동아, 1999판) 참고.)

5) 한국문학에서 모더니즘적 측면(modernity)이란 글의 형식, 즉 기교에 국한되는 개념이 아니라, 전통을 부정하고 정신적 자아와 실존적 자아가 길항하는 상황을 내포하고 있으며, 나아가 군중속의 고독 즉 소외의식과 불안, 절망 등의 정신적 경향을 함의하는 개념이다. 단, 시적 화자의 욕망, 느낌, 감각, 마음 등의 정서적 요소를 내포하는 시어 '마음'과 시의 문면에 제시되어 있는 기호로서의 시어 '마음'은 구별되어야 한다. 왜냐하면 기표로서의 '마음'이 역사적 삶의 내력을 담고 있다고 볼 수는 없기 때문이다.

있는지를 면밀히 살펴, 그 소통양상을 고찰하고자 한다. 이는 당시의 시대적 배경이 전통문화와 서구근대문명이 뒤섞이고 고향과 가족, 나라를 상실해가는 상황 가운데 일본으로부터 유입되는 자본의 위력을 절감하는 등 사회적·문화적·사상적인 측면에서 극도의 탄압과 대립이 혼재하던 혼돈의 시기라는 점을 바탕으로 한다.

II. 이용악 詩의 리얼리즘적 자기성찰과 모더니티

『분수령』은 1937년 5월, 일본 동경에 있는 삼문사(三文社)에서 출판된 이용악6)의 첫 시집이다. 이용악(李庸岳, 1914~1971)은 1935년 『신인문학』 3월호에 시 「패배자의 소원」을 발표함과 동시에 등단하였고, 1936년 4월부터 4년간 동경 상지[上智]대학 신문학과에서 수학한바 있는 근대인이다.

---

6) 이용악에 대해서는 그의 시를 긍정적으로 평가하고 그를 "진정한 순수시인"이라 칭한 임헌영의 논문 「해방후 한국문학의 양상―시를 중심으로」(『해방전후사의 인식』, 한길사, 1979)를 필두로 많은 연구가 진행되어 왔으며, 주로 리얼리즘에 관련된 논문들이 많다. 대표적으로는 장영수의 「오장환과 이용악의 비교연구」(고려대학교 박사학위논문, 1987)와 최두석의 「민족현실의 시적 탐구―이용악론」(서울대학교 박사과정 발표논문, 1987) 등을 들 수 있다. 또한 이용악의 생애와 서지사항은 이용악의 '죠오찌[上智]대학 졸업성적증명서'에 의거, 이용악이 1936년 4월 '죠오찌대학 전문부 신문학과'에 입학하여 1939년 3월 같은 대학 '신문학과 별과 야간부'를 졸업한 것으로 작성한 이정애의 논문 「이용악 시 연구」(서울대학교 석사학위논문, 1990)를 통해 이미 구체적으로 정리된바 있다. 한편, 이용악에 대한 면밀하고 획기적인 연구성과물로는 윤영천 교수가 펴낸 『이용악시전집』(창작과비평사, 1995)을 꼽을 수 있다. 윤영천 교수는 일찍이 이용악의 생애, 작품, 시어 등을 서지학적으로 정리하여 시전집을 엮은바, 그가 발표한 「민족시의 전진과 좌절―이용악론」은 이용악 시의 리얼리즘적 경향을 연구하는 것에서 그치지 않고 모더니즘적 경향에 대한 연구 가능성까지 논하고 있어 이용악 시 연구의 폭을 확대하여 놓았다는 점에서 주목할 만하다.

이용악은 『분수령』꼬리말에서 "분수령 꼭대기에서 다시 출발할 나
의 강(江)은 좀더 깊어야겠다. 좀더 억세어야겠다. 요리조리 돌아서래
도 다다라야 할 해양(海洋)을 향해 나는 좀더 꾸준히 흘러야겠다"[7]고
다짐한바, 이는 그의 시가 도달해야만 할 목적지가 분명함을 표방하는
것과 다름없다. 산마루[嶺]에서 흘러내리는 물줄기는 이편저편으로 갈
라져 흐른다. 뿐만 아니라 모든 장애물을 넘거나 돌아서라도 멈추지 않
고 흐른다. 이러한 점을 생각하면 앞서 거론한 시인의 말은, 자신의 시
가 섬세한 가정사 중심의 리얼리즘에서 은유나 환유를 조금씩 수용하
는 모더니즘적 경향으로 흐르되 좀더 깊고 강한 의미를 내포하여야겠
다는, 자기 작품에 대한 전환의 의미를 함의하고 있다고 볼 수 있다. 이
를 고려할 때, 『분수령』의 시들은 시인 자신과 작품에 대한 성찰에 이
은 작가적 다짐 또는 창작태도나 방법의 전환점에서 발표된 작품이거
나 성찰의 과정 중에 창작된 결과물이라 아니할 수 없다. 이러한 그의
성찰은 고향과 아버지를 대상으로 한다.

북쪽은 고향
그 북쪽은 女人이 팔려간 나라
머언 山脈에 바람이 얼어붙을 때
다시 풀릴 때
시름 많은 북쪽 하늘에
미음은 눈감을 줄 모르다

—「北쪽」전문[8]

---

7) 윤영천 편, 『이용악시전집』(창작과비평사, 1995), 185면.
8) 위의 책, 11면. 본고의 내용 가운데 이용악의 詩는 이 책(윤영천 편, 『이용악시전집』
    (창작과비평사, 1995.)을 텍스트로 삼아 인용하였음을 미리 밝힌다.

"북쪽은 고향"이라는 첫 행으로 말미암아 이 시는 시적 화자가 자신의 고향에 비해 남쪽에 위치한 어떤 지역에서 고향을 생각하고 있음을 알 수 있다. 그런데 시적 화자는 자신의 고향에서 더 북쪽을 "여인이 팔려간 나라"라고 명명하고 있다. 이를 고려하면, 이 구절은 필시 민족의 애환이 서려있는 역사적 사건9)을 환기시키고 있음을 깨닫게 된다. 또한, 아주 먼 곳에 위치하였다는 의미에서 "머언 산맥"이라는 시어를 차용하고 있는 시인은 시절이 바뀌어도 고향을 향하여서는 항상 가을하늘처럼 명징하게 깨어있는 시적 화자의 '마음'을 형상화하고 있다. 여기서 주목할 것은 이 시의 고향이 단순한 그리움의 대상이 아니라 자신이 처한 사회적 상황을 따라 감응하며 작용하는 시적 대상으로 존재한다는 점이다.

윤영천 교수는 『이용악시전집』의 해설을 통하여, 이 시 「북쪽」의 고향이미지가 "남의 나라 땅에서 노예적 삶을 강요당하면서도 고향땅으로부터의 '북쪽 바람'에 즉각 예민하게 반응하는 호마(胡馬)의 이미지"10)에 아주 가깝다는 점을 들어 이 작품을 고시(古詩)와 연결시키며 작품성을 높이 평가하였거니와, "여인이 팔려간 나라"라는 표현에 내포되어 있는 시적 정조가 정치적 볼모로서 오랑캐땅에 끌려가 구차한 첩살이로 잔명하면서도 통한의 "춘래불사춘(春來不似春)"을 읊조려야 했던 왕소군(王昭君)의 애절한 형상을 환기시키는 점을 들어 "시적 내

---

9) 김용직, 「현실의식과 서정성」, 『한국 현대시인 연구 (상)』(서울대학교출판부, 2002), 659~660면; 윤영천, 『서정적 진실과 시의 힘』(창작과비평사, 2002), 120~122면.

10) "호나라 말은 북쪽 바람에 소스라치고, 월나라 새는 남쪽 가지에 둥지를 트네[胡馬依北風, 越鳥巢南枝]." 윤영천 교수는 「민족시의 전진과 좌절」에서 고향을 그리워하는 통절한 마음이 반영되어 있는 앞의 고시(古詩) 구절과 이용악의 「북쪽」을 연결시켜 논하고 있다.

포의 비극적 확장을 이루고 있"다고 논한바 있다.[11] 이뿐 아니라 필자는 이 시 「북쪽」이 비교적 짧은 텍스트 안에서 현해탄과 조선 그리고 만주, 즉 동아시아를 한데 아우르는 '마음(사유)'을 내포하고 있다는 점에서도 주목해야 할 작품이라 사료된다.

이렇게 고향을 향해 펼쳐지는 시적 화자의 '마음'은 어느 밤 촛불 한 자루 켜들고 「포도원(葡萄園)」에 이르게 된다.

燭臺 든 손에
올 감기는
싼뜻한 感觸!

대이기만 했으면 톡 터질 듯
익은 포도알에
물든 幻想이 너울너울 물결친다
공허로운 이 마음을 어쩌나

한 줄 燭光 올마저
어둠에 바치고 야암전히 서서
시집가는 섬색시처럼
모오든 약속을 잠깐 잊어버리자

조롱조롱 밤을 지키는
별들의 言語는

---

11) 윤영천, 「민족시의 전진과 좌절」, 『이용악시전집』(창작과비평사, 1995), 236~237면, 260면; 『서정적 진실과 시의 힘』(창작과비평사, 2002), 120~122면. 여기서 중요한 것은 "여인이 팔려간 나라"인 "그 북쪽" 곧 만주지역이 고구려·발해 시대에는 조선 영토였다는 점이며 병자호란 후 또는 식민지 시대에 조선 여성들이 수다하게 팔려간 나라라는 점, 그리고 조선 유이민들이 대거 거주했던 지역이라는 점이다.

오늘 밤
한 조각의 秘密도 품지 않았다

—「葡萄園」부분

포도원에서 익은 포도송이를 대하면서도 시적 화자의 '마음'은 밤의 정적처럼 공허하기만 하다. 왜냐하면 "옛생각"이 철새처럼 날아왔기 때문이다. 그래도 공허를 가슴에 묻고 포도송이에 어른거리는 촛불의 그림자를 보면서 "시집가는 섬색시처럼/모오든 약속을 잠깐 잊어버리자"고 시적 화자는 스스로 다짐한다. 그렇게 모든 것을 잊기로 하자 "별들의 言語는/오늘 밤/한 조각의 秘密도 품지 않"은 듯 보인다. 그러나 이렇게 긴절하게 다가오는 추억(옛 생각)도 시인의 이상과 대립되는 세상사(현실)도 마음대로 잊어버릴 수 있거나 없어지는 대상이 아니다. 이를테면 '분수령'처럼, 자신이 물꼬를 잡아 이쪽 혹은 저쪽으로 흐르게 할 수 있는 추억도 현실도 아니요 자신 또한 마음대로 처신할 수 있는 상황도 아니다.

花瓶에 씨들은 따알리야가
날개 부러진 두루미로밖에
그렇게밖에 안 뵈는 슬픔—
무너질 상싶은
가슴에 숨어드는
차군 입김을 막어다오

실끝처럼 여윈 思念은
회색 문지방에
알 길 없는 손톱그림을 새겼고

그 속에 뚜욱 떨어진 황혼은 미치려나
폭풍이 헤여드는 내 눈앞에서
미치려는가 너는

시퍼런 핏줄에
손가락을 얹어보는 마음―

―「病」 부분

　「포도원」에서 나타났던 시적 화자의 "공허로운" '마음'은 다시 「병
(病)」 중의 시적 주체를 통해 "실끝처럼 여윈" 채 병실에서 "시퍼런 핏
줄"이 선 정맥을 만져보면서, 뛰는 맥박을 느끼고서야 자신의 살아있음
을 확신하는 모습으로 드러난다. 이는 곧 실존을 실감하지 못하는 시적
화자의 '마음'이자 불안이다. 그렇다면 시적 화자가 불안한 연유는 무엇
인가. 그 불안은 뿌리에서 끊겨 화병에 옮겨진 달리아 꽃의 시든 모습이
더 이상 날 수 없는 두루미로밖에 보이지 않는 '마음'에 기인한다. 당시
의 상황을 고려할 때 이 '마음'은 작품 속의 '죽어가는 꽃'이나 '날 수 없
는 새'가 상징하는바, 조국의 모든 전통이 깨어지고 정체성이 무너져가
는 현실을 직시하면서도 아무것도 할 수 없다는 지식인으로서의 자각,
곧 깨어있는 '마음'이라 아니할 수 없다. 따라서 시인의 '마음'은 자기 작
품 속 시적 화자의 '마음'에 자신의 표리부동한 이중적 모습을 투영시킨
다. 즉 외면과 내면에서 벌어지고 있는 삶의 양태를 생명의 근원에서 분
리되어 그 힘을 잃어버린 생명에 비유함으로써, 자신의 '마음'을 이미지
화하는 작업을 통해 스스로를 환기시킨다. 그리하여, "왼몸에 쏟아지는
찬땀/마음은 공허(空虛)와의 지경을 맴돈다"(「령(嶺)」)고 자신의 심정을
토로함과 동시에 타인의 '마음'을 읽는 경지에 다다른다.

손톱을 물어뜯다도 살그만히 눈을 감는
제비 같은 少女야
少女야
눈감은 양볼에 울정이 돋힌다
그럴 때마다 네 머리에 떠돌
悲劇의 群像을 알고 싶다

지금 오가는 네 마음이
濁流에 흡살리는 江가를 헤매는가
　　　　　　　　—「제비 같은 少女야 —강건너 酒幕에서」 부분

　　손톱을 물어뜯는 행위는 정서적으로 불안하거나 정이 결핍되었을
때 나타나는 현상이라 알려져 있다. 이 시의 시적 화자는 따뜻한 곳을
그리워하는 제비를 닮은 소녀가 손톱을 물어뜯다가도 살며시 눈을 감
는 모습을 보고 있다. 여기서 주목할 것은 '울정'이라는 시어로, 울정은
한문인바, '터질 것처럼 가득 쌓인 심정[鬱情]' 즉 그 소녀의 양쪽 볼에
금방이라도 울음을 터트릴 것만 같은 기운이 도는 모양을 나타내는 단
어이다. 시적 화자는 이러한 기운이 도는 소녀의 얼굴을 가만히 바라보
면서 문득 그 소녀가 궁금해진다. 그 소녀가 생각하고 눈물을 머금을
수밖에 없는 그 대상, 곧 이별한 사람들이 알고 싶어진다. 왜냐하면 시
적 화자는 그 "군상" 역시 자신이 경험한 바와 같이 이 "제비 같은" 소
녀를 슬프게 하고 울음을 삭이게 하는 가족이거나 고향으로 대변되는
과거의 어떤 사람들이라 생각하기 때문이다.
　　일제하 대규모로 발생했던 국내외 유이민의 궁핍상을 민족의 비극
으로 인식하고 시적 형상화를 이루어낸 이용악은 이러한 상황을 "탁류

(濁流)에 흡살리는 강(江)가를 헤매는" '마음'으로 표현함으로써 더러운 물줄기가 거세어 피할 수 없이 휘몰아치는 듯한 당시의 사회역사적 분위기를 첨예한 시선으로 포착하였으되, 미적 거리를 유지하며 담담하게 형상화하고 있다. 여기서 시적 화자와 "제비 같은 소녀"가 그리워하는 대상은 모두 시대의 흉흉한 물줄기에 휩쓸려 어디론가 떠났음이 분명하다. 따라서 시적 화자는 "손톱을 물어뜯으며" 울음을 삭이는 제비 같은 소녀의 '마음'도 자신처럼 물살이 센 강가를 헤매고 있음을 알고 있다.

> 물위를 도롬도롬 헤여다니던 마음
> 흩어졌다도 다시 작대기처럼 꼿꼿해지던 마음
> 나는 날마다 바다의 꿈을 꾸었다
> 나를 믿고저 했었다
> 여러 해 지난 오늘 마음은 港口로 돌아간다
> ―「港口」부분

    강가는 길의 끝이자 세상을 둘러싸고 있는 바다의 시작이므로 "물위를 도롬도롬" 헤매던 '마음'은 이제 슬픔과 울음의 정조를 띠고 항구로 돌아간다. 항구란 사람과 문물이 들고나는 장소이며, 떠났던 배가 정박하는 곳이다. 「항구」를 통해 시적 주체는, 자신의 '마음'은 이제 "항구로 돌아간다"고 밝히고 있다. '마음'이 떠난 지 "여러 해 지난" 곳, 그러나 끊임없이 배회하는 곳, 그곳은 전통을 둘러싸고 있는 시간이며 역사적 공간이며 고향의 상징이자 곧 고향이다. 이러한 시인의 '마음'은 그가 일본 유학시절 창작한 것으로 추정되는, 등단작 「패배자의 소원」과 다시 연결되고 있다.

失職한 '마도로스'와도 같이
힘없이 걸음을 멈췄다
―이 몸은 異域의 黃昏을 등에 진
빨간 心臟조차 빼앗긴 나어린 패배자(?)―

天使堂의 종소래!
한 줄기 哀愁를
데―ㅇ 빈 내 가슴에 꼭 찔러놓고
보이얀 고개(丘)를 추웁게 넘는다
―내가 未來에 넘어야 될……

나는 두 손을 슴쳐 쥐고
發狂한 天文學者처럼
밤하늘을
오래―오래 치어다본다
　　　　　　　　―「敗北者의 所願」(『신인문학』, 1935. 3) 부분

　　이용악은 자신의 시에 자전적 삶의 내용과 역사를 담아내며, 일본에
서 근대 자본주의를 경험하고 1930년대 후반에 접어들면서 조국의 급
격한 변화를 실감했던 시인이다. 그의 시는 앞에서 살펴본바, 개인사와
가족사를 바탕으로 한 서사 즉 리얼리즘적 내용을 담고 있거니와, 당시
의 시대와 사회를 반영하는 식민지 근대 조선의 모습을 상징하는 이미
지를 차용하여 이야기시로 승화시키는 모더니즘적 형식을 취하고 있
다. 이러한 작품에는 전통미학적 또는 문학적 감수성에 의한 한시적·
한학적 특성과 한문의 사용이 눈에 띄며 드물게는 칠언고시에서 볼 수
있는 내재율도 발견하게 된다. 그는 또한 한국 전통문화와 사상이 일본

을 통해 유입된 서구 자본주의의 그것과 문화적·사상적으로 대립하고 있는 현실적 상황을 인식하고 하나의 작품으로 형상화하였는데, 이는 시어 '마음'12)에 내포되어 있는 의식의 반영으로 나타난다.

이쯤에서 그가 왜 첫 시집의 제목을 '분수령'이라 했는지 그 의미를 더듬어보자. 앞에도 언급했던바, 분수령은 물이 갈라져 흐르는 경계[嶺]를 뜻한다. 산마루에서 흘러내리는 물줄기는 이편으로 혹은 저편으로 갈라져 흐르며 모든 장애물을 넘거나 돌아서라도 멈추지 않는다. 이를 고려하면 '분수령'은 자신의 시가 섬세한 가정사 중심의 리얼리즘에서 은유나 환유를 조금씩 수용하는 모더니즘적 경향으로 흐르되 좀 더 깊고 강한 의미를 내포하여야겠다는, 스스로의 작품에 대한 전환의 의미를 담고 지어진 이름임을 알 수 있다. 이러한 맥락에서 『분수령』의 시들은 시인 자신과 작품에 대한 성찰에 이은 작가적 다짐 또는 창작태도나 방법의 전환점에서 발표된 작품이거나 성찰의 과정 중에 창작된 결과물이라 할 수 있다. 따라서 이용악의 시는 리얼리즘적 자기성찰과 모더니티가 공존·결합하여 작용하고 있는 유기체이며, 특히 그의 시에 등장하는 시어 '마음'은 때로 상징에 관여하여 작용하는 기표로 또는 소외의식과 불안, 절망 등의 정신적 경향을 나타내는 언어이자 둘 이상의 이질적인 것이 소통하는 장으로 존재한다. 이로 인하여 그의 시가 지닌 서정서사적13) 면모가 더욱 돋보인다.

---

12) 이용악의 『분수령』에는 총 20편의 시가 수록되어 있다. 이 가운데 6편의 작품(「北쪽」·「葡萄園」·「炳」·「嶺」·「제비 같은 少女야」·「港口」)을 통해 시어 '마음'은 8번 등장한다.

13) 시의 갈래는 주로 서정시, 서사시로 나누고 있으나 북한에서는 서정서사시를 따로 나누어 높이 평가하고 있는데, 서정서사시란 서사적 묘사와 서정적 토로가 긴밀하게 결합되어 시의 예술성을 확보하고 있는 작품을 말한다. 이러한 표현과 형식은

Ⅲ. 오장환 詩의 모더니즘적 표현방식과 현실인식

이용악의 시에 의해 형상화된 '마음'은 동시대를 살았던 오장환의 작품에서도 비슷한 면모로 나타난다. 오장환의 시가 표면적으로 드러내는 특징은 장시(長詩)적 면모와 모더니즘적 경향[14]의 표현방식이지만, 그 형식이 담고 있는 내용은 시인의 절절한 현실인식 과정을 내포하고 있음을 발견하게 된다.

오장환(吳章煥, 1918~1951)은 1933년 11월 『조선문학』에 시 「목욕간」을 발표하면서 작품활동[15]을 시작하였으며, 중동학교 속성과를 거

카프가 해산된 1935년 이후 이용악, 백석, 안용만 등의 시에서 발견된다. 이들의 시는 서정성을 내포하며 서사적 골격을 갖추고 '이야기시(서술시)'의 형식으로 드러나는데, 이러한 양상은 해방 직후 '조선문학가동맹' 계열의 시인들 작품에서 나타났다가, 1957년 전후, 즉 북한이 새로운 문예정책을 표방하고 추진하는 때를 전후하여 이용악(李庸岳, 1914~1971), 백석(白石, 1912~1995), 안용만(安龍灣, 1916~?), 박세영(朴世永, 1902~1989) 등에 의해 적극적으로 수용되었다. 예컨대 창조적 노동의 기쁨을 서정적으로 형상화한 안용만의 『안룡만 시선집』이 1956년에 북한에서 출판되었고, 10,000부 한정판으로 발행한 이용악의 『리용악 시선집』이 1957년에 출판되었거니와 이들 시집에서는 김일성을 직접적으로 거론하거나 연상시키는 구절이 거의 등장하지 않는다. (신형기·오성호, 『북한문학사—항일혁명문학에서 주체문학까지』(평민사, 2000), 193~194면 참조.)

14) 오장환 시에 나타나는 '모더니즘'적 특성이란, 당시에 발표된 한국문학의 특징으로 분류되는 요소를 말하거니와, 크게 내포적 의미와 외연적 의미로 대별할 수 있다. 즉, 시의 내포적 측면에서는 우선 단단하고 오래된 것들 즉 전통을 해체하거나 부정하는 작가의 의식을 담아내고 있고, 시의 외연적 측면에서는 서구 모더니즘의 특성이자 한국문학에서 가장 많이 찾을 수 있는 이미지의 차용과 시적 표현방식, 즉 시의 형식이나 기교를 통해 유달리 강조하는 시인의 실험정신을 나타내고 있다. 이는 대상을 직관적 감성으로 받아들이는 것이 아니라 그것을 분석하고 정리하여 새로운 질서를 부여하는 방법적인 정신태도를 드러내는바, 시어(詩語)가 기법 즉 수단으로서의 '언어'와 목적으로서의 '언어'로 사용됨을 의미한다.

15) 오장환은 1936년에 『낭만』·『시인부락』 동인으로, 1937년에는 『자오선』 동인으로 활동한바 있다. 그리하여 1930년대 말에는 서정주·이용악과 더불어 시단의 삼재(三才)라는 평가를 받았다. 이 기간 동안 그는 도쿄[東京]에 체류하며 최하층 노

쳐 휘문고보를 다니다 중퇴한 후, 1934년 4월에 일본으로 건너가 그곳에서 생활하였다. 그리고 1936년까지는 지산(智山)중학교에서, 1937년 4월부터 1938년 3월까지는 메이지[明治]대학 전문부에서 수학한바 있다. 따라서 오장환은 근대인이다. 많은 연구자들이 오장환의 시를 그로테스크(grotesque)[16]하다고 논하고 있다. 하지만 그의 시에 천착하다 보면, 하나의 작품 안에서 전통과 현실이 길항하며, 당시의 시대적 조류를 거스르지 못하는 나약한 무리와 자신을 위무하고 있는 시인의 내면세계를 보게 된다.

오장환의 시세계를 이해하기 위해 우선 그의 등단작 「목욕간」을 살펴보기로 하자.

내가 수업료를 바치지 못하고 정학을 받어 귀향하였을 때 달포가
넘도록 청결을 하지 못한 내 몸을 씻어볼려고 나는 욕탕엘 갔었지
뜨거운 물 속에 왼몸을 잠그고 잠시 아른거리는 정신에 도취할

<hr />

동생활을 하면서 마르크스주의 이념에 동조하는 습작시를 썼다고 전해지고 있다. 초기의 시 「성씨보(姓氏譜)」(≪조선일보≫, 1936. 10. 10) · 「여수」(『조광』, 1937. 1) 등은 전통적인 행과 연을 무시한 새로운 형식을 보여주고 있거니와, 근대문명의 충돌과 전통의 해체를 목도하는 작가의 태도와 나라와 고향을 잃은 지식인의 자의식을 노래하고 있다. 이러한 시를 통하여 시인은 직면하고 있는 운명을 대하는 시적 자아를 형상화하고 있으며, 비극적 이미지를 차용하여 시대적 위기상황과 사회 역사적 인식을 덤덤하게 그려냄으로써 당시 지식인의 내면세계와 당면하고 있는 사회 또는 거리의 모습을 담아낸다.

16) 이러한 작품으로는 『성벽』의 「여수(旅愁)」, 「매음부(賣淫婦)」 등과 『헌사(獻詞)』의 「해수(海獸)」, 「무인도(無人島)」 등을 들 수 있다. 이러한 작품들은 자기비난, 자기비하, 자기처벌, 자살충동의 병적 우울 중세를 토로하는 시적 화자의 정신적 양태로 나타나고 있으며, '피', '송장', '사탄', '묘지' 등의 비교적 낯선 시어들의 등장에서 받는 느낌에 그 원인이 있다고 보인다. 그러나 오장환의 『성벽』에 사용된 시어들의 이러한 면모는 이후 『병(病)든 서울』에 나타나는 징후 또는 시어에 비하면 그로테스크하다고 표현하기에는 다소 무리가 있다는 생각이다.

것을 그리어보며

나는 아저씨와 함께 욕탕엘 갔었지

아저씨의 말씀은 "내가 돈 주고 때 씻기는 생전 처음인걸" 하시었네

아저씨는 오늘 할 수 없이 허리 굽은 늙은 밤나무를 베어 장작을 만들어가지고 팔러 나오신 길이었네

이 고목은 할아버지 열두살 적에 심으신 世傳之物이라고 언제나 "이 집은 팔어도 밤나무만은 못 팔겠다" 하시더니 그것을 베어가지고 오셨네그려

아저씨는 오늘 아츰에 오시어 이곳에 한 개밖에 없는 목욕탕에 이 밤나무 장작을 팔으시었지

그리하여 이 나무로 데운 물에라도 좀 몸을 대이고 싶어서서 할아버님의 유물의 부품이라도 좀더 가차이 하시려고 아저씨의 목적은 때 씻는 것이 아니었던 것일세

세시쯤 해서 아저씨와 함께 나는 욕탕엘 갔었지

그러나 문이 닫혀 있데그려

"어째 오늘은 열지 않으시우" 내가 이렇게 물을 때에 "네 나무가 떨어져서" 이렇게 주인은 얼버무리었네

"아니 내가 아까 두시쯤 해서 판 장작을 다 때었단 말이요?" 하고 아저씨는 의심스러이 뒷담을 쳐다보시었네

"へ, 實は 今日が市日で あかたらけの田舍っぺーが群をなして 來ますからねえ"*하고 뿔떡같이 생긴 주인은 구격이 맞지도 않게 피시시 웃으며 아저씨를 바라다보았네

*편자 주: 에, 실은 오늘이 장날인데 때투성이

시골뜨기들이 떼를 지어 오기 때문에.

—「목욕간」(『조선문학』, 1933. 11) 부분[17]

---

17) 김재용 엮음, 『오장환 전집』(실천문학사, 2002), 168~169면. 본고의 내용 가운데 오장환의 詩는 이 책을 텍스트로 삼아 인용하였다.

「목욕간」은 오장환의 등단작으로 아저씨와 할아버지의 정을 그린 작품이다. 이 시에는 '마음'이라는 시어는 등장하지 않으나 '아저씨'와 '나' 사이에 오가는 '마음'이 가기 싫은 목욕탕에 끌려가는 시의 종결부분을 통하여 잘 나타나 있다. 또한 따뜻한 인간애와 그리움을 형상화시킨 나무 이미지를 차용하여 시적 화자가 자라서 어른의 '마음'을 읽고 있다고 설정함으로써 시적 정서가 다소 편안하게 느껴진다. 하지만 이 한 편의 시가 당시 시대적 상황 즉 전통과 근대의 산물이 대립하는 장이 되고 있음을 고려하면, 독자는 그리 편안하지 못하다. 그 이유는 두 가지이다. 하나는 조국의 대지 혹은 고향의 땅에 뿌리박고 자란 나무가 잘려 장작이 되고, 그 장작을 태워 물을 데우는 욕탕 안에서 사람들이 묵은 '때'를 벗기는 상황이 시의 배경으로 설정되었다는 점이다. 더구나 여기서의 '때'는 서구 자본주의 산물에 비해 미개한 나라 조선의 문화이자 사상을 내포한다고 볼 수 있기 때문이다. 다른 하나는 요금만 지불하면 누구나 할 수 있는 것이 목욕인데 한국인을 의도적으로 거절하는 목욕탕 주인의 '마음'과, 마치 독심술을 하듯 그 '마음'을 파악하고 있는 손님의 '마음'을 다루고 있는 점이다.

여기서 주목할 것은 "목욕탕 주인"이다. 그동안 「목욕간」을 짧게나마 언급한 몇몇 연구물은 여기 등장하는 목욕탕 주인을 일본인으로 규정짓고 있으나, 시적 화자가 만난 그 사람이 일본인이라거나 실제로 목욕탕 주인이라는 것을 뒷받침할 만한 근거는 없다.[18] 작품 속의 "목욕

---

[18] 「목욕간」에는 "목욕탕 주인"에 관련된 내용이 대화체로 두 번 인용되고 있을 뿐이다. 한 번은 "어째 오늘은 열지 않으시우" 하고 묻는 시적 화자 '나'의 질문에, "네 나무가 떨어져서" 하며 얼버무렸고, 또 한 번은 그 말이 믿기지 않는 '아저씨'가 "아니 내가 아까 두시쯤 해서 판 장작을 다 때었단 말이요?" 하고 되물으며 담 너머를 기웃거리자, "ヘ, 實は 今日が市日で あかたらけの田舍っぺーが群をなして來ま

탕 주인"은 손님인 '아저씨'와 시적 화자 '나'의 관점에서 판단하고 칭한 명칭일 뿐이다. 이를 고려하면 그 사람이 목욕탕의 제반 업무를 담당하는 관리인일 가능성을 배제할 수 없게 된다. 한국에는 개항 이후 서양인들의 필요에 의해 이들을 상대하는 호텔과 여관 등 숙박업소에 목욕탕이 만들어졌다.[19] 근대식 공중목욕탕은 1924년 평양에 설립된 목욕탕[20]이 한국 최초의 공중목욕탕이다. 이를 기점으로 하여 공중목욕탕은 전국적으로 확산되었으며, 서울에는 1925년에 설립되었다. 당시의 목욕탕들은 모두 부(府)에서 직접 맡아 운영하는 다소 정책적인 성격을 띠고 있었다. 그러나 각 지역에 산재해있는 업소는 해당 업소마다 관리인을 따로 임명하여 관리인에 의해 운영되고 있는 실정[21]이었다. 어떻든, 작품에 등장하고 있는 "목욕탕 주인"을 한국인이라 상상해보자. 그리하면, 제법 돈깨나 가진 사람(목욕탕 주인)이 식민지 근대를 함께 겪고 있는, 같은 나라 사람이자 같은 처지에 놓였다고 할 수 있는 사람('아저씨'와 '나')을, 가진 게 없다는 이유만으로 멸시·천대하는 상황, 즉 더할 수 없이 심각한 균열로 치닫고 있었던 한국인들의 절절한 내적(정서적)·외적(사회적) 현실을 마주하게 된다. 그리고 '한국 전통문화'와 '근대 자본주의문화', '지배'와 '균열'이라는 이중대립구도가 이루어진다. 그런데, 사료[22]에 의하면 그 때에는 한국인이 경영하는 목욕탕보다 내

すからねえ" 하곤 피시시 웃었다.

19) 이혜란, 「대중목욕탕과 현대인의 삶」(동의대학교 석사학위논문, 2003), 6면; Britannica KOREA, 브리태니커백과사전 CDIX, 2007판; 다케쿠니 토모야스, 소재두 옮김, 『한국 온천 이야기』(논형, 2006), 73~92면.

20) 다케쿠니 토모야스, 앞의 책, 80~81면. 저자는 이 책을 통해 평양 공중목욕탕의 설립시기를 1921년이라고 주장하고 있다.

21) 앞의 책, 81면; Britannica KOREA, 브리태니커백과사전 CDIX, 2007판.

22) 국사편찬위원회(http://www.history.go.kr) 및 한국역사정보시스템(http://www.kore

지인이 경영하는 목욕탕 수가 훨씬 많았다고 한다. 따라서 그 주인은 한국인이기보다 조선에 내주하고 있는 일본인일 가능성이 높다. 사실 그 당시 신문·잡지 등에는 일본인 주인이 이미 목욕요금을 받아놓고도 한국인이라는 이유로 목욕을 허락하지 않고 급기야는 받았던 돈을 돌려주며 쫓아내는 행태를 인권무시라는 명목으로 고발하는 등 한국인을 모욕하고 차별하는 목욕탕에 대한 기사23)가 심심치 않게 등장하고 있어 이 가능성을 더욱 뒷받침하고 있다. 따라서 그 주인을 일본인이라 가정하면, 이 작품은 '한국 전통문화'와 일본으로부터 유입되는 '서구 자본주의 문화'가, 주인인 '한국인 일상사'와 불청객인 '일본인의 일상사'가 대립하는가 하면 서로 교차하면서 융합하여 이중대립구도를 완성한다.

시어 '마음'을 연구하는데 「목욕간」이 각별한 주의를 요하는 것은, 이 시가 벌써 어른이 된 시적 화자가 유년의 한 때24)를 회상하며 자신의 트라우마로 귀환하였으되 시의 결말이 고작 개인적 상흔에 낙착되는 것이 아니라 대화체의 서술방법을 통해 개인과 민족이 당면하고 있

---

anhistory.or.kr) : '목욕탕', '탕집', '위생관', '청결의식', '목욕업', '상인' 관련 제 자료; 다케쿠니 토모야스, 앞의 책, 73~82면.

23) 앞의 책, 88~89면; ≪동아일보≫(1922. 10. 3~1924. 10. 1); ≪신한민보≫(1922. 12. 14); ≪조선일보≫(1926. 1. 20) 등.

24) 「목욕간」은 1933년 발표되었으나, 그 시대적 배경은 시적 화자가 "수업료를 바치지 못하고 정학을 받아 귀향하였을 때"이다. 강한 리얼리즘적 정취를 자아내고 있는 작품의 정서를 따라 그 시대적 배경을 시인의 전기적 사실에 비추어 생각하면, 이 시는 자신의 경험을 형상화했다고 추정할 수 있다. 따라서 한국의 목욕문화나 일제의 목욕탕 관련정책 그리고 목욕탕 경영 또는 경영인에 대해서는 이 시기(1931. 4~1934. 3)의 신문과 잡지에 실린 기사와 역사적 자료를 중심으로 파악할 필요가 있다.

(국사편찬위원회(http://www.history.go.kr)와 한국역사정보시스템(http://www.koreanhistory.or.kr) 참조.)

는 시대적·역사적 현실을 환기시키고 있다는 점과, 이를 통해 '마음'을 형상화하고 그 존재양상을 드러내고 있다는 점이다. 「목욕간」은 조선시대였다면 평민층이 결코 편안하게 출입할 수 없었을 목욕탕이 근대전환기인 이 시기에는 "청결을 위하여" 누구나 가서 더운 물에 몸을 푹 담그고 앉았거나 때를 밀러 갈 정도로 대중화된 공간으로 나타나며, 그 목욕탕의 물을 데우는 데 사용될 땔감으로 세전지물(世傳之物)을 베어 팔아야 하는 한국인들의 핍절한 생활상을 내포하고 있어 근대전환기가 지니고 있는 시·공간적인 변화와 더불어 그 시대를 사는 한국인의 의식의 변화를 실감하는 장이 되고 있다. 따라서 이 작품은 1930년대의 허물어져가는 '한국 전통문화'와 일본으로부터 유입되는 '근대 자본주의문화'의 혼재25)를, 빼앗긴 나라에서 겪어야만 하는 수모와 핍절한 일상에 마주선 '한국 또는 한국인'과 빼앗은 나라에 와서 사는 당당한 '일본 또는 일본인'의 동거를 이야기시적 형태로 전개하면서 당시의 사실적인 사회적 상황을 대립시키는 이중적 구도를 취하고 있음을 알 수 있다. 여기서 이 이중대립구도26)를 드나드는 통로 곧 매개물은 따뜻한 인정이 섞인 대화의 뒤편에 숨어있는 인간의 '마음'이라 아니할 수 없다.

어떤 연구자들은 「목욕간」이 오장환의 등단작이기는 하지만 다른 작품에 비해 문학성이 떨어진다고 평가하여 논저에서 다루지 않고 있다. 또 어떤 연구자는 이 작품이 당대에 보기 드문 산문시였음을 제시

---

25) 최원식, 『문학의 귀환』(창작과비평사, 2001), 42~59면, 377~370면.
26) 여기서 필자가 사용하는 '이중대립구도'는 '이항대립체계'와는 구분되는 개념이다. 예컨대 '이항대립체계'가 의미나 내용이 서로 상반 또는 모순되는 대립쌍이 길항하고 있는 짜임새를 이루고 있다면, 필자가 말하는 '이중대립구도'는 두 개의 '이항대립체계'가 교직 또는 혼직되며 담아내는 것들의 융합을 가리킨다.

하면서 오장환을 '인습을 깨뜨리고 전통을 부정하는 시인'이라고 주장하기도 했다. 하지만 오장환 시의 내면구조는 전통을 부정한다고 보기에는 다소 무리가 있다. 왜냐하면 그는 한국에 뿌리내린 한문용어를 비롯하여 한국의 역사와 전통 그리고 문화를 상징하는 문물과 풍경을 시속에 등장시키고 있기 때문이다. 이러한 것들은 그의 시에서 발견되는 이중대립구조, 즉, 한국/일본, 한국 전통문화/근대 자본주의문화, 현실/이상, 겉/속, 본질/현상, 지배/균열, 분열/통합 등의 대립과 교차를 현저히 드러내는 장치로 기능한다.

> 옛이야기 모양 거짓말을 잘하는 계집
> 너는 사슴처럼 차디찬 슬픔을 지니었고나.
>
> 한나절 태극선 부치며
> 슬픈 노래, 너는 부른다
> 좁은 버선 맵시 단정히 앉아
> 무던히도 총총한 하루하루
> 옛 기억의 엷은 입술엔
> 포도물이 젖어 있고나.
>
> 물고기와 같은 입 하고
> 슬픈 노래, 너는 조용히 웃도다.
>
> 화려한 옷깃으로도
> 쓸쓸한 마음은 가릴 수 없어
> 스란치마 땅에 끄을며 조심조심 춤을 추도다.
> ─「월향구천곡(月香九天曲) ─슬픈 이야기」 부분

『성벽』은 1937년 7월, 일본에 있는 풍림사(風林社)에서 출판된 오장환의 첫 시집이다.27) 이 시집의 첫 번째 시인 「월향구천곡」은 기녀의 태도와 노래 그리고 춤을 관찰하며 허물어져가는 조국의 전통과 사상과 유물 앞에서 "한약처럼 쓰고 틉틉"한 시적 화자의 '마음'을 형상화하고 있다. 이는 그 '기녀'가 "태극선을 부치며" "좁은 버선 맵시 단정히 앉아" 노래를 부르는 것으로 보아 한국인임이 분명하다는 것을 인식하는 시적 화자의 '마음'에 기인한다. 왜냐하면 "사슴처럼 차디찬 슬픔을 지니"고 "스란치마 땅에 끄을며 조심조심 춤을 추"는 '기녀'가 감추려는 쓸쓸한 '마음'이 시적 화자에게 포착되었기 때문이다. 따라서 이 시는 전통의 산물인 '태극선', '버선', '스란치마' 등이 일본으로부터 밀려드는 근대 문물과 공존하는 양상과 일제하 '기녀'가 그 나름의 삶을 연명하는 양태를 온 '마음'으로 감각하고 있는 시적 화자 조선지식인의 통분한 현실인식의 단면이라 아니할 수 없다. 게다가 시인은 이 글의 제목을 "월향구천곡(月香九天曲)"이라 정함으로써 하늘을 떠도는 '달' 또는 '달빛'을 귀신이 죽어 저승으로 가지 못하고 '구천'을 헤맨다는 전통사상과 연결시키고 있다. 이로 인해 '슬픈 이야기'라는 부제를 달고 있는 이 시는 '기녀'의 슬픔과 한을 본향에 이르지 못하고 여기저기 떠도는 애절한 영혼과 융합시킴으로써, '기녀'의 '한 서린 자태'를 극대화하는 시적 효과를 이루고 있다.

---

27) 오장환은 훗날 아문각에서 재판한 『성벽』(1946. 7)의 「『성벽』 범례」를 통하여 이 시집 초판이 100부 자비출판이었으며 홍구(洪九) 형의 이름으로 출판되었다고 밝히고 있다. (김재용, 앞의 책, 619면 참조.)『성벽』에는 총 22편의 시가 수록되어 있다. 이 가운데 7편의 작품(「월향구천곡(月香九天曲)」·「여수(旅愁)」·「황혼(黃昏)」·「매음부(賣淫婦)」·「향수(鄕愁)」·「호수(湖水)」·「해수(海獸)」)을 통해 시어 '마음'은 11번 사용되었다.

여수에 잠겼을 때, 나에게는 죄그만 희망도 숨어버린다.
요령처럼 흔들리는 슬픈 마음이여!
요지경 속으로 나오는 좁은 세상에 이상스러운 세월들
나는 추억이 무성한 숲 속에 섰다.

요지경을 메고 다니는 늙은 장돌뱅이의 고달픈 주막꾼처럼
누덕누덕이 기워진 때묻은 추억,
신뢰할 만한 현실을 어디에 있느냐!
나는 시정배와 같이 현실을 모르며 아는 것처럼 믿고 있었다.

괴로운 행려 속 외로이 쉬일 때이면
달팽이 깍질듬에서 문 밖을 내다보는 얄미운 노스탤지어
너무나, 너무나, 뼈 없는 마음으로
오 ― 늬는 무슨 두 뿔따구를 휘저어보는 것이냐!
　　　　　　　　　　　　　　　　　　　―「여수(旅愁)」 전문

　「여수」는 1937년 1월 『조광』에 발표된 후, 『성벽』에 실린 작품이다. 좀처럼 갈피를 잡지 못하는 뒤숭숭한 '마음'을 흔들리는 요령에 비유하고 있는 이 시의 시적 화자는, "추억이 무성한 숲 속에" 서서 "현실을 모르며 아는 것처럼 믿고 있었"던 자신의 '마음'을 "너무나, 너무나, 뼈 없는" '마음' 즉 달팽이의 '마음'에 빗대고 있다. 이는 당면한 사회적 상황 앞에서 무력하게 허물어져가는 자신의 정신적 자아를 힐책하고 있는 '마음'의 반영이라 할 수 있다. 그런데, '마음'이 숨어 "문 밖을 내다보"는 곳은 바로 자신이 "너무나, 너무나, 뼈 없는 마음"이라 탄식했던 "달팽이 깍질듬"이다. 이는 "면도 않은 터거리처럼 지저분"하다고 책망했던바, 시집 『성벽』의 표제시 「성벽」에 등장하여 경계[壁]의 의미를 내

포하고 있는 시어 "성벽"과 그 맥을 같이하고 있다는 점에서 의미심장하다. 아울러 의식적으로든 무의식적으로든 어떤 경계에 당면하여 "모든 것을 선의로만 해석하여 온"[28] 사실을 자각하는 주체 또한 시적 화자의 통절한 '마음'이다.

　　제 집을 향하는 많은 군중들은 시끄러이 떠들며, 부산히 어둠 속으로 흩어져버리고, 나는 공복의 가는 눈을 떠, 희미한 노등(路燈)을 본다. 띄엄띄엄 서 있는 포도(鋪道) 위에 잎새 없는 가로수도 나와 같이 공허하고나.

　　고향이여! 황혼의 저자에서 나는 아리따운 너의 기억을 찾아 나의 마음을 전서구(傳書鳩)와 같이 날려보낸다. 정든 고샅. 썩은 울타리. 늙은 아베의 하얀 상투에는 몇 나절의 때문은 회상이 맺혀 있는가. 우거진 송림 속으로 곱게 보이는 고향이여! 병든 학이었다. 너는 날마다 야위어가는……

　　어디를 가도 사람보다 일 잘하는 기계는 나날이 늘어나 가고, 나는 병든 사나이. 야윈 손을 들어 오랫동안 타태(惰怠)와, 무기력을 극진히 어루만졌다. 어두워지는 황혼 속에서, 아무도 보는 이 없는, 보이지 않는 황혼 속에서, 나는 힘없는 분노와 절망을 묻어버린다.
　　　　　　　　　　　　　　　　　　　　　　　　　　―「황혼(黃昏)」 부분

　　현실 속의 무기력한 자신의 모습을 인식한 시적 화자의 '마음'은 「황혼」 속에서 군중 속의 고독을 느낀다. 어둠 속으로 흩어져 귀가하는 군중의 뒤편에 남은 시적 화자의 '마음'은 자신을 수명이 다해 희미한 가

---

28) 오장환, 「시단의 회고와 전망」(≪중앙신문≫, 1945. 12. 28); 김재용, 앞의 책, 441~443면.

로등과 거의 나목이 되어있는 가로수와 동일시한다. 그런 시간에 떠오르는 그리운 고향은 시적 화자의 '마음' 속에서 날마다 조금씩 소실되어 "야위어 가"고 있다. 그래도 시인은 현실을 외면할 수 없다. 날이 갈수록 산업화되는 세상에서는 일자리를 잃어버리는 사람들이 늘어나기만 한다. 이런 사람들 때문에 시적 화자는 '마음'이 아프다. 따라서 병든 신세임에도 울분을 참을 수 없다. 그러나 이내 아무것도 할 수 없음을 인식한 시적 화자의 '마음'은 체념을 훈련한다. "힘없는 분노와 절망을 묻어버린다." 어느 누구도 볼 수 없는 어두컴컴한 황혼 속에서, 힘을 가진, 보여줄 만한 자신이 되기를 포기하고 보여주기 싫은 자신의 모습을 바라보고 있다. 이는 고달픈 삶에 대한 심정을 토로하면서도 그 삶을 견디며 사는 운명의 수용이요 안온한 삶의 일부분으로 받아들이는 태도를 드러내는 내용으로 『시경』의 「국풍(國風)」, '빈풍(豳風)'편에 실린 시 「칠월(七月)」29)과 함께 백석의 「석양(夕陽)」, 이육사의 「황혼」, 그리고 서정주의 「저무는 황혼」을 상기시킨다.

이러한 '마음'은 표제시 「성벽」을 보면 더욱 구체적으로 나타난다.

---

29) 『시경(詩經)』 「국풍(國風)」 '빈풍(豳風)'편. "7월이면 심성이 기울고 9월이면 겨울 옷 준비하네 동짓달에는 찬바람 불고 섣달엔 강추위 닥치는데 옷도 모포도 없다면 어떻게 한 해를 보내리 정월에 쟁기 손질하고 2월에 밭갈이 하는데, 내 처자식 거느리고 저기 남쪽 이랑에서 들밥 먹으면 권농관 와 보고 기뻐하리라[七月流火 九月授衣 一之日觱發 二之日栗烈 無衣無褐 何以卒歲 三之日于耜 四之日擧趾 同我婦子 饁彼南畝 田畯至喜]"로 시작하는 이 시는 예술적 성과도 높지만 오히려 사료로서 더욱 중요한 작품으로 평가되고 있다. 「칠월(七月)」은 한 해에 걸친 농민의 노동 과정과 생활의 정황을 노래하고 있으며 이러한 시적 정조는 하루를 인생에 연결시키며 미적 거리를 두고 간명하게 형상화한 백석의 시 「석양」과 이육사의 「황혼」에 이어 삶의 내용이 우러나는 서정주의 「저무는 황혼」과도 그 내용이 통한다. (홍성욱 역해, 『詩經』(고려원, 1997), 210~219면 참조.)

세세전대만년성(世世傳代萬年盛)하리라는 성벽은 편협한 야심처
럼 검고 빽빽하거니 그러나 보수는 진보를 허락지 않아 뜨거운 물
끼얹고 고춧가루 뿌리던 성벽은 오래인 휴식에 인제는 이끼와 등녕
쿨이 서로 엉키어 면도 않은 터거리처럼 지저분하도다.

—「城壁」 전문

이미 언급한바, '성벽'은 안과 밖 혹은 어떤 지역과 여느 세상과를 구
분 짓는 장치를 말한다. 그 장치는 누군가의 침입을 막기 위해 쌓은 벽
이요, 보수와 진보를 가로막고 있는 보이지 않는 경계이며, 성스러운
것과 잡스러운 것을 구분 짓는 행위를 의미하기도 한다. 이러한 '대상'
으로서의 '성벽'이 오래도록 휴식을 취하고 있다. "이끼와 등녕쿨이 서
로 엉키어 면도 않은 터거리처럼 지저분하"다. 이른바, 제구실을 못하
는 지저분한 흉물이다. 다시 말하면 「성벽」의 시적 화자가 보고 있는
'성벽'은 이미 예전의 성벽, 즉 "진보를 허락하지 않"는 "보수"이자 "편
협한 야심"이 아니다. '성벽'은 누군가의 침입을 이미 허용하였으며 진
보를 용납한 경계이거니와, 벌써부터 경계의 의미를 상실하고 있는 존
재이다. 시적 화자는 그 '성벽'을 향해 "지저분하도다" 하고 선언한다.
이는 '성벽'이 의미하는바, 전통을 흉물스러운 존재로 부각시키는 표현
이요, 전통을 부정하고자 하는 의식의 표현에 다름아니다. 하지만 그
부정은 칼로 끊어버리듯이 차가운, 금속성의 부정을 내포하지 않는다.
왜냐하면 '성벽'은 옛것과 새로운 것이 공존하는 시적 화자의 내면세계
곧 '마음'이자 당면한 현실을 반영하고 있기 때문이다. '성벽'에 대한 이
러한 수사는 사람의 '마음'을 적나라하게 읽고 있었던 그의 등단작 「목
욕간」을 상기시킨다.

지금까지 살펴본 바와 같이 오장환의 시는 모더니즘적 표현방식을 취하고는 있으나 그 내면에는 1930년대 후반기를 살아가는 근대 지식인으로서의 예민한 현실인식을 담고 있다. 이는 현실에 심드렁하지 않고 세파에 마주서서 고뇌하고 방황하다 절망하면서도 끊임없는 창작을 통해 시정신을 벼리고 보다 치열한 시인으로 살고자 했던 오장환의 내면세계에 말미암는다. 그의 이러한 태도가 자신이 직면하고 있는 당시의 조선·조선인의 실상을 다소 격앙된 어조와 탄식을 통해 형상화하고 시적 정서를 리얼리즘적 경향으로 흐르게 하였다고 판단된다. 더구나 그의 작품은 많은 사람이 읽는 작품으로서 공개적으로 표현하기에는 다소 껄끄럽고 예민한, 사람의 '마음'을 건드리는 시가 많다. 시인은 이러한 작품일수록 오히려 덤덤한 이야기체로 형상화하고 있다. 이로 인해 '모더니즘'적 경향의 작품 안에 시인의 '리얼리즘'적 현실인식이, '한국 전통문화'와 일본으로부터 유입되는 '서구 자본주의 문화'가, '한국인의 일상사'와 '일본인의 일상사'가 이른바 경계[壁]를 이루고 있을 뿐만 아니라, 그 안에서 서로 조응하는가 하면 첨예한 대립을 벌이고 있다. 아울러 오장환의 시에는 작품의 표현방법으로 일본을 통해 유입된 서구 모더니즘적 사조를 적극 차용하여 시어와 비유 그리고 상징 등 여러 측면에서 다양하게 적용시킨 실험적인 작품이 많은 것을 알 수있는데, 이러한 작품에 등장하는 시어는 전통적 한문용어와 함께 일본에서 일본식으로 받아들여 조합된 일본식 한문표기도 그대로 수용되어 사용하고 있음을 발견하게 된다. 그리고 이용악 시에서 발견된 것처럼 전통미학적 또는 문학적 감수성에 의한 한시적·한학적 특성과 한문의 사용이 발견된다. 따라서 오장환의 작품 안에도 모더니즘적 표현방식과 리얼리즘적 현실인식이 상호 소통하며 공존하고 있다 하겠다.

IV. 결론

사람은 극도의 혼란을 겪으면 마음이 어지럽게 마련이다. 이는 다소
정제되어 하나의 문학작품으로 창작된 시의 경우에도 예외라 할 수 없
겠다. 시는 사회적으로 복잡하게 얽힌 관계 안에서 생활인으로서 존재
하는 한 사람이 창출해내는 결과물이기 때문이다. 따라서 시가 시인 자
신의 직·간접적인 경험을 형상화하는 리얼리즘적 경향의 표현방식으
로 창작되었다하더라도, 시인이 그 시를 창작할 때 시대적 상황이 초래
하는 근대성(modernity)을 경험하고 있다면, 그 작품 속에는 근대를 드
러내거나 상징하는 어떤 매개물이 등장하고 있음을 보게 된다. 또한,
기왕의 연구자들이 말한 것처럼 "모더니즘의 세례를 받은" 작품이라
하더라도, 그 시는 필연적으로 시인의 삶이나 역사를 반영하는 서사적
내용, 즉 리얼리즘적 산물이 내재되어 있음을 알 수 있다. 이는 '마음'이
일련의 경계나 막힘이 존재하지 않는 매개로서 보고 듣고 접하는 모든
것들이 들어와 존재하는 세계이자 소실되는 곳이기 때문이라 하겠다.

앞에서 살펴본바, 이용악의 『분수령』과 오장환의 『성벽』 중 시어
'마음'이 등장하는 일련의 시 역시 예외가 아니다. 이용악의 시는 표면
적으로는 이야기시적 면모를 보이는 리얼리즘적 경향을 보이고 있으
나 내면적으로는 당시의 시대와 사회를 반영하는 식민 근대의 모습을
담고 있다. 따라서 『분수령』 가운데 시어 '마음'이 등장하는 시는 시의
형식과 내용에 있어 '리얼리즘'적 면모와 '모더니즘'적 측면이 긴밀하

게 연관되어 있거니와, 하나의 작품 안에서도 한국문화와 사상이 서구 자본주의의 그것과 문화적·사상적으로 대립하고 있는 현실적 상황을 인식하고 형상화함으로써 '리얼리즘'적 경향과 '모더니즘'적 경향이 한 작품 안에서 유기적으로 작용하고 있다. 오장환의 시는 표면적으로는 모더니즘적인 면모를 갖추고 있지만 그 내용은 일제강점기 핍절한 조선인의 실상을 다소 격앙된 어조와 탄식을 통해 형상화하고 있다. 따라서 『성벽』에는 많은 사람이 읽는 작품으로서 공개적으로 표현하기에는 다소 껄끄럽고 예민한, 사람의 '마음'을 건드리는 시가 많거니와, 이러한 작품일수록 오히려 미적 거리를 유지하며 덤덤한 이야기체로 전개되고 있어, '모더니즘'적 경향의 작품 안에 시인의 '리얼리즘'적 현실 인식이, '한국 전통문화'와 일본으로부터 유입되는 '서구 자본주의 문화'가, '한국인의 일상사'와 '일본인의 일상사'가 서로 조응하는가 하면, 첨예한 대립을 이루고 있다.

시어 '마음'이 등장하는 작품은 『분수령』에 실린 총 20편의 시 가운데 6편이며, 『성벽』에 수록된 총 22편의 시 가운데 7편이다. 아울러 시어 '마음'은 이 시들을 통해 각각 8번, 11번 반복됨으로써 결코 무시하거나 가볍게 지나칠 수 없을 정도로 높은 빈도를 보이고 있다. 또한, 『분수령』에서 시어 '마음'은 공허하고 병들고 여위어가는 그리움의 의미를 내포하고 있으며, 북쪽으로 더 북쪽으로 내달리거나(「북쪽」) 잘 익은 포도송이를 비추는 촛불에 너울너울 물결치거나(「포도원」) 정맥에 손가락을 얹어보거나(「병」) 어떤 경계를 맴돌거나(「령」) 강가를 헤매고 있는 동족의 마음을 드나드는 등(「제비 같은 소녀야」·「항구」) 서사(敍事)를 지닌 건조한 동적(動的) 이미지로 나타난다. 이에 비해 『성벽』의 시어 '마음'은 충일한 연민과 고통스러운 자기 확인을 통한 슬픔과 탄식으로 가득 찬 마음(「월향구천곡」·「여수」·「황혼」) 곧 자신과 타인을 속이며(「매음부」) 변질되고 있거나 깊은 상처를 숨겨놓았거나 서럽거나(「향수」·「호수」·「해수」) 이미 부패한 '마음' 그 자체를 가리키며, 세상을 향하여 격앙된 어조로 쏟아놓은 존재론적 질문과 탄식 그리고 낯선 어휘와 풍경 등과 연결되면서 음습한 정적(靜的) 이미지를 드러낸다. 이러한 면모는 이용악의 『분수령』과 오장환의 『성벽』에 공히 등상하는 시어 '마음'이 각기 어떻게 사용되었는지 변별할 수 있게끔 한다는 점에서 가히 주목할 만하다.

요컨대, 본고는 이용악의 첫 시집 『분수령』과 오장환의 첫 시집 『성벽』 중 시어 '마음'이 등장하는 시를 중심으로 1930년대 후반기 시에 나타나는 '리얼리즘'과 '모더니즘'의 소통양상을 살펴본 글이다. 아울러 시어 '마음'에 주목하여 그 의미와 역할에 천착하였다. 이들 시집은 모두 1937년에 출판되었고, 경계를 의미하는 '고개[嶺]'와 '벽[壁]'을 표제로 삼고 있다는 공통점을 가지고 있다. 1937년은 한국 전통문화와 사상이 일제로부터 유입된 근대문화 및 사상과 혼재하는 시기였으며, 『분수령』과 『성벽』에 수록된 시들은 '리얼리즘'적이라거나 '모더니즘'적이라고 확언할 수 없는 특징을 지니고 있다. 이는 한 작품 안에 '리얼리즘'적 자기성찰과 '모더니즘'적 현실인식이 내포 혹은 외연에 관계없이 공존하며 작용하기 때문이다. 이러한 현상은 이들 작품이 당시의 사회적·문화적·사상적 측면을 반영하고 있으며, 나아가 작가 개인의 일상사와 사유를 내포하고 있다는 데서 비롯된다. 1930년대 후반기 시의 이러한 특성은 시인이 시대와 동떨어져 살지 못하는 존재이며, 그 때가 과거와 현재, 리얼리즘과 모더니즘, 한국과 동아시아가 국내에 공존하고 있는 시기였다는 데 기인한다. 시어 '마음'은 이러한 것들에 감응하며 작용하는 모든 것을 반영하고 있다.

참고문헌

강만길, 『고쳐 쓴 한국현대사』, 창작과비평사, 2004.

국립국어연구원, 『표준국어대사전 (상), (중), (하)』, 두산동아, 1999.

권영민, 『한국현대문학사 1』, 민음사, 2002.

김만수, 「'낯설게 하기'의 관점에서 본 현대문화」, 『문화이론과 문화콘텐츠의 실제』, 인하대학교출판부, 2005.

김용직, 『한국 현대시인 연구 (상)』, 서울대학교출판부, 2002.

_____, 「서정, 실험, 제 목소리 담기」, 『한국현대문학사』, 현대문학사, 2002,

김윤식 · 김우종 외, 『한국현대문학사』, 현대문학사, 2002.

김윤식 · 김현, 『한국문학사』, 민음사, 1996.

김재용 엮음, 『오장환 전집』, 실천문학사, 2002.

다케쿠니 토모야스, 소재두 옮김, 『한국 온천 이야기』, 논형, 2006.

연세대 근대한국학연구소, 『한국문학의 근대와 근대성』, 소명출판, 2006.

오세영, 『한국 근대문학론과 근대시』, 민음사, 1996.

윤여탁 편저, 『韓國現代詩史資料集成 34, 37』, 태학사, 1988.

윤영천 편, 『李庸岳詩全集』, 창작과비평사, 1995.

_____, 「민족시의 전진과 좌절 ─ 이용악론」, 『서정적 진실과 시의 힘』, 창작과비평사, 2002.

윤해동 외, 『근대를 다시 읽는다 2』, 역사비평사, 2006.

이명찬, 『1930년대 한국시의 근대성』, 소명출판, 2000.

이선영, 「우리 문학 연구의 새로운 지평」, 『민족문학과 근대성』, 문학과지성사, 1995

이정애, 「이용악 시 연구」, 서울대학교 석사학위논문, 1990.

최두석 편, 『吳章煥全集 1, 2』, 창작과비평사, 1989.

최원식, 「한국문학의 근대성을 다시 생각한다」, 『민족문학과 근대성』, 문학과지성사, 1995.

_____, 「李庸岳年譜—새자료『좌익사건실록』을 중심으로」, 『한국근대문학을 찾아서』, 인하대학교출판부, 1999.

_____, 『문학의 귀환』, 창작과비평사, 2001.

한국사연구회 편, 『새로운 한국사 길잡이 下』, 지식산업사, 2008.

홍성욱 역해, 『詩經』, 고려원, 1997

≪동아일보≫ · ≪조선일보≫ 등 신문과 잡지 (1922. 10. 22~1938. 9. 29) 및 정기간행물

Britannica KOREA, 브리태니커백과사전 CDIX, 2007.

국사편찬위원회 사이트 (http://www.history.go.kr)

한국역사정보시스템 사이트 (http://www.koreanhistory.or.kr)

제3부

오장환 詩의 근대성 연구

오장환 詩의 근대성 연구

I. 서론

이 연구는 오장환 시를 대상으로 하여 그의 글에 나타나는 근대성을 밝히고자 한 글이다. 이를 위해 필자는 한국문학에서 근대성(modernity) 의 조건으로 변별되는 요소들이 오장환의 시에 어떻게 나타나고 있는 지, 그 배경이 된 역사와 시대사, 그리고 일상사를 고려하여 면밀하게 검토하되, 시적 성취를 이룬 몇몇 시를 중점적으로 분석함으로써 오장 환 시에 나타나는 근대성에 천착하고자 한다. 여기서 근대성의 조건이 란, 당시에 발표된 한국문학의 특징으로 분류되는 요소를 말한다. 그런 데 한국문학에서 근대성은 그리 단순하게 정리될 수 없는 특성을 지니 고 있다. 이는 지금까지의 근대성 논의와 무관하지 않다. 서구의 근대 가 자본주의사회의 토대가 되었던 시민계급의 등장을 시점으로 하여 성립되었다는 점에 비해 한국의 근대는 시민계급의 대두와 관련된 사 건이나 역사가 아닌 식민지라는 독특한 시대적 경험을 통하여 자리 잡 았기 때문이다.

문학은 작가 상상력의 소산이며 사회제도의 하나이다. 더구나 시는 한 시인이 당면한 시대적 상황이라는 외적 경험과 내적 사유를 토대로 형성된다. 다시 말하면 문학이란 작가가 창의적으로 재구성·재생산한 어떤 상황, 사건, 사물, 사람들을 담고 있게 마련이며, 그 내용은 작가가 자신에게 '익숙한 것', '낯선 것' 등의 경계를 초월하여 모든 것을 나름 대로 소화시키고 '자기 것'을 만들어내는 정신의 작용을 바탕으로 한 다. 따라서 본고는 근대 또는 근대성의 개념을 개인의 자각이라는 점에 초점을 맞추어 그 요소를 크게 두 가지, 즉 사회역사적 근대성과 미적 근대성으로 대별하여 살펴보고자 한다. 사회역사적 근대성의 측면에 서는 작가가 처한 현실을 인식하는 양상을 문명의 충돌과 전통의 해체 로 드러내는 시와, 실존적 연민과 현재적 절망이 슬픔, 허무, 비애 등의 시적 정조로 나타나는 시를 중심으로 시인이 처한 당시의 사회적·역 사적 상황과 작가의 내면세계를 면밀히 분석하는 데 주력하고자 한다. 그리고 미적 근대성의 측면에서는 서구 모더니즘의 방법적 수용으로 한국문학에서 가장 많이 나타나는 이미지의 차용과 비판의식 그리고 시적 표현방식을 검토하되, 시의 형식이나 기교를 통해 시인이 유달리 강조한 것이 무엇인가 파악함으로써 의식과 무의식으로 대변되는 정 신적 현상에 주목하여, 시의 내적구조와 시에 내포된 의미를 되짚어보 며 시인의 실험정신을 가늠해보고자 한다.

II. 역사·현실을 반영하는 이중대립구도

오장환(吳章煥, 1918~1951)은 1933년 11월 『조선문학』에 시 <목 욕간>을 발표하면서 작품활동[1]을 시작하였다. 그는 일찍이 중동학교

속성과를 거쳐 휘문고보를 다니다 중퇴한 후, 1934년 4월에 일본으로 건너가 그곳에서 생활하였다. 그리고 1936년까지는 지산(智山)중학교에서, 1937년 4월부터 1938년 3월까지는 메이지[明治]대학 전문부에서 수학하였다. 따라서 오장환은 근대인이다. 이러한 사실은 서구로부터 유입된 근대 일본의 문명과 학문을 체험한 시인의 문학관과 사유, 나아가 세계관에 변화를 가져왔을 것이며, 그의 작품창작에도 적지 않은 영향을 주었음을 유추할 수 있다.

오장환 시에 대한 연구는 해금 직후에 활발히 진행되었다. 그의 시에 대한 초기 연구성과물들은 그의 작품을 주로 리얼리즘과 모더니즘의 측면에서 접근하거나 전통주의라는 잣대로 해석·분석하고 있으며, 1990년 이후부터는 그 연구영역이 확장되며 세분화되는 추세를 보이고 있다.[2] 한편, 세간의 몇몇 연구자들이 오장환의 시를 그로테스크 (grotesque)[3]하다고 논하고 있다. 하지만 그의 시에 천착하다보면, 하나

---

1) 오장환은 1936년에 『낭만』·『시인부락』 동인으로, 1937년에는 『자오선』 동인으로 활동한바 있다. 그리하여 1930년대 말에는 서정주·이용악과 더불어 시단의 삼재(三才)라는 평가를 받았다. 이 기간 동안 그는 도쿄[東京]에 체류하며 최하층 노동생활을 하면서 마르크스주의 이념에 동조하는 습작시를 썼다고 전해지고 있다. 초기의 시 <성씨보(姓氏譜)>(≪조선일보≫, 1936. 10. 10)·<여수>(『조광』, 1937. 1) 등은 전통적인 행과 연을 무시한 새로운 형식을 보여주고 있거니와, 근대 문명의 충돌과 전통의 해체를 목도하는 작가의 태도와 나라와 고향을 잃은 지식인의 자의식을 노래하고 있다. 이러한 시를 통하여 시인은 비극적 이미지를 차용하여 시대적 위기상황과 사회역사적 인식을 덤덤하게 그려냄으로써 당시 지식인의 내면세계와 당면하고 있는 사회 또는 거리의 모습을 담아내고 있다.

2) 오장환 시에 대한 연구는 이미 많은 연구물(70편 이상의 석·박사학위논문과 학술지 및 연속간행물에 수록된 200편 이상의 논문)을 통해 여러 측면에서 다양하게 정리된바 있다. 본고에서는 지면상의 이유도 있고 해서, 연구사 검토는 생략하기로 한다. 단, 1990년 이후 그 연구영역의 확장과 세분화 추세를 보이고 있음에도 오장환 시의 근대성을 '이중대립구도' 또는 '근대성의 한국적 변용'이라는 측면에서 파악하고 분석한 연구물은 발견하지 못하였음을 미리 밝히는 바이다.

의 작품 안에서 전통과 현실이 길항하며, 당시의 시대적 조류를 거스르지 못하는 나약한 무리와 자신을 위무하고 있는 시인의 내면세계를 보게 된다.

오장환의 시세계를 이해하기 위해서는 우선 그의 등단작 <목욕간>을 살펴보아야 한다.

> 내가 수업료를 바치지 못하고 정학을 받어 귀향하였을 때 달포가 넘도록 청결을 히지 못한 내 몸을 씻어볼려고 나는 욕탕엘 갔었지
>
> 뜨거운 물 속에 왼몸을 잠그고 잠시 아른거리는 정신에 도취할 것을 그리어보며
>
> 나는 아저씨와 함께 욕탕엘 갔었지
>
> 아저씨의 말씀은 "내가 돈 주고 때 씻기는 생전 처음인걸" 하시었네
>
> 아저씨는 오늘 할 수 없이 허리 굽은 늙은 밤나무를 베어 장작을 만들어가지고 팔러 나오신 길이었네
>
> 이 고목은 할아버지 열두살 적에 심으신 世傳之物이라고 언제나 "이 집은 팔어도 밤나무만은 못 팔겠다" 하시더니 그것을 베어가지고 오셨네그려
>
> 아저씨는 오늘 아츰에 오시어 이곳에 한 개밖에 없는 목욕탕에 이 밤나무 장작을 팔으시었지
>
> 그리하여 이 나무로 데운 물에라도 좀 몸을 대이고 싶으서서 할아버님의 유물의 부품이라도 좀더 가차이 하시려고 아저씨의 목적은 때 씻는 것이 아니었던 것일세

---

3) 이러한 작품으로는 『성벽』의 <여수(旅愁)>, <매음부(賣淫婦)> 등과 『헌사(獻詞)』의 <해수(海獸)>, <무인도(無人島)> 등을 들 수 있다. 이러한 작품들은 자기비난, 자기비하, 자기처벌, 자살충동의 병적 우울 증세를 토로하는 시적 화자의 정신적 양태로 나타나고 있으며, '피', '송장', '사탄', '묘지' 등의 비교적 낯선 시어들의 등장에서 받는 느낌에 그 원인이 있다고 보인다.

세시쯤 해서 아저씨와 함께 나는 욕탕엘 갔었지

그러나 문이 닫혀 있데그려

"어째 오늘은 열지 않으시우" 내가 이렇게 물을 때에 "네 나무가
떨어져서" 이렇게 주인은 얼버무리었네

"아니 내가 아까 두시쯤 해서 판 장작을 다 때었단 말이요?" 하고
아저씨는 의심스러이 뒷담을 쳐다보시었네

"へ, 實は 今日が市日で あかたらけの田舍っペ—が群をなして
來ますからねえ"*하고 뿔떡같이 생긴 주인은 구격이 맞지도 않게
피시시 웃으며 아저씨를 바라다보았네

*편자 주: 에, 실은 오늘이 장날인데 때투성이
시골뜨기들이 떼를 지어 오기 때문에.
—<목욕간>(『조선문학』, 1933. 11) 부분4)

<목욕간>은 오장환의 등단작으로 아저씨와 할아버지의 정을 그린
작품이다. 고향으로 내려온 시적 화자 '나'에게 아저씨는 불쑥 욕탕에
가자고 제안한다. 시적 화자가 귀향한 이유는 수업료를 납부하지 못하
였기 때문이다. 그는 정학을 당한 상태이다. 따라서 그 '마음'이 편안할
리 없다. 그럼에도, 목욕한 지 달포가 지난 '나'는 마침 잘 되었다는 듯
선뜻 따라나선다. 이는 아저씨가 평소에 시적 화자가 좋아하고 잘 따르
던 사람이라는 점을 대변한다. '나'는 따뜻한 물에 잠겨 잠시 누릴 편안
함을 상상하며 욕탕으로 간다. 그런데 가만 보니, 아저씨가 수상쩍다.
아니나 다를까. 욕탕 앞에서 아저씨의 말을 듣고 보니 아저씨는 목욕을
하기 위해 욕탕에 온 것이 아니라 장날을 맞아 자신이 장작을 만들어
판 고목, 즉 집안 대대로 전해 내려오는 물건이자 할아버지와의 추억이

---

4) 김재용 엮음, 『오장환 전집』, 실천문학사, 2002, 168~169면. 본문의 인용詩는 이
   책을 텍스트로 삼아 인용하였음을 미리 밝힌다.

담긴 '늙은 밤나무'를 어떻게든 느껴보려는 마음에서 그 나무를 구입한 욕탕을 찾은 것이었다. 그런데 정작 그곳은 문이 닫혀 있다. 목욕탕 주인의 말을 빌리면 그것은 나무가 떨어졌기 때문이었다. 아저씨는 주인의 말을 듣고는 낮에 판 나무가 없다는 게 대체 말이 되느냐고 따지고 들었다. 그러자 당황한 그 주인이 때에 맞지 않는 웃음을 흘리면서 아무나 알아듣지 못하는 일본어로 혼잣말을 한다. 알고 보니 그가 문을 닫은 연유는 떼를 지어 몰려드는 때투성이 조선인들을 받지 않기 위해서였다. <목욕간>은 이 "목욕탕 주인"의 얼토당토않은 태도와 '아저씨'와 '나' 사이에 오가는 '마음'이 문전박대당하여 두 번 다시 가고 싶지 않은 목욕탕에 마지못해 끌려가주는 '나'의 행위로 낙착됨으로써 그 의미가 한층 부조(浮彫)되고 있다. 따뜻한 인간애와 그리움을 형상화시킨 이 시의 나무 이미지의 차용은 시적 화자가 자라서 어른의 '마음'을 읽고 있다는 것에서 편안한 감응을 가져다준다. 하지만 이 한 편의 시가 당시 시대적 상황 즉 전통과 근대의 산물이 대립하는 장이 되고 있음을 고려할 때, 독자는 그리 편안하지 못하다. 그 이유는 두 가지이다. 하나는 조국의 대지 혹은 고향의 땅에 뿌리박고 자란 나무가 잘려 장작이 되고, 그 장작을 태워 물을 데우는 욕탕 안에서 사람들이 묵은 '때'를 벗기는 상황이 시의 배경으로 설정되었다는 점이다. 더구나 이 시에서 집안의 내력을 지니고 있는 '늙은 밤나무'가 상징하는 것이 유구한 조선의 역사로 대치될 수 있음을 생각하면, 그것이 소진되며 데운 물에 잠겼던 사람들이 벗겨내는 '때'는 서구 자본주의 산물에 비해 미개한 나라 조선의 문화이자 사상을 내포한다고 볼 수도 있다. 다른 하나는 <목욕간>이 입욕비만 지불하면 누구나 들어갈 수 있는 곳임에도 한국인의 출입을 의도적으로 차단하는 목욕탕 주인의 '마음'과, 마치 독심술을 하듯 그 '마음'을 파악하고 있는 손님의 '마음'을 다루고 있는 점을 들 수 있다.

여기서 주목할 것은 "목욕탕 주인"이다. 그동안 <목욕간>을 짧게나마 언급한 몇몇 연구물은 여기 등장하는 목욕탕 주인을 일본인으로 규정짓고 있으나, 시적 화자가 만난 그 사람이 실제로 목욕탕 주인이라는 점을 뒷받침할 만한 근거는 없다.[5] 작품 속의 "목욕탕 주인"은 손님인 '아저씨'와 시적 화자 '나'의 관점에서 판단하고 칭한 명칭일 뿐이다. 이를 고려하면 그 사람이 목욕탕의 제반 업무를 담당하는 관리인일 가능성을 배제할 수 없다. 한국에는 개항 이후 서양인들의 필요에 의해 이들을 상대하는 호텔과 여관 등 숙박업소에 목욕탕이 만들어졌다.[6] 근대식 공중목욕탕은 1924년 평양에 설립된 목욕탕[7]이 한국 최초의 공중목욕탕이다. 이를 기점으로 하여 공중목욕탕은 전국적으로 확산되었으며, 서울에는 1925년에 설립되었다. 당시의 목욕탕들은 모두 부(府)에서 직접 맡아 운영하는 다소 정책적인 성격을 띠고 있었다. 그러나 각 지역에 산재해있는 업소는 해당 업소마다 관리인을 따로 임명하

---

5) <목욕간>에는 "목욕탕 주인"에 관련된 내용이 대화체로 두 번 인용되고 있을 뿐이다. 한 번은 "어째 오늘은 열지 않으시우" 하고 묻는 시적 화자 '나'의 질문에, "네 나무가 떨어져서" 하며 얼버무렸고, 또 한 번은 그 말이 믿기지 않는 '아저씨'가 "아니 내가 아까 두시쯤 해서 판 장작을 다 때었단 말이요?" 하고 되물으며 담 너머를 기웃거리자, "へ, 實は 今日が市日で あかたらけの田舍っぺーが群をなして來ますからねえ" 하곤 피시시 웃었다.

6) 이혜란, 「대중목욕탕과 현대인의 삶」, 동의대학교 석사학위논문, 2003, 6면; Britannica KOREA, 브리태니커백과사전 CDIX, 2007판; 다케쿠니 토모야스, 소재두 옮김, 『한국 온천 이야기』, 논형, 2006, 73~92면.

7) 다케쿠니 토모야스, 앞의 책, 80~81면. 저자는 이 책을 통해 평양 공중목욕탕의 설립시기를 1921년이라고 주장하고 있다.

여 관리인에 의해 운영되고 있는 실정8)이었다. 어떻든, 작품에 등장하고 있는 "목욕탕 주인"을 한국인이라 상상해보자. 그리하면, 제법 돈깨나 가진 사람(목욕탕 주인)이 식민지 근대를 함께 겪고 있는, 같은 나라 사람이자 같은 처지에 놓였다고 할 수 있는 사람('아저씨'와 '나')을, 가진 게 없다는 이유만으로 멸시·천대하는 상황, 즉 더할 수 없이 심각한 균열로 치닫고 있었던 한국인들의 절절한 내적(정서적)·외적(사회적) 현실을 마주하게 된다. 그리고 '한국 전통문화'와 '근대 자본주의문화', '지배'와 '균열'이라는 이중대립구도가 이루어진다. 그런데, 사료9)에 의하면 그 때는 한국인이 경영하는 목욕탕보다 내지인이 경영하는 목욕탕 수가 훨씬 많았던 때이다. 따라서 목욕탕 주인은 한국인이기보다 조선에 내주하고 있는 일본인일 가능성이 높다. 사실 그 당시 신문·잡지 등에는 일본인 주인이 이미 목욕요금을 받아놓고도 한국인이라는 이유로 목욕을 허락하지 않고 급기야는 받았던 돈을 돌려주며 쫓아내는 행태를 인권무시라는 명목으로 고발하는 등 한국인을 모욕하고 차별하는 목욕탕에 대한 기사10)가 심심치 않게 등장하고 있어 이 가능성을 더욱 뒷받침하고 있다. 따라서 그 주인을 일본인이라 가정하면, 이 작품은 '한국 전통문화'와 일본으로부터 유입되는 '서구 자본주의 문화'가, 주인인 '한국인의 일상사'와 불청객인 '일본인의 일상사'가 대립하는가 하면 서로 교차하면서 융합하는 이중대립구도를 완성하게 된다.

---

8) 앞의 책, 81면; Britannica KOREA, 브리태니커백과사전 CDIX, 2007판.

9) 국사편찬위원회(http://www.history.go.kr) 및 한국역사정보시스템(http://www.koreanhistory.or.kr) : '목욕탕', '탕집', '위생관', '청결의식', '목욕업', '상인' 관련 제 자료; 위의 책, 73~82면.

10) 위의 책, 88~89면; ≪동아일보≫(1922. 10. 3~1924. 10. 1); ≪신한민보≫(1922. 12. 14); ≪조선일보≫(1926. 1. 20) 등.

<목욕간>이 각별한 주의를 요하는 것은, 이 시가 벌써 어른이 된 시적 화자가 유년의 한 때11)를 회상하며 자신의 트라우마로 귀환하였으되, 시의 결말이 고작 개인적 상흔에 낙착되는 것이 아니라 대화체의 서술방법을 통해 개인과 민족이 당면하고 있는 시대적·역사적 현실을 환기시키고 있다는 점이다. <목욕간>은 조선시대였다면 평민층이 결코 편안하게 출입할 수 없었을 목욕탕이 근대전환기인 이 시기에는 "청결을 위하여" 누구나 가서 더운 물에 몸을 푹 담그고 앉았거나 때를 밀러 갈 정도로 대중화된 공간으로 형상화되어 있다. 그리고 그 목욕탕의 물을 데우는 데 사용될 땔감으로 세전지물(世傳之物)을 베어 팔아야 하는 한국인들의 핍절한 생활상을 내포하고 있다. 이로 인해 <목욕간>은 근대전환기가 지니는 시·공간의 변모양상과 아울러 그 시대를 사는 한국인들의 의식의 변화를 실감하는 장이 되고 있다. 따라서 이 작품은 1930년대의 허물어져가는 '한국 전통문화'와 일본으로부터 유입되는 '근대 자본주의문화'의 혼재12)를, 빼앗긴 나라에서 겪어야만 하는 수모와 핍절한 일상에 마주선 '한국 또는 한국인'과 빼앗은 나라에 와서 사는 당당한 '일본 또는 일본인'의 동거를 이야기시적 형태로 전개하면서 당시의 사실적인 사회적 상황을 대립시키는 이중적 구도를

---

11) <목욕간>은 1933년 발표되었으나, 그 시대적 배경은 시적 화자가 "수업료를 바치지 못하고 정학을 받아 귀향하였을 때"이다. 강한 리얼리즘적 정취를 자아내고 있는 작품의 정서를 따라 그 시대적 배경을 시인의 전기적 사실에 비추어 생각하면, 이 시는 자신의 경험을 형상화했다고 추정할 수 있다. 따라서 한국의 목욕문화나 일제의 목욕탕 관련정책 그리고 목욕탕 경영 또는 경영인에 대해서는 이 시기(1931. 4~1934. 3)의 신문과 잡지에 실린 기사와 역사적 자료를 중심으로 파악할 필요가 있다.(국사편찬위원회(http://www.history.go.kr)와 한국역사정보시스템(http://www.koreanhistory.or.kr) 참조.)

12) 최원식, 『문학의 귀환』, 창작과비평사, 2001, 42~59면, 377~370면.

취하고 있음을 알 수 있다. 여기서 이 이중대립구도를 드나드는 통로 곧 매개물은 따뜻한 인정이 섞인 대화의 뒤편에 숨어있는 인간의 '마음'이다.

많은 연구자들이 <목욕간>이 오장환의 등단작이기는 하지만, 다른 작품에 비해 문학성이 떨어진다고 평가하여 논저에서 다루지 않고 있다. 또 어떤 연구자는 이 작품이 당대에 보기 드문 산문시였음을 제시하면서 오장환을 '인습을 깨뜨리고 전통을 부정하는 시인'이라고 주장하기도 했다. 하지만 오장환 시의 내면구조는 전통을 부정한다고 보기에는 다소 무리가 있다. 왜냐하면 그는 한국에 뿌리내린 한문용어를 비롯하여 한국의 역사와 전통 그리고 문화를 상징하는 문물과 풍경을 시 속에 등장시키고 있기 때문이다. 이러한 것들은 그의 시에서 발견되는 이중대립구도, 즉, 한국/일본, 한국 전통문화/근대 자본주의문화, 현실/이상, 겉/속, 본질/현상, 지배/균열, 분열/통합 등의 대립과 교차를 현저히 드러내는 장치로 기능한다. 바로 이러한 맥락에서 이중대립구도13)는 오장환 시에 나타나는 근대성이라 아니할 수 없다.

---

13) 필자가 사용하는 '이중대립구도'는 '이항대립체계'와는 구분되는 개념이다. 예컨대 '이항대립체계'가 의미나 내용이 서로 상반 또는 모순되는 대립쌍이 길항하고 있는 짜임새를 이루고 있다면, 필자가 말하는 '이중대립구도'는 두 개의 '이항대립체계'가 교직 또는 혼직되며 담아내는 것들의 융합을 가리킨다. 이러한 '이중대립구도'는 오장환의 시에서 고르게 발견되는데, 여기서는 한정된 지면상의 이유와 동일한 작품의 반복적 분석을 피하기 위하여 그의 등단작 <목욕간>을 대표적으로 검토하였다. '이항대립체계'에 관한 내용은 박찬일의 『詩를 말하다』(연세대학교출판부, 2007)와 『근대 : 이항대립체계의 실제』(역락, 2007)를 통해 이미 구체적으로 정리된바 있으며, 오장환의 시를 '이중대립구도'라는 틀을 제시하며 분석한 기왕의 연구는 거의 없는 실정이다.

Ⅲ. 사회역사적 근대성

1. 문명의 충돌과 전통의 해체

오장환 시의 근대성은 그의 시 <성벽>을 보면 더욱 구체적으로 나타난다. 오장환이 이 시의 제목을 시집(『성벽』, 1937)[14]의 표제로 삼은 사실을 고려할 때, 그가 이 시에 얼마나 애착을 가지고 있었는지 쉽게 짐작할 수 있다.

> 세세전대만년성(世世傳代萬年盛)하리라는 성벽은 편협한 야심처럼 검고 빽빽하거니 그러나 보수는 진보를 허락지 않아 뜨거운 물 끼얹고 고춧가루 뿌리던 성벽은 오래인 휴식에 인제는 이끼와 등넝쿨이 서로 엉키어 면도 않은 터거리처럼 지저분하도다.
>
> — <성벽(城壁)>(『시인부락』, 1936) 전문

'성벽'은 안과 밖 혹은 어떤 지역과 여느 세상과를 구분 짓는 장치를 말한다.[15] 그 장치는 누군가의 침입을 막기 위해 쌓은 벽이요, 보수와

---

14) 『성벽』은 1937년 7월, 일본에 있는 풍림사(風林社)에서 출판된 오장환의 첫 시집이다. 오장환은 훗날 아문각에서 재판된 『성벽』(1946. 7)의 「『성벽』 범례」를 통하여 이 시집 초판이 100부 자비출판이었으며 홍구(洪九) 형의 이름으로 출판되었다고 밝히고 있다. (김재용, 앞의 책, 619면 참조.)

15) 기왕의 논저가 <성벽>의 분석을 일관된 내용으로 해석하거나 주장하고 있음을 볼 수 있다. 이는 <목욕간>에 대한 구체적인 분석을 하지 않고 지나가는 것과 다름없는 흐름이라 여겨진다. 이런 부류의 글들은 대부분 '성벽'에 대한 개념을 그저 '전통'이라고 단순하게 정리함으로써 전면적이고 적극적으로 과거·전통을 부정하고 있다는 논지를 부각시킬 뿐이다. 그러나 주목할 것은, 옛것을 멸시하고 부정한다 하더라도, 오장환의 시는 차갑게 모든 것을 뿌리치고 팽개치는 행위가 부각되지는 않는다. 자신이 살아온 날들과 사회에 대한 연민이 작용하였기 때문이다. 더구나 일제하 조선 지식인으로서 어쩔 수 없이 휩쓸려가야만 하는 현실적 자신과 끊임없이 길항하는 정신적 자아가 형상화된 시가 대부분을 차지하는 오장환의 작품은

진보를 가로막고 있는 보이지 않는 경계이며, 성스러운 것과 잡스러운 것을 구분 짓는 행위를 의미하기도 한다. 이러한 '대상'으로서의 '성벽'이 오래도록 휴식을 취하고 있다. "이끼와 등넝쿨이 서로 엉키어 면도 않은 터거리처럼 지저분하"다. 이른바, 제구실을 못하는 지저분한 흉물이다. 다시 말하면 시적 화자가 보고 있는 '성벽'은 이미 예전의 성벽, 즉 "진보를 허락하지 않"는 "보수"이자 "편협한 야심"이 아니다. '성벽'은 누군가의 침입을 이미 허용하였으며 진보를 용납한 경계이거니와, 벌써부터 경계의 의미를 상실하고 있는 존재이다. 시적 화자는 그 '성벽'을 향해 "지저분하도다" 하고 선언한다. 이는 '성벽'이 의미하는바, 전통을 흉물스러운 존재로 부각시키는 표현이요, 전통을 부정하고자 하는 의식의 표현에 다름아니다. 하지만 그 부정은 칼로 끊어버리듯이 차가운, 금속성의 부정을 내포하지 않는다. 왜냐하면 '성벽'은 옛것과 새로운 것이 공존하는 시적 화자의 내면세계이자 당면한 현실을 반영하고 있기 때문이다.

주목할 것은 "세세전대만년성(世世傳代萬年盛)"이라는 한문용어이다. 성벽의 현판에 새겨진 글자로 추정되는 이 용어는 칠언고시에서 볼 수 있는 한문적·한학적 용어인데, 이 시에서 모더니즘적 면모는 이 용어가 내포하고 있는 전통[16]과 이른바 "면도"가 내포하고 있는 근대의

그 시에 내포되어 있는 의미를 캐내는 일이 더 중요한 일이라 사료된다. 여기서 내포되어 있는 의미라 함은 어떤 특정한 문맥 속에서 독자가 외연적 의미 이외에 파악, 감지하도록 되어있는 의미를 말하거니와, 대개 개인적 체험의 결과, 전통·사회·민족이 함의하고 있는 집단적인 의미, 인류의 보편적 체험, 이 세 가지를 가리킨다.

16) 오장환 시에서 발견되는 이러한 면모는 '서구 근대성의 한국적 변용'에 중요한 요인으로 작용하고 있다. 한문용어의 사용은 중국의 영향이자 이미 '한자문화권'이라는 말로 칭해지고 있는 한국과 중국의 공통문화라고 할 수 있다. 따라서 이 시는 과거의 전통이 일본을 통해 유입된 근대성, 즉 상품화된 물건과 서구식으로 변해가는

모습으로 대변되거니와, 언제부터인가 휴식에 든 "뜨거운 물 끼얹고 고 춧가루 뿌리던" '일'이 갈라놓고 있는 시간의 이편(현재)과 저편(과거)을 의미하며, '성벽'이라는 장소가 뜻하는바 공간적 장소가 나누어지는 시 · 공간적 경계를 상징하기도 한다. 이러한 경계는 서로 다른 성질이 대 립할 뿐만 아니라 맞물려 있다. 아울러, 이 시의 "지저분하도다"라는 어 휘는 감탄을 나타내는 종결어미로 사용된 것이 아니라 약간의 체념을 담은 어조로 읽혀지는데, 이는 같은 시대를 사는 사람들에 대한 연민 내 지 비판을 내포하고 있기 때문이라고 판단된다. '성벽'을 대하는 시인의 의식과 수사는 여기서 그치지 않고, 자신의 근원을 향해 나아간다.

> 내 성은 오씨. 어째서 오가인지 나는 모른다. 가급적으로 알리어 주는 것은 해주로 이사온 일 청인(一淸人)이 조상이라는 가계보의 검 은 먹글씨. 옛날은 대국 숭배를 유심히는 하고 싶어서, 우리 할아버 니는 진실 이가였는지 상놈이었는지 알 수도 없다. 똑똑한 사람들은 항상 가계보를 창작하였고 매매하였다. 나는 역사를, 내 성을 믿지 않아도 좋다. 해변가로 밀려온 소라 속처럼 나도 껍데기가 무척은 무 거웁고나. 수퉁하고나. 이기적인, 너무나 이기적인 애욕을 잊으려면 은 나는 성씨보가 필요치 않다. 성씨보와 같은 관습이 필요치 않다.
> —<성씨보(姓氏譜)>(≪조선일보≫, 1936. 10. 10) 전문

"오래인 관습—그것은 전통을 말함이다"라는 부제를 달고 있는 이 시의 종결부분은 "관습이 필요치 않다"는 고백조의 말로 끝나고 있다.

거리의 모습 등과 대립되며 연결되고 있다는 점에서 시인이 시를 통해 말하고자 하 는 '전통'과 '진보'를 극명하게 드러내고 있다고 할 수 있다. 또한 이러한 연결, 곧 보이지 않는 추상적 · 관념적인 것(기억)을 현존하는 어떤 사물에 비유하며 연결시 키는 기법으로써의 모더니즘적 면모도 나타나고 있다.

이는 일제의 식민통치로 인하여 점점 파괴되어가는 전통과 해체되고 있는 가족, 그리고 실존을 위해 조금씩 무너져 내리는 지식인의 양심을 지켜보는 시적 자아 '나'의 절망과 탄식을 내포하고 있다. 이 작품은 "내 성은 오씨"로 시작한다. 따라서 시인 자신의 가족사적 요소 역시 이 작품의 창작배경으로 작용하였음을 짐작할 수 있다. 이 시에서 시인은 자신의 근원인 족보를 해풍에 밀려 의지가지없이 떠도는 소라에 비유하고 있다. 여기서 주목할 것은 '나'를 사람들이 쉽게 인식하는 소라, 즉 소라의 외면에 투사하고 있지 않고, 소라의 내면을 뜻하는 "소라 속"에 투영시키고 있다는 점이다. "소라 속"은 표류하는 내내 자신의 껍데기가 부담스럽다. 마찬가지로 '나' 곧 '나'의 내면은 족보와 관습, 즉 전통이 부담스럽기만 하다. 하지만 자신을 둘러싸고 있는 껍데기는 부담스럽다고 쉽게 벗어버릴 수 있는 존재가 아니다. 이 시의 내용을 고려하면 그 껍데기는 자신의 정신을 보호하고 있는 몸이요 자신을 감싸고 있던 모태의 상징이기 때문이다. 이러한 시인의 사유는 훗날, 그의 시 <모화>를 통해 더욱 극명하게 형상화된다.

> 모화야, 모화
> 저 여자는 제 몸에 고향을 두고
> 울기만 한다.
> 환하게 하얀 달밤에
> 남몰래 피고 지는 보리꽃 모양
> ―<모화(牟花)>(『춘추』, 1941. 10) 전문

이 작품은 밤마다 아무도 모르게 홀로 울어야 하는 '모화'의 모습을

보며 "저 여자는 제 몸에 고향을 두고/울기만 한다"는 시적 화자의 진술을 통해 이루어진다. 여기서 여자가 우는 이유는 물론 고향이 그리워서이다. 환한 달밤에 우는 여자를 저만치 떨어진 채 지켜보고 있는 시적 자아 역시 고향이 그립기는 매한가지이다. 시적 화자의 고향은 어떤 지역이며 거기 살던 사람들이며 어머니, 어머니의 자궁이다. 이는 고통과 절망에 대한 인식이 존재하지 않는 곳, 쉼을 누릴 수 있는 곳의 상징이라 아니할 수 없다. 그런데 저 앞의 여성 '모화'는 고향을 제 몸에 두고도 "남 몰래 피고 지는 보리꽃 모양" 혼자 울기만 한다. 따라서 그 울음은 자신의 역사적 삶의 근원이자 내력과도 같은 가족과 고향 그리고 전통의 해체로 말미암아 의지가지없는 실향민이 된 자신의 처지를 인식하는 데서 오는 절망과 탄식에 다름아니다.

한편, 이 절망과 탄식은 울고 있는 '모화'의 몸 안으로 집약되었다가 달빛을 받으며 "남몰래 피고 지는 보리꽃"이 한데 모여 사는 보리밭으로 해체됨으로써, 슬픔을 억누르며 혼자 몰래 울어야 하는 처지에 놓인 사람이 단지 '모화' 한 사람만이 아니라, 모진 풍파 속에서도 억척스럽게 생명력을 유지하는 보리와 같은 삶을 연명하고 있는 다수의 조선인임을 상기시킨다. 또한 '모화'에게 반영된 시적 주체의 슬픔 역시, 울고 있는 '모화'를 응시하는 시적 화자가 존재하는 장소 즉 사건이 진행되고 있는 그 장소로 응축되었다가 "환하게 하얀 달밤"이라는 표현을 통해 시·공간적 분위기로 확산됨으로써, 주인을 잃어버린 채 한국 전통문화와 서구 자본주의 문화가 충돌하고 오랜 전통이 무너져 내리는 곳, 곧 곤궁한 조선인들의 삶의 터전인 삼천리 방방곡곡으로 퍼져 나아가며 의미의 확장을 이루고 있다.

2. 실존적 연민과 현재적 절망

자신과 타인을 응시하던 시인의 내면세계는 점차 그 대상을 확장하기에 이른다. 우선 『성벽』에 제일 처음으로 실린 <월향구천곡>을 살펴보면, 이 시는 시적 화자가 '기녀'의 태도와 노래 그리고 춤을 보며 허물어져가는 조국의 전통과 사상과 유물을 인식하고 "한약처럼 쓰고 톱톱"해지는 실존적 자아를 형상화하고 있음을 알게 된다. 이는 그 '기녀'가 "태극선을 부치며" "좁은 버선 맵시 단정히 앉아" 노래를 부르는 것으로 보아 한국인임이 분명하다는 것을 인식하는 정신의 작용에 기인한다. 왜냐하면 "사슴처럼 차디찬 슬픔을 지니"고 "스란치마 땅에 끄을며 조심조심 춤을 추"는 '기녀'가 감추려는 쓸쓸한 심사가 시적 화자에게 포착되었기 때문이다.

한나절 태극선 부치며
슬픈 노래, 너는 부른다
좁은 버선 맵시 단정히 앉아
무던히도 총총한 하루하루
옛 기억의 엷은 입술엔
포도물이 젖어 있고나.

물고기와 같은 입 하고
슬픈 노래, 너는 조용히 웃도다.

화려한 옷깃으로도
쓸쓸한 마음은 가릴 수 없어

스란치마 땅에 끄을며 조심조심 춤을 추도다.
― <월향구천곡(月香九天曲)>(『성벽』, 1937. 7) 부분

'기녀'는 목숨을 연명하기 위해 아무 앞에서나 웃고 노래를 부르는 입장에 놓여있다. 이는, 살기 위해 일제의 억압에 강제된 생활을 할 수밖에 없는 현실에 직면해있는 조선 '지식인'의 처지와 별반 다르지 않다. 시인은 이러한 현실인식을 '태극선', '버선', '스란치마' 등의 이른바 전통의 상징물과 연결시키되, 그 '기녀'의 자태를 "단정히" "총총히" "조용히" "조심조심"이라는 부사를 사용하여 표현함으로써 서로 대립시키고 있다. 이는 "슬픈 이야기"라는 부제를 달고 있는 시의 내용으로 보아 당시 식민지 지식인이 감각하는 통분한 현실인식의 단면이라 할 수 있겠다. 더구나 시인은 '기녀' 또는 시적 화자의 '마음'을 형상화한 이 시의 제목을 "월향구천곡(月香九天曲)"이라 정함으로써 근대성의 한국적 변용[17)]을 보여준다. 하늘을 떠도는 '달' 또는 '달빛'이 귀신이 죽어 저승으로 가지 못하고 '구천'을 헤매는 것을 나타낸다는 전통사상과 조선 '기녀'가 처한 현실세계를 연결시키고 있기 때문이다. 이로 인해 이 시는 시적 화자가 본 기녀의 슬픔과 한이 본향에 이르지 못하고 여기저기 떠도는 애절한 영혼과 융합됨으로써 기녀의 '한' 서린 자태를 극대화시키는 시적 효과를 이루고 있다. 이러한 인식은 다시 말하면, 조선예술에 대한 시인 나름대로의 찬가라고 볼 수도 있겠다.

제 집을 향하는 많은 군중들은 시끄러이 떠들며, 부산히 어둠 속
으로 흩어져버리고, 나는 공복의 가는 눈을 떠, 희미한 노등(路燈)을

---

17) 연세대 근대한국학연구소, 『한국문학의 근대와 근대성』, 소명출판, 2006, 135~148면.

본다. 띄엄띄엄 서 있는 포도(鋪道) 위에 잎새 없는 가로수도 나와 같이 공허하고나.

고향이여! 황혼의 저자에서 나는 아리따운 너의 기억을 찾아 나의 마음을 전서구(傳書鳩)와 같이 날려보낸다. 정든 고샅. 썩은 울타리. 늙은 아베의 하얀 상투에는 몇 나절의 때문은 회상이 맺혀 있는가. 우거진 송림 속으로 곱게 보이는 고향이여! 병든 학이었다. 너는 날마다 야위어가는……

어디를 가도 사람보다 일 잘하는 기계는 나날이 늘어나 가고, 나는 병든 사나이. 야윈 손을 들어 오랫동안 타태(惰怠)와, 무기력을 극진히 어루만졌다. 어두워지는 황혼 속에서, 아무도 보는 이 없는, 보이지 않는 황혼 속에서, 나는 힘없는 분노와 절망을 묻어버린다.
— <황혼(黃昏)>(『성벽』, 1937. 7) 부분

현실 속의 무기력한 자신의 모습을 인식한 <황혼>의 시적 화자는 "황혼 속에서" 군중 속의 고독을 느낀다. 어둠 속으로 흩어져 귀가하는 군중의 뒤편에 남은 시적 화자는 자신의 존재를 수명이 다해 희미한 가로등과 거의 나목이 되어있는 가로수와 동일시한다. 때마침 떠오르는 그리운 고향은 시적 화자의 기억 속에서 날마다 조금씩 소실되어 "야위어 가"고 있다. 그래도 시인은 현실을 외면할 수 없다. 시적 화자가 당면한 현실이 외면한다고 멀어지거나 없어지는 세계가 아니기 때문이다. 날이 갈수록 산업화되는 세상에서는 일자리를 잃어버리는 사람들이 늘어나기만 한다. 이런 사람들 때문에 시적 화자는 우울하다. 따라서 병든 신세임에도 울분을 참을 수 없다. 그러나 이내 아무것도 할 수 없음을 통절히 인식한 시적 화자는 체념을 훈련한다. 이러한 훈련은

"힘없는 분노와 절망을 묻어버"리는 정신적 현상으로 본격화되어 나타
난다. 이는 고달픈 삶에 대한 심정을 토로하면서도 그 삶을 견디며 사
는 운명의 수용이요 안온한 삶의 일부분으로 받아들이는 태도를 드러
내는 내용으로, 『시경(詩經)』의 「국풍(國風)」, '빈풍(豳風)'편에 실린 시
<칠월(七月)>18)과 함께 백석의 <석양(夕陽)>, 이육사의 <황혼>,
그리고 서정주의 <저무는 황혼>을 생각하게끔 한다.

> 저무는 역두(驛頭)에서 너를 보냈다.
> 비애야!
>
> 개찰구에는
> 못 쓰는 차표와 함께 찍힌 청춘의 조각이 흩어져 있고
> 병든 역사가 화물차에 실리어 간다.
> ─ <The Last Train>(『비판』, 1938. 4) 부분

그런가하면, <The Last Train>에서는 어느 누구도 볼 수 없는 어두
컴컴한 황혼 속에서, 세상을 변화시킬 만한 힘을 가지거나 남에게 보여

---

18) 『시경(詩經)』「국풍(國風)」'빈풍(豳風)'편에 실린 시 <칠월>은 "7월이면 심성이
기울고 9월이면 겨울옷 준비하네 동짓달에는 찬바람 불고 섣달엔 강추위 닥치는데
옷도 모포도 없다면 어떻게 한 해를 보내리 정월에 쟁기 손질하고 2월에 밭갈이 하
는데, 내 처자식 거느리고 저기 남쪽 이랑에서 들밥 먹으면 권농관 와 보고 기뻐하
리라[七月流火 九月授衣 一之日觱發 二之日栗烈 無衣無褐 何以卒歲 三之日于耜 四
之日擧趾 同我婦子 饁彼南畝 田畯至喜]"로 시작한다. 이 시는 예술적 성과도 높지
만 오히려 사료로서 더욱 중요한 작품으로 평가되고 있으며, 한 해에 걸친 농민의
노동 과정과 생활의 정황을 노래하고 있다. 이러한 시적 정조는 하루를 인생에 연
결시키며 미적 거리를 두고 간명하게 형상화한 백석의 시 <석양>과 이육사의
<황혼>에 이어 삶의 내용이 우러나는 서정주의 <저무는 황혼>과도 그 내용이
통한다고 볼 수 있다. (홍성욱 역해, 『시경』, 고려원, 1997, 210~219면 참조.)

줄 만한 자신이 되기를 포기한 채, 들키기 싫은 자신의 모습을 바라보고 있던 시적 화자는 이제 막차를 떠나보낸다. 결코 되돌릴 수 없는 현실의 무게를 느끼며 시적 화자의 '너', 즉 '비애'를 보낸다. 주목할 것은 이 시가 시인의 대표작이라는 점과, 시인이 메이지[明治] 대학을 중퇴하고 귀국한 직후에 이 작품을 발표하였다는 점이다. 또한, 이 시의 시적 화자가 비애와의 결별을 선언한 장소는 이미 사용한 기차표가 나뒹구는 역의 "개찰구"이며 시간은 해가 저무는 때라는 점이다. 여기서 각별한 주의를 요하는 것은, 딱 한 번 사용하면 다시는 쓰지 못하고 쓰레기가 돼버리는 기차표들이 여기저기 흩어져 있는 모양새가 한번 가면 다시 오지 않는 시간인 "청춘"과 동일시되고 있다는 점이다. 이때의 "청춘"과 "추억"은 이미 가버린 순간이자 훼손된 시간이며 결핍의 존재이다. 역[驛舍]의 "개찰구"에서 보니, 병균처럼 이질적 존재의 침입으로 허약해진 끝에 "병든" 조선의 "역사(歷史)"가 화물취급을 받으며 "화물차에 실리어 간다." 시적 화자는 그 화물차가 가는 길이 조선의 역사와 자신의 "추억을 싣고 가"는 기차노선이며, 그 길은 "슬픔으로 통"하고 있다고 진술한다. 그런데 "지도처럼 펼쳐져 있"는 이 "슬픔"은 시적 화자에게서 끝나는 감정이 아니다.

> 눈 덮인 철로는 더욱이 싸늘하였다
> 소반 귀퉁이 옆에 앉은 농군에게서는 송아지의 냄새가 난다
> 힘없이 웃으면서 차만 타면 북으로 간다고
> 어린애는 운다 철마구리 울듯
> 차장이 고향을 지워버린다
> 어린애가 유리창을 쥐어뜯으며 몸부림친다
> ─<북방(北方)의 길>(『헌사』, 1939. 7) 전문

한겨울에 북으로 가는 차에 올라, 차가 출발하면서 점차 사라져가는 고향의 모습을 보고 "철마구리 울듯"이 울부짖으며 "유리창을 쥐어뜯"는 "어린애"의 몸부림 속에도 "슬픔"은 존재한다. 그러나 "어린애"의 이러한 슬픔에도 아랑곳하지 않고 "눈 덮인 철로는 더욱이 싸늘하"기만 하다. 이는 시적 화자 또는 "어린애"의 슬픔이 일제의 수탈정책에서 비롯되었기 때문이다. 농민들이 핍절한 가난을 이기지 못하여 자신이 농사짓던 땅이자 삶의 터전인 고향을 등지고 속절없이 유랑의 길을 떠나야 하는 시대상을 간명하게 형상화한 이 시는 극도의 감정조절에 의해 오히려 절절하고 긴 여운을 남긴다. 물론 그 여운은 떠나보낸 "비애(悲哀)"나 조선의 "병든 역사"나 "마지막 기차"(<The Last Train>)가 내포하고 있는 의미와 다를 바 없다. 그런데 <북방의 길>에서는 그 허무함과 절절함이 단순히 "어린애"의 몸부림과 같이 되돌릴 수 없는 것에 대한 연민에 머무르지 않는다. 자신이 키우던 "송아지의 냄새"를 풍기며 "힘없이 웃으면서" "소반 귀퉁이 옆에 앉은 농군"의 유순한 모습이 우는 "어린애"의 몸부림과 병치 혹은 대립되면서 더 이상의 미래를 기대할 수 없는 극명한 절망으로 치닫고 있다. 이러한 시적 정조는 같은 시대를 살았던 시인 이용악의 시 <북(北)쪽>(1937)[19]을 통해서도 여실히 드러난다.

---

19) 윤영천, 「민족시의 전진과 좌절」, 『이용악시전집』, 창작과비평사, 1995, 236~237면, 260면; 『서정적 진실과 시의 힘』, 창작과비평사, 2002, 120~122면. 여기서 중요한 것은 "북쪽은 고향/그 북쪽은 여인(女人)이 팔려간 나라"로 명명되는 지역 곧 만주지역이 고구려·발해 시대에는 조선 영토였다는 점이며 병자호란 후 또는 식민지 시대에 조선 여성들이 수다하게 팔려간 나라라는 점, 그리고 조선 유이민들이 대거 거주했던 지역이라는 점이다.

IV. 미적 근대성

1. 이미지즘의 수용과 비판의식

오장환 시의 근대성을 드러내는 시적 정조는 슬픔, 절망, 연민 등에서 그치지 않는다. 걷잡을 수 없이 갑작스럽게 유입되는 근대 자본주의 문화로 인해 분열 내지 균열되는 사회상과 도덕적 타락상을 비판하고 폭로하는 등 그의 촉수는 눈앞의 풍경과 사람의 속내를 향하여 뻗어있다. 이렇게 작용하는 시인의 의식은 그를 그저 모더니스트라고 단순하게 명명할 수 없게 만든다. 하나의 작품 안에 그의 세계관 곧 가치관과 시대적 상황이 어우러져 있기 때문이다. 따라서 오장환 시에 나타나는 근대성은 복잡다단한 양상을 띠며, 미적 근대성이라는 개념 또한 지극히 한국적으로 변용된 형태[20]로 나타난다.

그의 시는 동시대에 창작·발표된 모더니즘 경향의 시들과 같이 이미지의 구체성, 리얼리즘에 대해 타자화된 시적 자아와 현실인식, 그리고 한 편의 시를 한 폭의 그림과 같이 형상화하는 언어의 직조력을 보여주었다는 점에서 높은 가치를 지니고 있다. 뿐만 아니라, 1930년대 다른 작품들이 '경성'으로 대표되는 근대 자본주의문화에 대해서는 막연한 비판의식으로 머물렀을 뿐 진정한 미적 근대성의 구현에는 이르지 못했다는 지적[21]을 받은 데 비해, 오장환의 시는 내면화된 부정이나 저항으로 대변되는 근대성 또한 내포하고 있다는 점에서 각별한 주의를 요한다. 왜냐하면 이러한 시적 내포가 그의 시에 등장하는 '전통'과 '문명', '과거'와 '현재' 등과 같이 서로 대립되는 시어, 비유, 상징을 비

---

20) 연세대 근대한국학연구소, 앞의 책, 135~148면.
21) 유성호, 『근대시의 모더니티와 종교적 상상력』, 소명출판, 2008, 34~36면.

롯하여 시의 언술구조에 다양하게 반영된 시인의 존재론적 사유와 현실에 대한 비판의식을 통해 보다 구체적 의미를 획득함과 아울러 근대성의 한국적 변용양상을 드러내고 있기 때문이다.

> 점잖은 장님은 검은 연경을 쓰고 대나무 지팡이를 때때거렸다.
> 고꾸라양복을 입은 소년 장님은 밤늦게 처량한 퉁소 소리를 호로
> 롱호로롱 골목 뒷전으로 울려주어서 단수 짚어보기를 단골로 하는
> 뚱뚱한 과부가 뒷문간으로 조용히 불러들였다.
> ─<역(易)>(≪조선일보≫, 1936. 10. 10) 전문

이 작품은 1936년 10월 10일자 조선일보에 <성씨보>와 나란히 게재된 작품으로 백석의 시 <석양>과 유사한 점을 발견할 수 있다. 이는 "검은 연경"과 "대나무 지팡이", "고꾸라양복"으로 대변되는 근대 산물의 등장에 기인한다. 그런데 이렇게 근대 자본주의를 향유하는 부르주아는 앞을 못 보는 장님이다. 뿐만 아니라, 밤늦게 들리는 처량한 퉁소 소리를 신호 삼아 "뚱뚱한 과부"가 그를 불러들인다. 되짚어보면, "소년 장님"은 식민 근대 조선에서 자본의 산물을 향유하는 부르주아 계층을 대변한다. "소년 장님"이 밤늦게 대문이 아닌 "뒷문간으로 조용히" 드나드는 그곳은 남편과 자식을 잃어버린 과부 혼자 사는 집이다. 그리고 "과부"는 그 집 주인이다. 따라서 이 시는 이미 가족을 잃고 혼자 사는 여자가 자신의 터전으로 눈 먼 외부인을 끌어들임으로써 뭔가 온당치 못한 일이 벌어질 것만 같은 분위기를 환기시키고 있다. 이러한 현상은 시인이 정한 이 작품의 제목, "역(易)"이라는 글자의 의미22)와

---

22) 역[易]은 명사로 쓰일 때에는 『주역(周易)』을 가리키며, '바꾸다', '쉽다', '편하다', '경시하다'라는 뜻과 '다스리다', '점치다'라는 뜻 외에 '어기다', '배반하다'라는 뜻

감정을 극도로 제한하고 소리이미지를 차용하여 간명하게 형상화된 <역(易)>의 언술구조에 의해 이루어지는 시적 효과이다. 짧은 시의 문면에 비해 그 시적 정조가 "밤"이라는 시간과 인적 없는 도시의 뒷골목이라는 공간을 확보하고 있다는 점 역시 마찬가지이다. 그리고 이렇게 획득한 시·공간에는 그 순간을 놓치지 않고 자신의 작품 안에 되새겨놓음으로써 근대 자본주의문화에 경도된 조선인들의 도덕적 타락상과 삶의 양태를 폭로·비판하고자 한 시인의 의식이 아로새겨져 있다.

> 점잖은 고래는 섬 모양 해상에 떠서 한나절 분수를 품는다. 허식 (虛飾)한 신사, 풍류로운 시인이여! 고래는 분수를 중단할 때마다 어족들을 입 안에 요리하였다.
>
> ―<경(鯨)>(『시인부락』, 1936. 11) 전문

이 시는 시인을 포유류인 고래에 비유함으로써 일본을 통해 수용된 서구 모더니즘의 한 기법인 이미지의 차용을 이루고 있다. 이는 고래와 사람의 생물학적 유사성에 기인한다. 따라서 이 시는 고래가 숨을 쉬며 물을 뿜을 때를 제외하고는 늘 "어족들을 입 안에 요리하"듯이, 시인은 항상 기억을 반추하거나 현실 속에서 만나는 풍경과 사람들을 되새겨가며 작품화함으로써 시인으로서의 의무를 이행하려는 자신의 모습을 간명한 상징으로 형상화한 시임을 알 수 있다. 그러나 다른 측면에서 보면, 이 시는 겉모양만 그럴싸하게 꾸미고 속은 텅 빈 실속 없는 신사들, 즉 식민 조선의 부르주아들이 일은 하지 않고 자본의 위력을 과시하며 같은 민족을 평가하거나 폄론하는 모습에 대한 비판으로도 볼 수

을 지닌 자(字)이다.

있다. 이러한 시인의 의식은 1936년의 동경체험을 바탕으로 하여 창작
한 시 <해수(海獸)>(『성벽』, 1937. 7)와 이듬해 발표한 <체온표(體溫
表)>(『풍림』, 1937. 5), <황무지(荒蕪地)>(『자오선』, 1937. 11)를 통
해 비판적 자기확인으로 드러난다. 이러한 작품23)은 이미지의 차용과
더불어 띄어쓰기와 줄바꾸기를 이용하여 시어의 조형적 배열을 시도
함으로써 시의 시각적·회화적 효과를 획득하고 있다.

> 저기 소가 간다.
> 큰 허리를 온통 동바로 떠가지고
> 그 뒤에는 저 소보다도 순량한 농군들이 채찍질을 하며 뒤따라간다.
>
> 아 유하디유한 무리들
> 저기 소와 같이 에미령한 눈을 가진 농사꾼은
> 주인을 받은 큰 소를 벼르며 벼르며 장거리로 끌고 간다.
> 아 저것이 끌려가는 소고 끌고 가는 농사꾼이다.
> ─ <소>(≪조선주보≫, 1946. 1. 14) 부분

이렇게 실존에 대한 연민이 비판적 자기확인을 통해 현재의 절망으
로 드러나는 시인의 의식은 여기서 멈추지 않는다. 평생 일만 하다가
일순간 "주인을 받아" 옴짝달싹 못하게 온몸이 묶인 채 장거리로 끌려
가는 "순하디순한" '소'의 눈빛을 자신이 애지중지 기르던 '소'를 내다

---

23) <해수(海獸)>·<체온표(體溫表)>·<황무지(荒蕪地)> 등은 이미 여러 논자에
   의해 다양한 논지를 형성하고 있으므로 본고에서는 분석을 생략하였다. 이미 여러
   측면에서 분석이 시도된바 있는 오장환의 다른 시들을 본문에서 중점적으로 다루
   지 않는 것도 동일한 이유에서이다. 아울러 필자의 소견이 이미 이룬 성과물에 담
   긴 내용과 별반 다르지 않은 작품들은 논지에서 제외하였으며, 부득이한 경우, 그
   제목만 거론하였음을 밝힌다.

팔기 위해 꽁꽁 묶어 끌고 가는 "유하디유한" '농사꾼'의 눈빛과 동일시함으로써 '농사꾼'의 운명이 '소'의 운명으로 대치될 것에 대한, 아니 벌써 그 '소'처럼 채찍에 맞으며 끌려가듯 곤핍한 생활을 이어가고 있는 조선 '농사꾼'의 삶에 대한 연민을 내포하고 있는 시 <소>(≪조선주보≫, 1946. 1. 14)를 발표하는 데까지 나아간다.

2. 표현방식의 적용과 실험정신

그런가하면 <카메라 룸>에서는 사진이 어느 한 순간을 포착하여 정지시켜놓는 현상이라는 원리를 파악하고 "이놈은 진보가 없다"고 역설적으로 표현하고 있는 '사진'을 비롯하여, 바람에 흔들리는 백합의 향기에 이끌려온 벌의 윙윙거리는 소리에 착안하여 꽃과 벌을 "BAND"라 칭하는 시인을 만나게 된다. 한편, 백합의 흔들림을 "나팔수"인 벌이 내는 소리에 맞추어 추는 춤으로 환치시키고 있는 '백합과 벌 BAND "Lily"', 그리고 조선 사람들이 긴 세월 갖다 바친 온갖 물건들이 있는 서낭당, 즉 고목의 모습을 오래도록 내려오는 가보나 상징물을 주렁주렁 걸고 있는 "적도의 토인"에 비유한 '서낭'에 이르기까지 다양한 방면에서 그 형식과 표현의 기교를 실험하고 있는 시인의 면모를 보게 된다.

사진
어렸을 때를 붙들어두었던 나의 거울을 본다. 이놈은 진보가 없다.

백합과 벌 BAND "Lily"
벌은 이곳의 조그말 나팔수다.

서낭

인의예지(仁義禮智)—

당오(當五).

당백(當百).

상평통보(常平通寶).

일전(一錢)—광무 2년—약(略)

이 조그만 고전수집가(古錢蒐集家)는 적도의 토인과 같이 알몸뚱

이에 보석을 걸었다.

— <카메라 룸>(≪조선일보≫, 1934. 9. 5) 부분

더구나 시인은 이 시의 제목을 '카메라 룸'이라 명명함으로써 자신의
텍스트가 카메라처럼 순간을 포착하여 간명하게 형상화했음을 시사하
고 있는데, 주목할 것은 이 시의 '카메라'나 'BAND "Lily"' 등이 근대 문
명의 산물일 뿐만 아니라, 시에 사용된 이미지와 상징 역시 서구 모더
니즘적 특성을 드러낸다는 점이다. 시인의 이러한 실험정신은 굳이 철
도가 근대의 산물이라는 점을 내세우지 않더라도, 그의 시 <The Last
Train>(1938)을 통해 현저히 나타난다. "개찰구에는/못 쓰는 차표와
함께 찍힌 청춘의 조각이 흩어져 있고/병든 역사가 화물차에 실리어 간
다"는 표현을 통해 나름의 시적 성취를 이루고 있는 이 시의 언술구조
는, 객관적 상관물을 매개로 하여 시·공간을 확보하고, 보이지 않는 것
을 보이는 것과 연결시키며 자신의 마음을 표현하는 등 이미지즘[24]적
면모가 확연하게 드러난다. 앞에서도 언급했던바, 시 <The Last
Train>은 시인 자신이 느끼는 '비애', 곧 슬픈 감정을 역사(驛舍)를 배

---

24) 1910년대 시작된 '이미지즘'은 명확한 이미지의 창출, 견고하고 분명한 내용, 집중
의 중시 등을 주창하였으며, T. E. 흄, 에즈라 파운드 등에 의해서 '이미지즘 운동'
으로 확산되었다.

경으로 하여 나라의 역사(歷史)와 연결시키되, "저무는 역두(驛頭)"와 "못 쓰는 차표"를 국사(國史)인 조선의 "역사(歷史)"와 개인사(個人史)인 자신의 "청춘"에 대비시키며 형상화한 작품이다. 본시 슬픔이나 비애는 사회가 병들었을 때 혹은 자신이 병들었을 때 생기는 감정으로, 나약해짐으로 인해 비로소 자신 또는 사회의 본래 모습을 직시하게 되는 정신적 현상을 가리킨다. 따라서 이러한 시는 미적 거리를 유지하고 다분히 객관적인 시선으로 자신과 사회가 직면하고 있는 모든 것을 바라보게 된다. 이에 따라 시인은 근대화의 급류 속에서 근대화의 산물들과 마주하여 자신의 심정을 사진 찍듯 표현한다. 여기서 주목할 것은 그가 방법적으로는 서구 모더니즘의 한 부류인 이미지즘 기법을 차용하여 작품을 형상화하고 있으면서도, 구태여 한국 전통문화를 상징하거나 의미하는 글자와 문물(서낭, 인의예지(仁義禮智), 당오(當五), 당백(當百), 상평통보(常平通寶) 등)을 등장시키며 한문도 병용했다는 점이다. 결과적으로 이러한 현상은 일본을 통해 유입된 서구 자본주의문화와 근대성이 온전하게 자리잡지 못하고 한국적 변용을 일으킨 것이라 할 수 있는데, 이는 시인의 의식과 무의식이 바로 이러한 문면에 부조된 모노그램(monogram)25)처럼 존재하기 때문이다. 따라서 시대를 향한 비판과 자신의 내면을 향한 허무, 근대 자본주의문화의 수용과 굴절 그리고 저항으로 대변되는 시인의 의식은 같은 공간과 시간을 함께 경험한 오롯한 사이 즉 한국적 가치관을 가진 이들만 알아볼 수 있다.

---

25) 두 개 이상의 글자를 합쳐 한 글자 모양으로 도안한 예술품 즉 합일문자를 가리킨다. 주로 인감이나 낙관으로 쓴다.

宣戰布告
~~~~~~~~~~~~ㅈㅓㄴㅍㅏ
어린애키우는집의강아지같흔 詩人.
戰爭의 株券을 팔고사는 古典的이못되는 實業家.
박쥐의 나래. 卽. 쥐의 나래
JERNFFA~~~~~~~~~~~~~~~~~
　　　　　　　　　　　　　　　—<전쟁(戰爭)> 부분26)

　이러한 실험적 면모는 오장환의 장시 <전쟁(戰爭)>에서 더욱 여실
히 드러난다. 그는 자신의 반전의식을 강하게 표출하는 이 시를 통해
"전파"를 마치 전파가 흐르는 듯한 모양을 나타내는 기호와 함께 "ㅈㅓ
ㄴㅍㅏ"라고 언어를 분절하여 열거하는 방식으로 표기하였다. 또한
그는 "시인"을 "어린애키우는집의강아지"와 동일시함으로써, 이렇다
할 힘도 권리도 없이 고작 주인집 어린아이의 놀이에 참여하는 친구나
장난감 역할을 하고 있다고 시인의 존재를 규정하고 있다. 이는 필시
근대 지식인의 실존을 향한 혼잣말 같다. 시적 화자는 "박쥐의 나래"처
럼 쓸모없는 주권을 지녔다. 그 주권은 곧 "쥐의 나래"처럼 보이지 않는
존재이며, 어쩌다 보여도 하등 소용이 없는 권리이다. 왜냐하면 "전쟁
의 주권"까지 매매하듯 그저 흐르는 대로 흘러가는 인생이기 때문이다.
하지만, "시인"은 전쟁을 선포한다. 전파는 그 흐름이 보이지 않아도 감

---

26) 오장환의 장시 <전쟁>은 그의 어떤 시집에도 수록되지 않은 시이다. 이 시는 일
　　제의 검열로 부분적으로 삭제지시가 내려졌던바, 김재용은 자신이 엮은 『오장환
　　전집』의 해당 시에 첨가한 주석을 통해 자신은 이 시에 손을 대지 않았다고 즉 어
　　떠한 부분도 수정·보완하지 않은 채 원문을 그대로 옮겼다고 말하고, 잘못 쓴 한
　　자를 포함하여 맞춤법과 띄어쓰기 등을 모두 원문 그대로 실었음을 밝혀놓았다. 한
　　편, 일제에 의해 삭제되었던 부분을 'ㅁ'로 묶어 표시해놓았음을 볼 수 있다. (김재
　　용 엮음, 앞의 책, 133~159면 참조.)

지되는 존재이며, 다른 존재를 향해 자신의 흔들림(진동)을 전파하고 또 다른 존재의 흔들림을 들을 수 있는 존재이기 때문이다. 전파(電波)는 전파(傳播)된다. 그러면 시인 오장환이 전파하고자 한 의식의 정체는 무엇인가. 구태여 반전의식이라고 말할 필요는 없겠다.

<전쟁>은 뚜렷한 특색을 지닌 시이다. 제목만 하더라도, '전쟁'을 의미로 보든 기호로 보든 이중적 요소가 대립하고 있으며, 시의 내용 역시 대립구도를 이루고 있다. <전쟁>의 본문은 격앙된 어조의 탄식과 절망이 이리저리 튀고 단발마의 비명이 급박한 전쟁터를 방불케 하다가도 이내 고통스러운 신음과 체념으로 얼룩진 듯한 존재론적 질문에 의해 모든 언어들이 교체되며 파동을 이룬다. 토속어와 의태어, 의성어 등의 예사롭지 않은 등장의 의미 또한 심상치 않다. 매우 긴 장시 형태를 갖추었으며, 앞에 거론했던 작품들보다 더욱 노골적으로 영어와 한문을 노출하고 있다. 이와 동시에 외래어와 한글도 혼용한다. 뿐만 아니라, 마침표나 방점 등의 문장부호와 기호를 적극적으로 사용하는 한편, 띄어쓰기를 무시하였다. 이러한 용례는 이상(김해경, 1910~1937)이 ≪조선중앙일보≫에 발표했었던 시 <오감도>(1934)를 상기시킨다. 이러한 표현방식과 실험정신 역시 오장환 시에 나타나는 근대성의 한국적 변용이며, 미적 근대성(modernity)의 일면이라 하지 않을 수 없다.

V. 결론

오장환 시의 사회역사적 근대성은 문명의 충돌과 전통의 해체를 다루고 있는 작품(<성벽>·<성씨보>·<모화>)에서 주로 볼 수 있으며, 전통과 근대문물의 존재양상을 응시하고 그 공존의 그늘을 읽는 시적 화자의 시선에서부터 실존에 대한 사유로 이어지는 시의 전개양상을 통해 구체화된다. 그리고 시적 화자가 근대문명을 비판하고는 있으나 아무것도 할 수 없이 무력한 자신을 인식하고 자의든 타의든 자신이 속한 사회에서의 소외를 경험하며 실존에 대한 연민과 현실인식을 통해 절망에 다다르는 작품(<황혼> · <The Last Train> · <북방의 길>)에서도 발견할 수 있다. 한편, 오장환 시의 미적 근대성은 객관적 상관물을 통해 미적 거리를 확보하고 감정표출을 삼가며 근대 자본주의문화에 의해 허물어져가는 존재에 대한 연민을 늦추지 않으면서도 그 순간을 포착하여 형상화함으로써 도덕적 타락상을 폭로 · 고발하는 시들(<역> · <경> · <소>)의 언술구조와 이미지즘으로 대변되는 수사법, 그리고 비판의식으로 두드러진다. 또한 한국 전통문화와 실존을 향한 연민과 충일한 자기확인을 느낄 수 있는 시(<카메라 룸> · <전쟁>)는 그 표현방식에 있어서 시어 · 문장부호 · 기호 등의 적용과 혼용으로 또 한글맞춤법과 띄어쓰기의 변용으로 대치된 시인의 실험정신으로 드러난다. 오장환 시에 나타나는 이러한 현상은 그의 시가 당시의 사회 · 문화 · 사상적 측면을 현실적으로 반영하고 있으며, 나아가 작가 개인의 일상사와 사유를 내포하고 있기 때문이다. 따라서 오장환의 시를 이상(李箱)의 시에서 볼 수 있는 근대적 표현방식과 사유와도 그 맥을 이어 생각할 수 있다.

　오장환은 우리말 대신 일본어만을 사용하도록 강제되었기 때문에 일본어를 외국어라고 할 수도 없었던 시대를 살았다. 그럼에도 시인은 문인으로서의 자각을 게을리 하지 않았으며, 이로 인해 당시 지식인이 겪어야 하는 굴욕과 굶주림과 정신적 균열의 과정을 거쳐야만 했다. 그러나 그는 심한 절망과 병치레에도 결코 펜을 꺾지 않고 암흑기 문학사에서 모국어를 지켜냈으며, 문학적 공백기라 명명되었던 일제강점기에도 문학작품을 끊임없이 창작하고 있었음을 작품을 통하여 현저히 드러내고 있다. 뿐만 아니라 오장환의 시는 역사·현실을 반영하는 이중대립구도를 취하고 있으며, 일제에 의해 격변하는 조선사회의 변화 양상과 그 시대를 살았던 조선인들의 삶의 모습을 담고 있다. 그는 일세의 억압에 대한 문학적 대응으로써 시를 통해 자신과 민족의 정신을 일깨우기 위해 노력하였으며, 서구 문예사조인 '모더니즘'을 수렴하였으되 '개별성'과 '독창성'을 창출해내기 위해 끈질기게 실험적인 시를 쓰면서 자신만의 독특한 시세계를 확립하고자 했다. 그 결과 일제하에서 창작·발표된 오장환의 시에는 일본을 통해 유입된 서구 자본주의 문화와 근대성이 온전하게 자리잡지 못하고 한국적 변용을 초래하며 이중대립구도를 이루게 된다. 그 까닭은 시의 창작과정 중에 그의 정신의 근간이 되는 한국성, 즉 그가 경험해온 역사적 삶과 한국 전통문화와 사상이 중요한 변수로 기능했기 때문이다. 이러한 점에서 오장환 시는 그 시사적 의의를 지닌다.

참고문헌

기본자료

김재용 엮음, 『오장환 전집』, 실천문학사, 2002.
최두석 편, 『吳章煥全集 1, 2』, 창작과비평사, 1989.
≪동아일보≫ · ≪조선일보≫ 등의 일간지 및 정기간행물.

단행본

강만길, 『고쳐 쓴 한국현대사』, 창작과비평사, 2004.
권영민, 『한국현대문학사 1』, 민음사, 2002.
김용직, 『한국 현대시인 연구 (상)』, 서울대학교출판부, 2002.
김윤식 · 김우종 외, 『한국현대문학사』, 현대문학사, 2002.
김윤식 · 김현, 『한국문학사』, 민음사, 1996.
김재용 · 이상경 외, 『한국근대민족문학사』, 한길사, 2006.
다케쿠니 토모야스, 소재두 옮김, 『한국 온천 이야기』, 논형, 2006.
민족문학사연구소, 『민족문학과 근대성』, 문학과지성사, 1995.
박찬일, 『詩를 말하다』, 연세대학교출판부, 2007.
_____, 『근대 : 이항대립체계의 실제』, 역락, 2007.
연세대 근대한국학연구소, 『한국문학의 근대와 근대성』, 소명출판, 2006.
오세영, 『한국 근대문학론과 근대시』, 민음사, 1996.
유성호, 『근대시의 모더니티와 종교적 상상력』, 소명출판, 2008.
유종호, 『사회역사적 상상력』, 민음사, 1995.
_____, 『다시 읽는 한국시인』, 문학동네, 2002.
윤여탁 편저, 『韓國現代詩史資料集成 34』, 태학사, 1988.
윤영천, 『한국의 流民詩』, 실천문학사, 1987.
_____, 『李庸岳詩全集』, 창작과비평사, 1995.
_____, 『서정적 진실과 시의 힘』, 창작과비평사, 2002.

윤해동 외, 『근대를 다시 읽는다 2』, 역사비평사, 2006.

이동순, 『잃어버린 문학사의 복원과 현장』, 소명출판, 2005.

이명찬, 『1930년대 한국시의 근대성』, 소명출판, 2000.

최원식, 『한국근대문학을 찾아서』, 인하대학교출판부, 1999.

_____, 『문학의 귀환』, 창작과비평사, 2001.

한국사연구회, 『새로운 한국사 길잡이 下』, 지식산업사, 2008.

홍성욱 역해, 『詩經』, 고려원, 1997.

논문 및 평문

김용직, 「서정, 실험, 제 목소리 담기」, 『한국현대문학사』, 현대문학사, 2002, 199~223면.

안옥희 외, 「옛 문헌을 통해 본 한국인의 목욕의식」, 『한국생활과학회지』 제 13권 2호, 한국생활과학회, 2004, 301~316면.

윤영천, 「민족시의 전진과 좌절」, 『李庸岳詩全集』, 창작과비평사, 1995, 236~260면.

_____, 「한국 근대문학과 '북방적 상상력'」, 『대산문화』 2003 가을호, 대산문 화재단, 2003.

이선영, 「우리 문학 연구의 새로운 지평」, 『민족문학과 근대성』, 문학과지성 사, 1995, 13~32면.

이혜란, 『대중목욕탕과 현대인의 삶』, 동의대학교 석사학위논문, 2003, 6면.

최원식, 「한국 문학의 근대성을 다시 생각한다」, 『민족문학과 근대성』, 문학 과지성사, 1995, 33~65면.

기타

Britannica KOREA, 브리태니커백과사전 CDIX, 2007.

국사편찬위원회 사이트 (http://www.history.go.kr)

한국역사정보시스템 사이트 (http://www.koreanhistory.or.kr)

저자소개

　이경아(필명 이상아)는 1962년 11월 서울에서 태어났다. 1990년, 계간 ≪우리문학≫에 시 <설문지> 외 9편이 당선되어 등단하였으며, 인하대학교에서 국어국문학을 전공해 석사학위를, 동 대학원 한국학과에서 한국어문학을 전공해 박사학위를 받았다. 인하대학교와 서울성경신학대학원대학교에서 글쓰기와 토론, 글쓰기 훈련, 수사학적 글쓰기, 문제해결을 위한 글쓰기 등을 강의한 바 있으며, 지금도 인하대학교에서 학생들을 가르치면서 시인, 수필가로 활동 중이다.

상아연구논저총서 ②

시적 표현의 확장과 전이

초판 1쇄 인쇄일	2023년 3월 2일
초판 1쇄 발행일	2023년 3월 12일
지은이	이경아
펴낸이	한선희
편집/디자인	우정민 김보선 신하영
마케팅	정찬용 정구형
영업관리	한선희 이나윤
책임편집	정구형
인쇄처	으뜸사
펴낸곳	국학자료원 새미(주)
	등록일 2005 03 15 제25100-2005-000008호
	경기도 고양시 일산동구 중앙로 1261번길 79 하이베라스 405호
	Tel 442-4623 Fax 6499-3082
	www.kookhak.co.kr
	kookhak2001@hanmail.net
ISBN	979-11-6797-107-4 *93800
가격	21,000원